造美者们

苹果
著

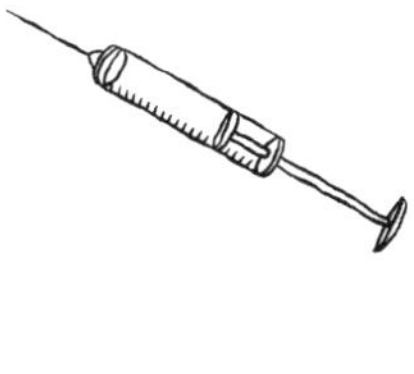

北京联合出版公司
Beijing United Publishing Co.,Ltd.

图书在版编目（CIP）数据

造美者们/苹果著. -- 北京：北京联合出版公司，2017.8

ISBN 978-7-5596-0571-9

Ⅰ. ①造… Ⅱ. ①苹… Ⅲ. ①长篇小说—中国—当代 Ⅳ. ①I247.5

中国版本图书馆CIP数据核字(2017)第145901号

造美者们

作　　者：苹　果
责任编辑：孙志文
特约编辑：汪　婷
特约监制：朱文平
封面设计：A BOOK STUDIO 悠悠走 Design 2322683274

北京联合出版公司出版
（北京市西城区德外大街83号楼9层　100088）
印刷：北京爱丽精特彩印有限公司　　**经销**：新华书店
字数：210千字　　**开本**：880×1230 1/32　　**印张**：10
2017年8月第1版　　2017年8月第1次印刷
ISBN 978-7-5596-0571-9
定价：38.00元

推荐序

给心灵美容

——《造美者们》的启示

民营医院与公立医院相比，优势在哪里？或者说，在强势的公立医院面前，民营医院应该怎样生存与发展。

也许，拾遗补阙、错位发展才是民营医院经营的王道。公立医院的优势是大而全，那么民营医院则可以专而精。公立医院可治百病，却可能因为医疗资源分配不均等体制上的问题，无力去应付疑难杂症和特殊需求，因而无法为患者提供更为高端的服务。所以，这些年，不少民营的专科医院应运而生，而针对一部分特殊人群需求的整形美容医院也是在这样的背景下得到了发展。

正是新生的民营医院对优秀人才的渴求，给了马晓东这样的优秀医生以用武之地。

整形美容医院的发展与经济社会发展、人民生活水平的提高是分不开的。假如整天要为柴米油盐操心，谁还有闲情追求身材的完美、脸蛋的漂亮。到整形美容医院来就诊的人很难说是通常意义的“患者”，从狭义健康的角度来说，她们可能没有病。从广义健康的角度来看，“爱美之心人皆有之”，适度的追求外在美是人之常情，也是提高人生品位、丰富精神生活的需要。实际上，美丽，也应该是健康人生的必要内涵。理想的人生，应该是外在美与内在美的和谐统一。而过度追求外在美，则可能又是一种“病态”了。

马晓东们在为患者整形美容、提供高端服务的同时，也在给自己的命运塑形，给自己的心灵美容。民营医院优厚的薪资待遇、良好的工作环境，与改善医德医风和医患关系有一定关系，但未必有绝对关系。否则，就不会出现梁学聪这样的害群之马。利益的驱动有其合理性，但代替不了价值的驱动和精神的修炼。理想的人生，也应该是能够最大限度地实现人生价值的人生。在民营医疗事业发展的同时，马晓东们也在成长，在工作中，在生活中，去领悟真谛，排解困惑，参透健康人生的本质。

作者简介：方政，中国作家协会会员，南京市作家协会顾问，江苏省中华诗学研究会副会长。

目录 Contents

01.拔剑四顾心茫然 1

02.世界这么大，我想去看看 8

03.我们无处安放的中年 13

04.人生的偶遇 19

05.早生华发 25

06.第一次参观 36

07.“大观园” 45

08.异国他乡的迷梦 51

09.骗子无处不在 57

10.遥远的距离 61

11.刹那芳华 68

12.似烟还是非烟 75

13.弄潮儿 81

14.公益活动 90

15.女人的胸部 102

16.面相和生活 109

17.莫名成名 115

18.中年男人一枝花 123

19.爱莫能助 129

20.有朋自远方来 134

目录 Contents

21.青春的激情 141

22.关门弟子 152

23.没有丑女人，只有懒女人 160

24.美丽是一辈子的事业 166

25.错的时间对的人 183

26.躲不开的感伤 197

27.身材是你最美丽的衣服 205

28.医德比技术更重要 217

29.你忘了他，他忘了你 221

30.青春永驻的迷梦 226

31.一场风花雪月的缘 233

32.乐观的太太团 240

33.夏之舞动——曲线的诱惑 249

34.爱上一个不该爱的人 256

35.恶性竞争的价格战 267

36.一不小心就是大坑 273

37.让我们的家像个家 280

38.相忘于江湖 288

39.远去的是一段不愿提起的记忆 292

40.欧飞的第二次手术 297

41.安定下来去生活 306

后　记 311

01.拔剑四顾心茫然

不记得曾经在哪里看到过一句话，“小时候总以为人是慢慢变老的，某一天突然发现其实不是，人原来是一瞬间变老的”。年轻时的我们，是否有理解这句话的能力呢？生活如同一锅温水，身处其中，静看花开花落，享受温暖宁静的时候会觉得岁月静好，会安心享受时光慢慢地流逝。只是，总会出现那个偶然的瞬间，内心偶然地泛起一阵涟漪，激荡着心湖，形成一个个漩涡，向四周扩散。当人生从熟悉跨向陌生，既是崭新的世界，也是心如鹿撞的彷徨！

马晓东已经不能说还很年轻了，35岁，宽容的社会说这正是“男人三十一枝花”的年纪。自25岁时从医学院毕业，他在这家县级医院已经待了整整十年，从实习医生到住院医师再到副主任医师。十年的职业医生生涯，十年的青春，马晓东作为一个男人，并未觉察岁月无情，而作为医生，这十年究竟是如何度过的，获得了什么，又失去了什么？十年的时间，这家医院貌似连病床都未曾换过新的，床单一直用到不能再用为止，同事也都由小王变成了老王，偶尔思量起来，才会有些后怕。

思考这些问题，说明马晓东已经心泛涟漪了，这种涟漪可不是莫名其妙像更年期一样，到固定的时间就出现的，事情是这样开头的：

那天马晓东下了大夜班，大白天一个人在家，老婆去上班，女儿去上幼儿园，家里静悄悄的，他裹着棉被正睡得昏天黑地，放在床头柜上的手机突然玩命地响了起来。做医生的就这点苦逼，无论你有多累多忙多烦躁，电话响是一定要接的，因为大多数情况下是医院找——“你的病人出现突发情况需要你紧急处理”。

马晓东无论如何搞不明白，为什么那么多人前仆后继想当医生。

作为一名公立医院的医生，马晓东从实习那年开始几乎就告别了正常人的生活。三天白班，每次8~12个小时，然后小夜班，早晨6点上到晚上12点，接下来是一个大夜班，从晚上12点到第二天早上7点半。真的是起得比鸡早，睡得比狗晚，做得比牛多。奇葩的是，医生这个职业明明在中国是一个付出和得到不能成正比的技术工种，在外人眼里却莫名地跟“精英”“高薪”画上了等号。有时候，马晓东觉得自己之所以能坚持十年，跟这个“精英”“高薪”的虚假光环或许有着莫大的关系。谁说男人不虚荣的，去工地做瓦工指不定一个月也能挣万余元，咋不见人们争着抢着去做？有时候职业的选择还真不全是钱的问题，关于社会地位是否等于面子这个问题，马晓东也一直颇有感悟。

再说眼前，这个恼人的电话让马晓东痛苦挣扎着睁开双眼，呻吟着按下接听键，“喂——”

“马晓东？你是马晓东吗？你这声音怎么跟正被人强奸似的——”

“你他妈谁呀？大清早扰人清梦就为了看我是不是被人强奸？”马晓东有点怒了，屏幕上显示的手机号码是个陌生的号，声音是个男人的声音，以马晓东的职业嗅觉判断，这人年纪跟自己差不多大。

“我擦，你连我的声音都听不出来了？”对方显然比马晓东还愤怒。

“你到底有啥事？没事我挂电话了。”马晓东是真没力气跟电话那边的陌生人扯淡，要是个娇滴滴的女人或许多听几句也无妨，一男人大清早让他猜他是谁，想想就醉了。想到这里，他觉得自己还接听了这种电话20秒，简直像个绅士。于是，马晓东“啪”的一声挂了电话，他对做绅士并不感兴趣，绅士实在是一个高标准、高要求、自虐型的操守规范。

手机还在玩命地响，马晓东用被子捂住头，可铃声并没有停止的意思。马晓东恶狠狠地再次接通，准备破口大骂，至少要问候对方祖上三代！

一接通，对方没给他“问候”的机会，直接抢先喊道：“得，得，马大主任，您老现在脾气比年纪大多了。我是乐飞啊，上大学时住你对面寝室！”

马晓东茫然了几秒，乐飞？大学？对面寝室？拜托，现在自己是个老男人，大学时光简直是上个世纪的回忆。

不过，马晓东还是想起了乐飞，毕业十年几乎没什么联系，实际上上大学时还挺熟，一起在寝室斗过地主，一起去包夜打过CS。想到这儿，马晓东不由得有些心惊，原来只不过十年，原来，十年前自己还悠闲成那样。

“你他妈跟失踪了似的，今天咋想起联系我了？借钱的话就不用说了，我肯定比你还穷，上学那会儿你应该就看出来了。”

“哎呀我说，马晓东你能不能有点出息？我毕业回老家的县医院了，做了几年外科医生，现在出来了，在北京混。”乐飞回答。

“啊，北京？你不做医生了？”马晓东很震惊，实在想不通医学院毕业的学生除了做医生还能做什么。

“还做啊，不做医生我做什么？本人除了高超的医术，余下只剩非凡的肉身，后者是要献给爱情的！”乐飞笑嘻嘻地说道。

“那怎么去北京了？北京的医院已经没要求了吗？只要是医生就要了？”马晓东当然知道京城医院的岗位竞争难度。

“瞎说什么，北京哪能是医生就要，我是个英俊的医生好吧？我厌烦在县城做医生的生活，反正一个人，就辞职出来了，先到北京来看看。”

关于“英俊的医生”这个说法，这时候马晓东听到只当乐飞在乱开玩笑，一年后，他终于恍然大悟为什么乐飞这么说。

“北京的医院你是怎么进去的？临时工吗？北京的临时工收入怎么样？”马晓东对这个问题很感兴趣。

马晓东想着自己以及一帮同学毕业出来，大城市的医院各种高贵冷艳不容易进，小地方的公立医院每年名额也是很有限，寒窗苦读五年的医学院文凭在大医院面前简直不值一提。一番跌跌撞撞，大家都各自找到归宿——肯收留自己的医院，光荣地成为一名医生，一个个简直恨不得立即跪下来感谢上苍，五体投地外加满脸虔诚地喊上一句“哈利路亚”！

“我进的是一家民营医院，做骨外科，很偶然的机会。”乐飞回答，声音很愉快，“我打电话给你就是想问问你有没有兴趣出来，我们医院一直广纳贤士，对于您这种医学界的青年才俊如饥似渴。”

“出去？”马晓东这下茫然了，“开玩笑吧？我日子过得好好的。更何况，我怎么感觉你说得像招小姐而不是招医生？其他同学你也都问了？”

“不急着做决定，我就是透露这么个消息给你，以后有兴趣可以联系我，这个手机号码是我的号，别忘记存啊。至于其他同学，大部分我看不上，看得上的目前只找到你一个，多年未见，胡乱打个电话问候问候。”乐飞半开玩笑半认真地说道，俩人又随意聊了几句，这才挂了电话。

屋内重又恢复宁静，马晓东的心情有些难以平静，茫然地握着手机，他需要花几分钟来辨别是否在做梦。一个普通的工作日清晨，一个数年音讯全无的老同学打来电话，一通不知所云的电话内容……

马晓东顺手存下乐飞的手机号码，接着睡觉，他做了一个梦，梦见校园深处的法国梧桐，阳光透过茂盛的梧桐叶子在地上投下形状各异的暗影，一群灰喜鹊在绿茵茵的草地上跳来跳去……记忆如同冰封在心灵深处的一潭湖水，在特定的条件下融化，慢慢流淌而出，涓涓而溢，一点点吞噬着麻木的神经纤维。

很多时候我们是否有很多看似寻常却十足珍贵的记忆，隐藏在某个寒冷黑暗的角落，永久地被遗忘呢？

无论如何，这个突如其来的电话还是扰乱了马晓东那颗已经起老茧的心。马晓东常常有一种错觉，总不相信自己才35岁，才毕业十年，总有种已经地老天荒、过了数个世纪的感觉，忙的时候可以连续数天不照镜子，连刮胡子都是匆忙完成的。至于岁月在肉身留下什么样的痕迹，自己茫然得很，只知道每天工作和生活像一只无形的大手，推动着自己不断地向前、向前。

白班的时候，早上7点半到医院开始早会，然后查房，一圈病人情况询问完，再回来处理医嘱，一切该如何来细细描述呢？所有的流程像是十分熟悉又得万分小心，医生的每一个行为都和病人的病情或者性命息息相关，实在不能出一点差错。处理未出院病人的同时，时不时会有新病人加入，大小手术密密麻麻，十年来，无数病人从手术台上“缝缝补补”后健康地痊愈，也有再也下不了手术台的。

作为一名外科医生——对了，忘了交代，马晓东是一名外科医生，普外科——马晓东十分清晰地记得自己的心是如何一点点变得麻木的。第一次遇到病人去世是因为一起交通事故，数名病人被紧急送到医院抢救，其中一人的手术马晓东也参与了，手术还未结束，病人就已经撒手人寰。年长的医生们已然十分淡定，然而第一次眼睁睁地目睹一个鲜活的生命消失的过程，年轻的马晓东内心十分震荡，又有些迷茫。再者，来医院不到半年的时间，他就亲眼看到过好几次家属殴打医生的情况。比如某次，一位重症病人手术后还是去世了，这种事医生也很不乐意看到，可是病人家属在悲伤失控的情绪下，也不知道为什么，一腔怒火就发泄在医生身上。家属们的拳头来得那样突然，猝不及防，马晓东他们几个年轻的医生愤怒得不得了，跃跃欲试地挽起袖子准备上前，却被老职工们死命地拉住了。大家见怪不怪，在行业里，这算什么？哪个外科医生不是这样过来的？谁的青春不迷茫？谁的医务生涯不忧伤？医生一旦动手了，有失身份不说，还不能算正当防卫，法律保护医院、保护患者，就是不打算保护医生。

这种生活，厌倦吗？乐飞说他厌倦了，马晓东惊异地发现，自己从未想过是否喜欢目前的生活，这是一种水到渠成的生活方式，若非这个电话，他也说不清自己是否到死都不会思考这个问题。马晓东认真地问自己，厌倦吗？没有答案。

生活抑或工作，并非每个人都有余裕去喜欢或者厌倦。在这纷繁复杂的世界上，谁不是上了发条一般忙碌在固定的轨道上，倘若某天突然停下来，扪心自问：对现状喜欢还是不喜欢，想必头脑中会是一片茫然、没有答案吧。马晓东心想，活着的方式多种多样，每一样对于每一个成年人来说是不是区别都不大呢？毕竟融入社会、从事一门职业就必须遵守许多规则，一旦有较多的规则束缚，又怎么可能不让人心生厌倦？

02.世界这么大，我想去看看

我们年轻的时候总以为日子很长，大把的时间可以去挥霍，直到某一天会突然发觉时光短得像少女的青春，不期然就不知道跑到哪里去了。我们年少时憧憬的是什么甚至还来不及想明白，我们就懵懂地跟随人潮涌向我们似乎该停留的地方。我们像一只只贝壳，随波逐流，然后在某个沙滩搁浅，慢慢风化，变成一块块化石。

马晓东依然过着忙碌而平凡的日子，大部分时候累得回到家只想睡觉，当然，这是在不加班没手术能够回家的情况下。有段时间马晓东运气爆棚，居然连续一个星期晚上没任何事。他快乐得像条野狗，还无意中跟着老婆看了几集香港的老电视剧《妙手仁心》，深深觉得人家医生活得有滋有味，比偶像剧还偶像剧。一群青年男女医生，除了工作还能谈情说爱，比如吴启华长得也不见得多好看，但为毛人家一件白大褂就穿得玉树临风，自己每天白大褂一披上，没觉得自己闪亮登场，只觉得立即脱离普通人状态进入精神高度集中紧张的状态。医生，实在是一个特殊的职业群体。而且在医院，每天都要应对高强度工作，别说跟同事谈恋爱了，就是拉家常都没空。不过医院里医生娶护士的情况依然很多，原因很简单，大家都太忙了，没时间出去谈恋爱，认识异性也就医院内部了。

这天，马晓东依然如往常一样，一大早带着一帮弟子查房。三个实习医生捧着病历夹做记录，实习医生大多在23~26岁之间，其实同样也不能算是太年轻的年龄。医学生本科都是五年，硕士四年，读下来，都比其他职业的毕业生老一点，其中有一名叫作梁圣的小伙子，马晓东简直不知道该如何来做他的老师。

其他实习生第一次见到老师时，各个毕恭毕敬，就差三呼“吾师万岁”。而这个梁圣很有些自来熟，甚至在洗手间第一次遇到时给他递了支烟，马晓东皱皱眉头：“我不抽烟，医院也最好别抽烟。”梁圣笑笑，熄灭烟头扔进便池，烟头随着哗啦涌流的水花不见的同时，马晓东有点恍惚，不过心里头并没有特别不高兴。年轻的时候大家都非常青涩，这种青涩在中年人的眼中其实就是青春，中年人并不会看不起这份青春，相反，很多时候他们能从中看到自己当初的影子。在马晓东眼里，梁圣当然是青涩的，只不过这份青涩被他自己看作老练，这反而让年轻人看起来更加可爱。

今天，梁圣穿着一条麻布休闲裤，裤脚卷到脚踝，光脚穿一双匡威的帆布鞋，头发有烫过的痕迹，穿上白大褂还真有《妙手仁心》里那些风度翩翩的医生的气质。但医生光长得帅显然是远远不够的，长相甚至是最不重要的一个环节。一个优秀的医生一定要具备扎实的专业知识，拥有悲天悯人的高尚医德情怀、千锤百炼的铁人意志以及永不疲惫的旺盛精力。

早班查房十八位病人之后，马晓东口干舌燥，一帮弟子也个个面孔出油。医生们查房很奇怪的是，没有谁会觉得可以带个水杯，实际查房可能是个移动诊疗过程，也是一个移动课堂。作为一名带着一群弟子的资深医师，从开头到结束不停地检查病人、询问病人，跟弟子们讲解，实实在在是需要喝水的，但为什么从古到今并没有医生查房时带着茶杯渴了就喝呢?

弟子们一年的实习期，有些还会选择再进修一年，无论是一年还是两年其实都非常快。马晓东有一天跟梁圣闲谈，谈不上是关心，仅仅是闲谈。

“你毕业后有什么打算吗？”马晓东其实是非常乐意弟子们向自己咨询各种人生经验的，自己在尽可能的情况下也愿意给予指点，毕竟人生短短几十年，年轻的时候迷茫期若是超过三年，可就整整落后一大截。

梁圣给的回答很干脆：“安排好了，一个师兄介绍的民营医院，做医助。”

马晓东眼镜跌破一地，民营医院？！

看到马晓东这么惊异，梁圣反而吓到了：“老师，我这选择有那么不可思议吗？”

马晓东这才缓过神来：“不是不可思议，是有点意外。我们当初毕业首选是大城市的公立医院，其次是大城市的医学院校，再次是小城市的公立医院，几乎没有人会考虑民营医院。”

梁圣抠抠鼻孔：“不知道该用竞争过于激烈，还是用时代不同了来解释。有时候我也会想如果我能进省人民医院，我是否还会坚持自己目前的选择，但有一点我能肯定，我这个选择并不是没有出路才去的，我去师兄工作的医院参观过，那里的氛围以及他们工作的性质和模式我都很喜欢，我觉得很适合我。老师，你看过《妙手仁心》没有？”

马晓东心想幸亏看过：“当然看过，老片子了。”

“嗯，但是你不觉得我们现在的工作心情跟电视剧的区别实在太大吗？”

“呃，我以为你虽然年轻，但也不至于迷信电视剧。电视剧是电视剧，生活是生活！”

“不，不是那个样子，我一向认为生活只会比电视剧更夸张。我们现在工作的样子是大多数人熟悉的模式，因此电视剧不屑去拍，但确实还是存在其他模式的，我去师兄工作的医院参观时，脑海里想的就是这部电视剧。我理想中的工作首先是愉快的，我身处其中觉得快乐也觉得能帮到别人，而实习这一年中我觉得我不太能面对病痛，面对充满挣扎的患者。虽然我懂得一个好的医生能帮助很多人，但是我不太肯定我能够时刻控制我的情绪，让自己像机器人一样救死扶伤。”

马晓东目瞪口呆，他自己本人一向觉得自己做得不够好，依然会抱怨，会嫌累，会讨厌夜间急诊，会心里对连续的手术充满排斥，唯独没有想过自己是否喜欢这种工作模式。

梁圣笑嘻嘻的，仿佛看穿了马晓东的心思似的：“马老师，你别乱想，我并不是说规规矩矩地做大外科的医生不好。我只是觉得我还年轻，世界这么大，我应该多看看，多寻找，寻找最适合我自己的生活方式或者工作模式。”

马晓东这时突然想起了乐飞，难道乐飞老大不小还到首都折腾去了，也是这样一种“世界这么大，我想去看看”的情怀驱使的吗？

回到家，马晓东鬼使神差地翻出大学毕业照，努力比较了一下乐飞与梁圣是否有共同之处。毕业照上的乐飞瘦而高，戴副眼镜，头发蓬乱，有点像战争片里的地下党，一副随时准备英勇就义的神情，而梁圣则是“潮男”的打扮，两个人站在一起，外形上可谓是毫无共同点。至于个性嘛，马晓东需要花一点时间来回忆乐飞的个性，那是个什么样的人呢？不抽烟，不喝酒，穷得叮当响却有部十分高档的单反相机，对于追求女生丝毫不感兴趣。那时候宿舍流行读村上春树的《挪威的森林》，大家一度认为乐飞很有点渡边的同学“敢死队”的感觉，总之，那是个不废话也不怎么把其他人的意见放在眼里的家伙。

再看看梁圣，十分热衷交际，从医生到护士，从保洁大婶到病人家属，就没几个他说不上话的，异性朋友更是出奇的多，也是个不怎么把其他人的意见放在眼里的家伙。

终于找到他们的共同点了，社会规则、他人眼里的标准，这两个家伙显然都没当回事，于是他们俩才会同样有要去看世界的情怀！

成功的标准是什么？快乐的标准又是什么呢？马晓东麻木的一颗心终于开始萌动！

03.我们无处安放的中年

中年是一个很尴尬的阶段，既不像青春期那样除了青春一无所有，又不像老年那样除了没有青春什么都已经尘埃落定。中年是一个承上启下的年龄，既拥有青春的尾巴，又拥有初具规模的事业，上有老，下有小，结婚十年左右，孩子不大，对爱情、对人生、对梦想还有更接地气的激情，而对所拥有、所承担的各种责任又时时感到透不过气。苦逼的中年人啊，谈恋爱已经没了资格，追求梦想还要考虑一家老小数张嘴等着吃饭，房贷、车贷、孩子教育三座大山，老人、配偶各类亲密关系的处理，简直就是剪不断理还乱！

李萍第一个身份是本地一所中学的老师，另一个身份是医生马晓东的老婆。医生配老师是一个非常和谐的搭配，至少在小城市这种搭配是让很多家庭艳羡的。两个人的职业在社会同样受到尊敬，收入也很稳定，养育一个女儿，日子过得在许多人眼里可谓是风生水起。但李萍也会像所有中年女人一样，觉得丈夫并不是十分关心她的感受和她对于情感的需求。当然作为一个成熟的女人，李萍又常常说服自己，所谓婚姻，就是激荡的恋爱尘埃落定、变得平静的过程。然而总有些时候，她禁不住会想，当年是怎么结婚的呢？

男婚女嫁的年龄，各自单身，身边热心的朋友介绍认识，职业、家庭背景双方都很满意，外形大家都是普普通通的人，性格也都温和到毫无特点。像无数适龄男女青年一样，他们顺理成章地开始约会，顺理成章地见双方家长，第一次接吻也是水到渠成，是一年还是八个月呢？记不清了，反正不久两个人就领证结婚，婚房是双方父母筹钱付的首付及装修款，房子不大，但是两个人十分满足，比起大多数年轻人，他们幸运太多。马晓东和李萍没有像其他夫妇那样拍结婚照，马晓东一直说太忙，没时间去。其实马晓东不想拍，他总觉得傻里傻气的，他以为李萍不知道，其实李萍比他认为的聪明很多，李萍一直是知道的，既然他不愿意，那么不拍就不拍吧，总要有人迁就得更多一点。

就这样波澜不惊的，毕业三年、28岁的医生马晓东和毕业两年的教师李萍结婚了。李萍有个同宿舍的大学同学，毕业后去了大城市发展，在李萍结婚的时候已经谈了N任男友，她每次绘声绘色地在寝室群里讲述的恋爱经历都像冬天的一把火，熊熊火焰燃烧了整个心窝。因此李萍不止一次会想，自己和马晓东之间，究竟两个人算不算恋爱过呢？李萍反复考虑过这个问题，始终无解，不过她很明确地认定，以后绝不支持女儿长大后学医或者嫁给医生。

做医生的老婆大概是什么样的呢？李萍仔细回想，马晓东没当科主任之前，几乎每周都有夜班，雷打不动，而且还要应对医院组织的各种考试，以及各类专业职称考试。作为外科医生，资历浅的时候要不断学习，各种手术都积极上台，算起来能陪伴家人的时间实在太有限。李萍一度怀疑，就算不是她，是其他有稳定工作、性情温柔的女孩，马晓东一样会很快结婚，因为医生们实在太累，需要一个女人、一个家，时时刻刻地照顾他们。

恋爱初期，李萍十分喜欢马晓东身上那股淡淡的来苏消毒水的味道，喜欢帮他整理宿舍，满屋子都是各类医学书籍，衣架上挂着白大褂，墙上贴着人体解剖图，这些都让她觉得神秘而性感。究竟医生性不性感？李萍现在的答案是，真心和性感没有半毛钱的关系。医生这个职业，尤其是外科医生，见多了突发事件，见多了生死离别，一颗心似乎离感性越来越远，离性感更是相差十万八千里！

日子像定格似的过，慢镜头就是每天吃饭穿衣睡觉上班，波澜不惊，如同一潭看不见底的潭水，既没有涟漪，也看不见底，平静中慢慢老去或许也是一种幸福吧。

在医生马晓东眼里，婚姻就应该是这种平平淡淡的幸福。马晓东是水瓶座，这个星座的男人似乎并不热衷热烈地追求某个女人。作为马晓东这种老派男人，最初甚至并不知晓还有星座一说，直至后面几年发生了很多事，他才知道了星座。仔细一对比，马晓东大吃一惊地发现，星座这玩意儿太特么准确了。

星座是怎么说水瓶座男人的婚姻观、爱情观的呢？水瓶座男人不热衷于性，也永远不会开口求婚，如果你吊他胃口的话，那么对不起，只能起反作用。水瓶座是个博爱的星座，并不是说他滥情，而是每个女人都是朋友，当然男人也是。瓶子的配偶大部分是从朋友转变而来的，并不是因为多么热烈地爱，而是一种习惯，时间、空间刚刚好。婚后，瓶子们会是最专一的老公和最慈爱的父亲，因此不需要担心瓶子们的节操问题。

马晓东觉得这几句话简直是为自己量身定做的，回想起来，结婚前二十多年的人生中，貌似自己从来没有刻意追求过哪个姑娘，当然也有很多有好感的，但是那又怎么样呢？并没有那种求之不得、辗转反侧的情形出现，大学里也象征性地谈过一场恋爱，如同大多数校园恋情一样，毕业就是分手，伤感都没有多少，甚至后面还能偶然联系成了普通朋友。

认识李萍的时候，对这个教语文的姑娘热烈地爱过吗？马晓东觉得第一是时间、空间恰到好处，工作刚刚稳定下来，年龄又到了一定程度；第二，两个人算是有共同语言，汉语言文学专业的李萍对唐诗宋词、古今中外文学书籍如数家珍，而马晓东恰好从小就爱阅读，勉强算个文艺青年，跟李萍颇有点以文会友的感觉。年轻的单身男女一旦有了共同话题，对对方外貌亦不是十分挑剔的话，很容易陷入恋情，身高一米八、儒雅博学的医生，轻而易举地获取了身高一米五六、微胖界的文艺女青年李萍的芳心。李萍一头扎进这场恋情，开始了热火朝天的付出。这场恋情的发起者是李萍，马晓东依然属于不冷不热的一方，李萍则每天主动问候，一手推动了恋情的进展，最终也成功结婚。

两个人都觉得日子会这样不紧不慢地过下去，直到老去，有一首歌曲是这么唱的，我能想到最浪漫的事，就是和你一起慢慢变老……

然而，这世上怎么可能有那样的好事呢？生活总是少不了突如其来的大转弯。

马晓东的老妈住院了，检查结果直接就是肺癌晚期，原本活蹦乱跳、爱说爱笑的老人现如今萎靡不振地躺到了病床上。对于这个没有医保、花费了一辈子精力培养出一个医生儿子的老人而言，她很自然地接受了马晓东的安排，去省城的医院住下，开始治疗。

经济和精力的双重压力，让马晓东和李萍的婚姻第一次面临严峻的考验。

结婚一定年限的夫妻之间的感情很奇怪，并不太像酒那样越陈越香，反而可能正处于一个敏感期，稍微一点风吹草动便足以引发轩然大波。

李萍心里的声音是：“马晓东，我太累了！”

而马晓东的声音则是：“马晓东，你是个男人，不能喊累！”

女人的累可以一览无遗，而男人的累则隐藏在内心最深处。

马晓东的母亲从确诊到离世只有数月时间，当然这段时间对于一个人的生命来说是极其短暂的，而对于病痛缠身的患者本人以及照料着她的亲人们而言，无疑经历了一个漫长过程。对于儿媳妇李萍来说更是这样，马晓东内心也十分明白，作为和自己的父母没有血缘关系的儿媳妇，并不能要求她像自己一样悲痛欲绝。实际上，李萍在这半年的表现已然是难能可贵了，像大多数心地善良的女人一样，她支持老公拿出积蓄给婆婆做无谓的治疗，但是也要求不能动用孩子的教育资金。丈夫在两地奔波，既要工作又要照顾母亲，忙得团团转，对于自己的小家难免疏忽，李萍也没有表示不理解。但是这半年疲于奔命的日子，让人筋疲力尽，貌似对生活的一腔热情慢慢地余温燃尽，只剩下淡淡的惆怅，令人忍不住开始怀念那些没有责任和压力、一去不复返的青葱岁月。

04.人生的偶遇

许多时候我们回首往事，总觉得一切像是冥冥之中自有天意。每一个重要步骤都莫名其妙地出现，如同路途中一些看不清方向的路口的指示牌，不由自主就信任了，并跟随了，于是就形成了现在的人生。当初若不是这种指示，而是另一种指示出现，一切或许就是另外一个样子了。

马晓东的母亲住院期间，同病房还有一个老太太。老太太患的病跟马晓东的母亲一样，住院时间只相差一周。老太太的儿子非常忙碌，但是每隔几天一定会出现在病房并留守照顾，看得出来是个十分孝顺的人。

马晓东对于比自己只大十来岁的成功人士模样的陈建华可谓印象深刻，中等身材，板寸，国字脸，眉间有川字纹，穿一件浅灰色的衬衫及藏青色西裤，若不是手腕上一块金光灿烂的劳力士手表，他看上去更像一个政客。

两个人第一次碰面是马晓东的母亲入院的那天。

省城的大医院人满为患，马晓东想尽办法，最后找了同学的关系，才弄到一个不错的床位——二人间，朝南，靠里。这种房间在牛叉的省城大医院，用马晓东同学的话来说，就是有钱也不一定能搞到。马晓东也认可，这年头要是把一线城市的大医院的床位拿来拍卖，估计会拍到让人咋舌的价格。老百姓一床难求的比比皆是，君不见，走廊上到处都搭满了临时的床位吗？奇怪的是，同样的城市，二甲或者社区医院则显得空荡荡的，说到底，还是好的医疗资源（好医生、好设备）过于紧张啊。

办好手续、跨进病房，马晓东就看见了陈建华等人。这种科室、这种病房，大家心照不宣——不会是什么好病，因此也没有什么寒暄、问病情的常规程序，互相打了个招呼就算是认识，后期同样也在病房碰过几次面，依然未进行什么像样的交谈。大家都很忙，基本都来去匆匆，像一阵风。

直到有一次马晓东下了夜班直奔省城医院，在高铁站遇到了陈建华。两个人互相打招呼，才发现彼此姓啥名啥居然都没介绍过，陈建华这样介绍自己：“叫我老陈好了，我刚从北京出差回来，正准备去医院呢。”

马晓东说：“我是刚下夜班，从下面赶过来看我妈，叫我马晓东就行。”

“那我们刚好同路，司机在外面等我呢，你跟我一起去医院吧。”陈建华邀请马晓东。

马晓东想了想，说：“那我就不客气了，确实也累得不行了。”

走出高铁站，马晓东吃惊地看见陈建华的座驾是一辆劳斯莱斯幻影。虽然看得出陈建华很有钱，但是不知道他有钱成这样，看来陈建华是名成功的商人。

司机穿的倒是没有电视剧里那样夸张，制服、白手套都没有，马晓东莫名地舒了口气。看见陈建华从高铁站走出来，司机早已下车开了车门，陈建华和马晓东钻进车里，车子缓缓驶出高铁站。

陈建华吩咐：“去省人民医院！”

司机应了一声，便往医院方向开去。路上，陈建华跟马晓东攀谈起来，两个人先聊了聊各自母亲的病情。

马晓东说道：“最难过的是，我自己是名医生，可是自己的妈生病了却完全无能为力。”

陈建华大吃一惊，一下坐直：“啊，你是医生？什么科室呢？”

马晓东看陈建华那样激动，不由得有点莫名其妙，但还是回答道：“我是外科医生。”

陈建华连忙掏出名片：“我诚挚地邀请你有空去我的医院参观参观。”

这下轮到马晓东大吃一惊：“啊，你的……医院？”

接过名片，马晓东看到的头衔是“HEL医疗投资集团董事长，陈建华”。

马晓东还是第一次接触这类名称，很虚心地问了句：“请问，医疗投资集团是注资各大医院吗？”

陈建华笑笑："不是的，我们是自己开医院。目前我们集团以整形美容医院为主，此外还有少量口腔医院，也有部分综合性医院。"

"我一直在公立医院工作，没怎么注意民营医院，民营医院跟公立医院区别还是很大的吧？"马晓东很好奇地问，毕竟前段时间刚刚和乐飞接触过，他对这类话题十分感兴趣。

陈建华想了想，说道："怎么说呢？现在国家政策挺扶持社会资本办医院的，民营医院目前的优势是服务理念和环境设施，我们很舍得在环境、设备、服务和人才上面投资，但是民营医院的成长还需要一定的过程，目前正处于蓬勃发展的阶段。我们集团从成立到现在也快20年了，一路走到现在不太容易，离老百姓发自内心的认可还有漫长的路要走。我自己最大的感受是中国的医疗资源太缺乏了，患者想要享受好的服务和高超的专业服务，这二者同时实现的概率太低，僧多粥少！"

"我做医生十几年，对这些情况也很有感触，病人太多，医院超负荷运转，没有人有时间细致地服务好每一个患者，每天能顺利地把手头的事情都妥善处理好就已经很累了，医生更是这样，作为医生，压根儿喜怒哀乐的时间都不会有。"马晓东发自肺腑地感慨道，"至于问题是不是出在医疗资源匮乏上我不清楚，就我们医学院毕业生的就业情况来看，不乐观，尤其大城市，根本进不去像样的医院。"

陈建华答道："实际上你看到的现象只属于某一区域医疗资源较好的医院，比如省城，除了几家大型三甲医院人潮涌动、日日一号难求以外，二级医院就冷清很多，社区类的医院更是门可罗雀。

因为无论设备、专家力量还是环境，资源主要集中在那屈指可数的几家大型医院。实际上，很多病情不是那么严重的患者也需要更好的服务、更优质的设备、更可靠的专家，他们愿意为这些服务多一些花费。其实中国的医患矛盾说到底还真不是钱的事，而是医疗资源、医疗服务及医疗保障不到位的问题。”

马晓东十分佩服：“陈总，你说得极是，比如我妈的病，如果我在的三线城市有合适的医疗资源及医疗环境，我们肯定也不愿意这样劳民伤财跑这么远，但是没办法呀。”

陈建华笑道：“谁说不是呢，凡事发展总有过程，慢慢会好的。”

“那你们在做民营医院的过程中觉得最困难的是什么呢？”马晓东问。

“缺乏优秀的人才！环境和设备都好办，有钱就能办好，但人才不是有钱就能办到的，尤其是前些年，优秀的医生都集中在各大公立医院，很少有愿意出来到民营医院的。我们那时候很难，大多数只好聘用退休的老医生以及医学院校刚毕业的年轻医生，其实从医疗技术的角度来说，中年医生是最佳选择，临床经验及技术水平都已经到达最佳状态。”

马晓东表示同意，随即想起了乐飞，不禁问道：“一般来说，这个年龄段的医生选择去民营医院是因为什么？”

陈建华悠悠答道：“很多原因，一部分是因为经济压力，还有一部分是迫于医疗体制的压力，想工作得像个人一点。”

马晓东这下是彻底服气了，谁说不是呢？他自己作为医生，实在太懂其中的辛酸了。

“听说您是医生我这么激动，让你见笑了啊，这么多年的职业习惯，一遇到好的医生我条件反射就是想挖到我的医院来。”陈建华笑着说，“不过这句话不是玩笑，以后若是想来民营医院工作，随时联系我，我非常欢迎。”

马晓东也笑了，说：“行，若是想下海，首先找您！”

陈建华最后说道：“马医生，你刚说的第一句话我也这么想过，我是个开医院的，但是我的母亲生病我却束手无策，我完全能理解你的感受！”

但是对于民营医院，马晓东内心始终是充满抵触的。中国老一辈人根深蒂固的“吃皇粮”思维，在“70后”的脑袋里基本也是扎根了的，领国家财政发的工资似乎就代表着自己是国家罩着的人。而民营呢？民营企业那是不入流的，哪怕社会发展至今，民营企业的薪资收入远远高于国家单位，但是老一辈的人们扎堆在一起谈论谁家孩子在什么单位上班时，在国企、政府单位的，无论工资是否养得活自己，都是被羡慕的，那叫作有正式工作，而在民营企业，除非自己是老板，其余一律被称作打工的！

但是老天对于一个人究竟要往哪里走，或许冥冥中自有天意，马晓东此时完全没想到这样一个偶然，日后自己真的投身进入了民营医疗圈！

05.早生华发

近处的风景开始被破坏，开始变得不再熟悉时，若是不能及时调整心态，去观看远处的风景，则会陷入一团混乱。当生活变成一团乱麻，剪不断理还乱时，人很容易崩溃，对于处于婚姻中的人来说更是如此。一旦纠结于眼前，便步履维艰，或许再多的柔情也会被琐碎的生活所淹没，消耗殆尽。我们这样地彼此纠缠又彼此折磨，很多时候，我们身处其中，并不能明白我们给对方带来了怎样的困扰，毕竟，当俗事缠身时，我们首先考虑的永远是自己的感受。

李萍在这半年里眼角开始生出细纹，鼻唇沟的法令纹也开始出现，青春是多么狡猾啊，一不小心就快速地溜走。李萍还很清楚地记得婆婆病情确定，马晓东跟自己商量的那天。那晚公公婆婆在客房已经睡熟，女儿也早早睡得很香，马晓东罕见地到阳台抽了支烟。

李萍洗完澡坐在梳妆台前涂抹乳液，马晓东走进来，坐在床上，看着李萍。

李萍柔声问：“心里很不舒服吗？不舒服可以说出来，憋着自己也难受。”

马晓东答道：“确实很不舒服，可能因为我是医生，我已经习惯了生老病死，轮到自己妈，虽然还是很心痛，但理智上可以接受这个事实。”

李萍知道丈夫一定是有什么打算想跟自己商量，会是什么呢？或许是丈夫要把公婆接过来一起住，方便照顾吧，这点自己是可以接受的，但是李萍没有开口问，丈夫不说，自己永远不打算问。

人性是个很奇怪的事情，李萍受过高等教育，也有良好的家教，她从小就知道要视公婆为亲生父母一样孝顺对待，但是人类作为动物的一种，真正到了需要面临的时刻，心中的那点小纠结立马涌现。李萍觉得自己虽然十分明白该如何去尽一份晚辈的孝道，却无法从内心涌现真实的情感去驱动自己毫无保留地那么做。李萍为自己这样的反应有点愧疚，但是马上又在心中说服了自己，毕竟没有血缘关系，通过一个男人而认识的一对陌生的老人，自己所散发的情感是道义上的而非发自肺腑，这也是人之常情！因此自己把一切交给马晓东去决定，只要不过分，自己会全力以赴地配合！

果然，沉默了一会儿，马晓东又说道：“李萍，我有个事想听下你的意见。”

李萍说："什么事，说吧。你做什么决定我都能理解，能不能做到我还不能保证。"

马晓东说："我是个医生，虽然理智上我知道这种病治疗的意义不是很大，但是看得出我妈想治，我在情感上想满足她的要求，带她到省人民医院住院治疗。"

李萍沉默了几秒："嗯，这是应该的，病了就该治。"

马晓东看着她，不清楚她是否明白治疗的含义："若是住院治疗的话，我妈是没有医保的，费用也会很多，多到足以把我们这些年省吃俭用的所有积蓄花得一干二净。"

李萍抬头转过身来看着马晓东："我又不傻，但是我有个要求，孩子的教育费用不能动，剩下的你自己看着办。"

李萍其实是有些无可奈何的，能怎么办呢？好在夫妻二人都有固定收入，省吃俭用日子还过得去，比上不足比下有余，只不过刚刚过得好一点又摊上这个事，但是这个事根本不可能有其他选项，就跟孩子要上学一样，都是必须面对的，李萍难免会觉得生活确实是个折磨人的事情。

马晓东拍拍李萍的肩膀，去了书房接着抽烟，他对于李萍的理解并没有多么感激，因为这事在他看来本来就该是理所当然的，但是老婆没有干扰自己的决定，也算清静。最怕一件事本身够烦的了，还要没完没了地解释争取，那种过程足以让人发疯！

事情能这么决定了，第二天，一家人就浩浩荡荡地去省人民医院安顿了下来，开始第一个疗程的化疗。马晓东的父亲年龄也大，还有高血压，于是又请了个护工照料日常生活。马晓东只要一休息就会跑过来照料母亲，钱也好，精力也好，如同一江春水，哗哗地很快就流淌了出去，且好像流向一片汪洋大海，永远填不满。

马老太像所有的肿瘤病人一般，非常恐惧，坚决不肯离开医院，也坚决相信各种奇奇怪怪的进口药物能够让癌细胞滚蛋，自己能够像从前一样健康地活下来。马老太一次次跟马晓东说：“晓东啊，妈这次病好了，就去你那儿给你带孩子，每天给你做你爱吃的饭菜，妈这些年都没好好照顾你，你太累了！”马晓东强颜欢笑地连忙答应：“那太好了，我一直等着你说这句话呢，我自从上大学后就没好好吃过几顿你做的饭了！”每次这样说完，马晓东总是要借口去厕所无声地哭泣，男人的眼泪谁说可以做到不轻弹的？马老头则要淡定许多，他早已经做好最坏的打算，这个年龄、这个病，已经不是什么奇怪的事，周围因此而走的人每年都有。

有一次马老头半夜醒来，在医院的钢丝床上恍然如梦，看看越来越瘦的老伴，又看了看趴在床边睡着的儿子，马晓东甚至已经有了少许白发，马老头像是看到了年轻时的自己，上有老下有小的苦逼男人，累死累活跟条狗似的却只能一声不吭地自己扛着。马老头一时间在黑暗里泪流满面，心疼命运为啥如此作弄他们一家。人是真不能生病啊，一个不愁吃不愁穿的小康家庭，一旦其中一个人生了场大病，几乎一夜回到十年前，财富积累起来是那样艰难，而花出去是那样快速。更残酷的是，花掉了所有的积累，依然看不到希望。老百姓这种担惊受怕的心态，一分钱一分钱往银行里存着不敢乱花的心态，马老头现在算是充分地体会了个遍，不攒钱以防万一，连死都会变成等死！

自己有个经常一起下棋的邻居，家里穷，50岁出头得了肾病，无钱治疗，拖着拖着就成了尿毒症。一个壮实的160多斤的汉子，几个月就瘦成了皮包骨头，奄奄一息地躺在床上对自己儿子说：“儿子啊，你要给我治啊，我还不想死！我还年轻着呢！”

马老头看得心里百般滋味，生命在病魔面前脆弱得不像话，更加可怕的是慢慢等待死亡来临的那个过程。

第二天刚好是周末，李萍带着女儿过来看马老太。马老太有意无意地说起旁边床的媳妇每天怎么想方设法地做营养餐，怎么怎么尽心尽力，别人真是太有福气了！

李萍到底年轻，且心里确实不太开心，回了句：“妈，我是要上班的，我和马晓东都是工薪阶层，不挣钱我们一家人吃什么，拿什么给您看病？”

这下马老太本身敏感的心像是受了电击一样，开始奓毛了，“你这话是什么意思呢？是嫌弃我生病花你们钱了，是吗？我花我儿子的钱，跟你有什么关系？”

李萍觉得老远跑过来尽点孝心，结果热脸贴在冷屁股上，人家根本就不稀罕，当下心里也一时生气，转身带着女儿就走了，马老头拦也没拦住。马晓东回来听说此事后，连忙打李萍的电话，李萍没接。马晓东回到病房，一家三口都很郁闷。

马老头小心翼翼地说道：“老太啊，要不咱们回家住，定期来治疗吧。”

马晓东连忙说：“爸，别这样，妈想住院治疗就住院治疗吧，李萍其实不是为钱生气，这段时间我忙着医院的事和照顾妈，家里就全扔给她了，估计她也是真累了。你们多体谅她，一个女人不容易。”

马老头说：“晓东啊，我是认真的，就算没今天的事我也想说了。你们也不容易，这样什么时候是个头呢，我和你妈在医院里，我不觉得日子有多好过，也不觉得对你妈的病情有什么帮助。”

马老太其实内心也十分清楚，看看儿子憔悴的脸，突然悲从心起，是啊，自己吓破了胆，真心忘记考虑儿子一家了。马老太忽然说：“晓东，就按你爸说的办吧，有这个钱不如我跟你爸多吃点好的，你也不用这么辛苦。”

马晓东心里像是打翻了五味瓶，什么滋味都有，究竟该怎么做呢？孝道究竟是什么呢？作为医生，他太清楚这样在医院浪费时间和金钱并非最佳选择，但是真的不想让母亲不安、恐惧。下棋邻居的故事他也听说过，躺在家里等死是每个老人都害怕面对的过程，太残忍了！

马晓东想了想说：“这样吧，我明天回家跟李萍商量下，妈你也再考虑考虑，再做决定吧。”

老两口点点头，马老头也已经身心俱疲，想念自己的家，果然哪里都比不上自己的家有安全感啊，看了看马老太，不知道怎么安慰老伴，就拍了拍她的肩膀，并催马晓东早点回家。家很重要，男人照顾一个家，也是很不容易的，马老头心想。

马晓东搭上最后一班高铁，到自己家已经夜里十点有余，在高铁站乘上一辆出租，看着寂静的夜，城市的霓虹灯五光十色闪耀着眼泪一般的光芒，不知为何想起上初中的时候郑智化的一首歌。

“抬头的一片天，是男儿的一片天，曾经在满天的星光下，做梦的少年……”

生活给予少年的不仅是梦想，更多的是责任！

回到家，李萍和女儿都已经睡下。马晓东洗浴完毕回到房间，看见李萍在黑暗中的面孔，马晓东伸手摸了下她的脸，触手一片冰凉，原来李萍根本没睡着，在黑暗中泪流满面。马晓东抱住妻子，一时却不知道说什么，正打算柔声安抚妻子几句，这时李萍忽然呼的一下坐起来，掀开被子去了客房。客房门关上的瞬间，马晓东有种自己感情的闸门被切断的感觉，难道妻子不该理解自己并同舟共济吗？

马晓东自己也筋疲力尽，连日来的奔波以及心灵的焦虑都让他很渴望一个温柔的怀抱，一种浓浓的孤独感油然而生，马晓东没有再去哄李萍，因为太累了。在黑暗中，他沉沉睡去，梦中，一片洁白的云彩在蔚蓝的天空缓缓飘过，像是十几年来的青葱岁月从未流逝，阳光温暖而柔和地洒在身上，梦里花落知多少！

而李萍，其实并未迁怒马晓东，应该说根本没有生气，只是觉得很累，想要好好清静一下，让自己不去思考所谓生活。作为有家有口的中年人，谁都会有这种感触。生活啊，你摧残了所有的女人，让她们心甘情愿地变成黄脸婆！

李萍想着想着，为自己的冲动感到后悔。马晓东不仅没有责备自己还主动示好，自己还这么做究竟是为什么，自己也不懂，算头脑短路吧。李萍想，如果这个时候马晓东来哄一哄自己，那该多好。

貌似每个女人无论年华如何逝去，在柴米油盐中偶尔都会泛起一种少女心态，渴望对方能够满腔柔情、充满耐心地来哄哄自己，可能在女人的观念里，这种细致的付出远比粗线条的对家庭负责更有实在意义。女人这种生物最大的生存弱点就是无论什么年龄都会像块海绵一样，需要吸收很多很多的关心、很多很多的爱，不然就日渐干涸。其实人到了一定的年龄就应该明白，要学会自己爱自己，剩下的精力要拿去应付无穷尽的生活才对！

大多数男人早早懂得这个道理，于是女人们注定是要失望的，在日复一日的生活潮水中，男人们更早地对婚姻生活感到疲惫，一种责任感和一种雄性本能促使着他们尽最大的力量维护着整个家庭的运转，但若是期望有更多的柔情分配给妻子，真的是挺难的，不是不明白，而是有心无力。

本身夫妻二人内心是理解对方的，可是由于沟通方式的问题，让这件事反而变得尴尬起来，马晓东和李萍恋爱结婚数年第一次开始冷战，整个周末都没搭理对方。奇怪的是，其实双方内心并不是有多大芥蒂，但是就跟约好了似的互相不开口。更奇怪的是，不说话居然日子一样过，且李萍第一晚到客房睡了，第二晚很自然地依然在客房睡了，莫名其妙的分居生活就这样开始了。若干日子后李萍回想起来，觉得有点哭笑不得，就差那么一点点，他们的婚姻会一直平淡而祥和。生活中这样那样的不经意，重叠成一个必然。

周一的时候，马老头给马晓东打电话，说跟马老太商量好了，想回家治疗，让马晓东有空的时候早点过来办出院手续。马晓东算了一下自己的排班表，连续三个白班，最早也要等到周四才能过去，于是他让父母多待三天，父母答应了。

马晓东转头告诉李萍这个事情，李萍问："是因为我那天的态度不好吗？"

马晓东回答："不是的，他们心疼我们，也觉得定期化疗比较好，住医院也住够了。"

李萍没作声，心里舒了口气，总算家庭要恢复正常了，夫妻俩不动声色地恢复了交流，就好像冷战从没有发生过似的。

谁知道天有不测风云，周二的时候马老太突然病情严重，被送进了ICU。马晓东接到父亲电话，连夜包了个车赶到省城。主治医生也很诧异，说明明已经控制得很好了，突然这样根本是出乎意料，同时让他们做好心理准备。

马老太昏迷了三天三夜，周末的时候李萍带着女儿也赶了过来。就在周六的凌晨，马老太突然睁开双眼，精光四射，看着围绕在身边东倒西歪、神情憔悴的亲人们，内心一片澄明，看着马晓东趴在床沿打盹，不由得颤巍巍地伸出枯瘦的手，摸了摸儿子的头发。马晓东一下惊醒，看着马老太，连忙握住马老太的手喊："妈，你醒了？感觉怎么样？我喊医生来看看！"

马晓东迅速起身叫来值班医生，医生赶忙跑过来，发现马老太已经瞳孔散大了，在手忙脚乱地一番象征性抢救中，马晓东有种生命中的一部分随之而去的感觉。对于母亲，或许每个男人都有这种深深眷念的感觉吧，小时候依偎在母亲温暖的怀抱中，脸依靠着母亲柔软的胸部的触感还残留着朦胧的印象。天色破晓，马老太再也没睁开眼睛。马晓东在经过这样的一个夜晚后，白头发陡然多了起来，默默地流了满脸的泪。李萍很诧异，从来没想到马晓东对母亲的感情居然这样深沉。

母亲的陡然过世，在马晓东的内心形成一个空洞，也可以说是一个巨大的遗憾，马晓东总觉得母亲最后的日子没能让她心情愉快地过完。这种遗憾，马晓东理智上也知道不该怪李萍，毕竟事情这样发展谁也不知道，可是内心无论如何也无法消除这个疙瘩。人与人之间的情感维系除了必然事件，偶然事件也太多太多，跌宕起伏的家庭生活真心不能用宁静的港湾来形容。

家是大海里的一叶孤舟，在茫然无边际的波澜壮阔间游荡，两个人在人生的旅途航行，同舟共济。困难重重，身体会累，心更会累，可是依然需要打起精神，乘风破浪，稍一松懈就很有可能葬身于茫茫大海。或许有人说，就算上吊也要松口气吧，可是婚姻这叶孤舟，却连松口气都不太能够，开门七件事，若是加上上有老下有小，如何休息？血肉之躯被满满的责任所驱策，那是内心的发动机，让我们充满力量，继续航行！

安顿好母亲的后事，父亲一下子老了很多。马晓东要求父亲搬来与自己一起住，马老头拒绝了，但是接受了马晓东的提议，不再接着做杂工，下下棋、种种花，每月马晓东支付一定的抚养费。关于这点马晓东甚至没有跟李萍商量，马晓东觉得这是对未照顾好母亲的一种补偿。

夫妻间沉默了一个星期左右。然而生活依旧要继续，马晓东和李萍终于拿出所有的银行卡开始计算钱的问题。

两个人每月所有福利、工资加起来不到一万，一家三口，三线城市的日子过得去，只是母亲的一场病，让十年存款瞬间所剩无几。马晓东这下有了危机感，原来自己看着安定的小日子，抗风险能力并不强，马晓东再一次有了换个工作的想法，并跟李萍提出这个想法。李萍有些犹豫，毕竟扔掉铁饭碗是需要勇气的，但是李萍跟任何女人一样，也确实期望生活现状能够改变。钱，对于生活真的挺重要，谁不想过得好一点？

李萍提议先打听打听具体行情再做打算，一旦做出决定就没有后悔药可吃，这绝对是重大决定。

06.第一次参观

我们有很多个第一次，有些我们印象深刻，终生难忘；有些让我们伤痕累累，心生恐惧；更有些让我们一失足成千古恨，在岁月的长河里懊悔不已，留下无尽的遗憾。当然也会有些让我们柳暗花明又一村，让我们鼓足勇气继续前行……正是这样许许多多的第一次，让我们又憧憬又紧张，如同汪国真的诗歌里所说的那样：凡是遥远的地方，对我们都有一种诱惑。不是诱惑于美丽，就是诱惑于传说。

越是年轻，越是勇于尝试各种第一次，因为年轻，所以无惧，因为年轻，可以输得起。而到了中年，对于陌生总是恐惧多于诱惑的。我们那样地害怕未知，怕失去已经得到的，怕未来的艰辛，怕许许多多，激情有时候可以等同于无知无谓，而恐惧是因为我们过去不好的经验太多太多！

马晓东总的来说属于安于现状的人，年轻的时候都不太乐意折腾，人到中年居然鼓起勇气想要折腾，着实十分忐忑不安。但是这一次，貌似有种凌云壮志在心头升腾，是时候需要改变一下了，不然如何给所爱的人或者说自己所需要负责任的人更好的生活？

马晓东翻出了乐飞的电话，拨打，接通。

乐飞以波澜不惊的口吻问道："有何贵干？"

马晓东说："兄弟，你在外面这么些年，你告诉我一句实话，你现在到底怎么样？"

乐飞反问："你指的是哪一方面？女朋友还没有，所以感情上我依然是纯洁的。钱嘛，正如你所说，我比你有钱一点，你非要借的话，我勉强能凑一点。"

马晓东说："得了得了，这次不跟你开玩笑。你就告诉我你现在工作的各方面吧，安全感、工作氛围、薪资水平。我要听实话，你知道的，这对我很重要。"

乐飞挺认真地说："民营医院挺缺人的，缺真正的人才，他们急于留住人才，因此薪资给的特别多，多到什么程度呢？一个月可能等于你在小医院半年的薪资吧，但是工作压力也是极大的，对个人综合素质绝对是一种挑战。说白了，跟在公立医院最大的不同就是你的服务意识，你会被要求完全做到以病人为本。我可以负责任地告诉你，做得越久你越有安全感，这种安全感跟过去的铁饭碗那种感觉很不一样，你会有一种焕然一新、变得很强大的感觉。因为患者从一开始踏进这个医院到出院的全过程都是你参与的，你会完整地处理一件事情。以前在公立医院，我的感觉是我们很多人只做了流水线作业的一部分，而且大批量地去做，我们基本算是半机械人，并不能完整地从技术到心理、从沟通到指导、从陌生到信任地服务好一个患者。”

马晓东沉默半晌，笑着骂道：“你他妈果然脱胎换骨了，看你这一套一套的，说得我简直怀疑我过去十年外科医生的经验是否白费了！不过我很怀疑，医生有那么多时间去服务好患者吗？患者你知道的，你态度好一点，他们就没完没了地问问题，每天都会问。”

乐飞嘿嘿笑了起来：“我觉得吧，你可以这样想象，想着自己是一个江湖郎中，你会的别人也会，有的人还有祖传秘方，而你没有，那你靠什么来行医赚钱呢？哦，不对，是靠什么来悬壶济世呢？实际上我一开始这样选择，是因为我是一个不甘寂寞的人，我不像你们早早结婚，有家有口的一个单位过一辈子就是一生。我不行，我想到处走走看看。开始选择民营医疗，我也有种落草为寇的感觉，但是越做越愉快，越做越惊奇！至于时间，我们以前一天服务上百个患者，我现在一天就服务几个患者，你说我能不能做得很细致呢？我现在深切地感觉，我悬壶济世的最大占比是真心及细致！”

马晓东收敛笑意，说道：“你可要对我负责任，我今天问你这些是想步你的后尘的，我想下海了！要悬壶济世了！”

乐飞答道：“你这样的技术骨干多多益善，更何况阁下英俊潇洒，简直是为民营医疗而生！不过，你是不是最近很缺钱？突然下这么大决心？”

马晓东不由得笑了起来：“比你差远了，论风流不羁阁下才是第一，咱们那个班最潇洒的就你小子了。说正经的，如果不是经济问题，我肯定没那么大决心脱离公立医院，但是赚钱和悬壶济世并不冲突，对吧？我也不想隐瞒我对钱的渴望，我想去你们医院看看，你方便吗？”

“当然，你随时来，我随时恭候大驾。”乐飞答道。

一个电话说到手机发烫，马晓东很满意，都是自己想要的答案，究竟有没有夸张，自己去医院考察一下就知道了，知己知彼才是王道。另外，和乐飞彼此很坦诚地聊到行医和赚钱的问题也没什么不好意思的，人们工作的动力无外乎是为了生活得更好！

马晓东告诉李萍这个电话的内容，李萍也备受鼓舞，鼓励马晓东去看看。

马晓东想到一个问题，就问李萍：“我要是真去那家民营医院上班，就要去一线城市，你这里的固定工作肯定不能辞职，那我们就面临分居，这个事你怎么看？”

李萍说：“你先去考察了医院再说，为了日子过好，我们各自克服困难也不是难事，两个人都安安稳稳地守着。像你说的，家庭没有抗风险能力，一切都是白搭，孩子越大越需要花钱，我还期望妞妞以后能去国外留学呢。”

一旦拿定了主意，马晓东竟然有种奔往新生活的感觉，他飞速地订了车票，奔往北京。乐飞目前在北京工作，当初，他确实说过梦想之一就是必须北漂两年。北京的民营医院也很发达，著名的北京××医院就是民营的，已经成了中国民营医院的标杆。技术和服务，治病救人和商业利益，医疗总是一个比较艰难的行业，政府若是不介入医疗福利体系的搭建，穷人是不可能享受到优质的医疗技术和服务的，维持这一切的花费十分可怕。

若是简化成一次地图出行，马晓东就是从华东一个三线城市先坐火车到省城，再坐飞机到北京。现代的交通工具让一切都变得简单，从心动到行动，再到坐在乐飞的办公室，仅仅花了数小时。乐飞所在的是一家大型的骨科医院，大楼非常气派，医院内部的装潢更是让马晓东瞠目结舌，可谓非常下血本。

大厅很大，左边一排候诊沙发，墙壁上挂着液晶电视，正播放一些健康类的科教片。大厅的主色调是浅蓝色，很多绿色植物恰到好处地装饰着环境。导医台前站着几个容貌端庄的导医，大方得体的制服穿在身上非常好看，有点像空姐的感觉，柔和的音乐不高不低地缓缓在空气中流淌。导医笑容可掬，环境舒适高雅，一切都让人非常舒适。看着熟悉的收费处、化验室、急诊室，怎么说呢？跟公立医院的最直观的区别就是公立医院人满为患，到处充满着焦躁等待的患者，以及忙得焦头烂额的医护人员。

乐飞的办公室在二楼，一排约莫有十间办公室，都是医生们的办公室。每间办公室约莫20平方米，四四方方，米白色的地板和墙纸，浅蓝色窗帘，一套沙发，一个书柜，一张办公桌，桌上放着一体式电脑。几盆绿植点缀着室内，胡桃色的书架上摆着模型和各种医学类书籍，墙上挂着幅平面解剖图，洁净而温馨，散发着淡淡的消毒药水的味儿。再看乐飞的状态，一身白大褂敞开穿着，里面穿着淡蓝色的手术服，虽然脸还是那张脸，但是配着这个环境及表情，莫名地令人感觉跟过去十分不同。

马晓东诧异的是，整个医院没有熙熙攘攘的病患拥挤排队，而从其他设施配备来看，医院的经营花费巨大。见到乐飞，他忍不住疑惑地问道：“你们医院每天的接诊量是多少？我看着病人不多啊！”

乐飞说：“多的时候也就一百多号，平均的话一天六十几号。”

“那能维持医院的正常运营吗？”马晓东有些无法想象，要知道，公立医院每天数百上千号人，医院还老喊着亏损。

乐飞说：“盈利不盈利我还真不知道，这个你得跟医院老总谈才知道。”

马晓东说：“你们收费单有吗？我看看。”

乐飞让马晓东坐到电脑前，打开价目单。马晓东虽然不熟悉所有类目的价格，但是基础的都还知道，一对比不由得大吃一惊，问道：“这个价格是公立医院的好几倍，有的甚至是十几倍呢，患者没有意见吗？”

乐飞答道：“其实中国民营医院现在有两种模式，都是解决公立医院不能兼顾的弊端的。一种就是偏远的地方医疗资源匮乏，民营资本过去会办很多服务好、价格优的便民医院。而在大城市，医疗资源很丰富，但是人也多，有部分患者需要高端的服务，专业、优质，怎么说呢？相当于温饱问题是基础问题，但是当温饱解决之后，有些患者会想要吃得更舒适一些，所以大城市的民营资本进驻医疗的基本都是中高端医院。”

“那么这个收费是定位于高端医疗的意思喽？”马晓东问道。

“可以这么说，但是你知道我们的工作模式后肯定就不会觉得价格贵了。”

“你说来听听，我看看跟我们有什么区别。”

“在公立医院做医生的时候，我们跟患者除了医院必需的接触外，是不会有其他任何交集的，也就是说，我们要做的基本就是看病、手术、查房这些，对吧？”

马晓东点头，称确实如此。

“我们现在可能更多的价值是体现在服务上，医疗的本质不该是处理问题，而应是解决现在的问题并有效地让患者保持健康。你看我的病人，我都是如何管理的。”乐飞在电脑上打开一个管理系统，马晓东惊讶地发现，任何一个病患，从接触这家医院开始，所有的点滴都记录得一清二楚，治疗过程、康复情况、其他病史、健康状况，甚至根据病情及健康状况设定的数次回访，都十分详细。

马晓东目瞪口呆：“这些都是需要医生来做的吗？”

“当然，不然你觉得光是医院环境、设备比公立医院好，患者就能认可了？还是那句老话，就是患者的身心健康在我们这里得到了最好的照顾，医患是真正平等的关系。我的很多病人都成了我的朋友，因为在我不断地关怀他们的身心健康的过程中，我们建立了真实的感情，他们乐意将自己的健康交付于我，信任我，并理解我。”

“那么，有没有什么你不能适应的坏处呢？”马晓东自然知道凡事有利必有弊。

“当然，比如我每天都忙得跟条狗似的，虽然我一个月看的病人还没过去一周多。另外，病人越信任我，我内心的责任感就越强，跟爱着一个妹子那种感觉差不多，人家越相信你，你越害怕不能给她最好的。再有，有很多建议变为现实就需要花钱，跟患者沟通时，在公立医院从来没考虑过这种问题，我只管下我的医嘱，板着脸交给病人，他们愿意不愿意治疗、交不交得起费用那是他们自己的事。但是在我们这边我很难不考虑，因为一旦跟病人像朋友似的，让朋友花钱就成了一件难为情的事。”乐飞如数家珍地罗列着各种“比如”。

马晓东翻翻白眼：“你现在是不是在冒充圣父呢！”

乐飞哈哈大笑：“哥本来就是白衣天使好不好！现在正朝着暖男型白衣天使过渡。”

马晓东故意做呕吐状，但是也十分喜欢跟大学同学这样活泼地交流，昨天还觉得自己已经是中老年男人，今天忽然有年轻了许多的感觉。

年轻不是年龄，是心理状态，有的人25岁已经迟暮，有的人52岁还如同一轮朝阳，灿烂地照耀着大地，温暖着周围的人们。

马晓东在北京待了三天，参观了医院的每个角落，病房、手术室，仔细观察了医院内所有工作人员的工作态度、流程，病人的看病流程、住院情况，甚至清洁工的工作状态都认真研究了一番。最后得出结论，民营医院最大的特征是具备活力及大家都很把病人放在心里。马晓东也能看懂民营医院的医疗理念有两个分支纠缠，一个是资本逐利的本能，一个是医疗行业特有的服务患者的初心，这两种似乎矛盾的理念折磨着民营医疗的经营者。资本都是嗜血的，一旦资本逐利的本能在医院这种地方占据了绝对优势，就是一件很可怕的事。但马晓东看到及感悟到的更多的是好的一面，利润刺激着医务人员更加优质地去服务，也有更多的机会安排大家去学习先进技术；经营者们小心翼翼地控制着资本的嗜血性，他们除了业务的烦恼外，最大的烦恼便是如何平衡这两种矛盾。

最后一天，乐飞安排马晓东和医院的总经理寻总见面。寻总很年轻，比马晓东他们大不了两岁，福建籍，对于马晓东表现出极大的兴趣，一再邀请马晓东加入。马晓东对于这位医院高管留下了深刻的印象，他散发出这样一种特质，一看便是商人的那种特质。他并非医学专业人才，但是对医疗现状了如指掌，并非科班院校出身，但管理理念非常到位，对于医院如何发展，需要什么样的人才来壮大医院，需要什么样的服务来让医院可持续发展，需要什么样的运营管理使医院的所有成员都能工作得幸福，都侃侃而谈。是的，民营医院的办院模式，是拿医院做一个企业，实行职业经理人管理模式，而业务，设立业务院长及行政院长，才是技术管理人才，马晓东算是长见识了！

这趟考察，令马晓东彻底下了决心，投身于波澜壮阔的民营医疗事业。活力，对，那份活力，无论医生还是职业经理人，他们的灼灼目光像星星之火，随时有可以燎原的势头！

07.“大观园”

《红楼梦》里对于刘姥姥进大观园有段详尽细致的描写，因为从一个熟悉的世界，突然进入另一个完全陌生的世界，那种新奇，那种如同孩童误闯陌生环境的惊恐、好奇、不知所措！

新鲜与陌生，永远是令人恐惧而兴奋的。

马晓东现在的心情就是这样，当从北京回来与李萍汇报所见所闻后，他下定决心要走乐飞的路子。但是围绕去北京这个问题，夫妻俩的意见有些分歧。李萍觉得北京实在太远，一下离家数千公里，家里有个什么事都不方便照顾，李萍建议最好在省城看看有没有机会。

李萍这么一说，马晓东想到了陈建华，跟李萍说了下此人，李萍也建议联系看看是否有机会，实在不行再考虑北京，等所有事情都敲定再离职。

两个人心思细密地考虑周全了。马晓东很快联系陈建华，陈建华非常高兴，当即表示随时可以来医院看看，提前联系，他得在医院亲自接待。

直到马晓东去了H城与陈建华汇合后才发现，陈建华在H城的医院是整形外科，整整十层楼。马晓东这下可真是开了眼界，自己一直做普外科，接触的都是断胳膊断腿、各种阑尾疝气皮外伤，至于整形外科，他还真不太了解。且一个公立医院里普外科顶多占两层楼，而陈建华这边的一个整形外科就占了十层楼，这不科学！

陈建华的这座医院在国内投资建立较早，在华东规模首屈一指。整形外科跟普通外科的区别还是很大的，马晓东有点泄气，要说外科医生实际上也是个技术活，突然发现此外科非彼外科，马晓东什么感觉呢？就相当于西门吹雪般的剑术高手让他去表演舞剑一样，技术还是技术，但突然要和艺术结合起来。剑客和舞剑的区别还是很大的。

普外科是治病，把坏了的、没用的修好或者割掉，简单说就是切割缝补的技术。整形外科却是将不好看的修好看，这个好看不好看可没准，每个人眼光不一样。见到陈建华时，马晓东顺口就问出了自己的这个疑虑。

陈建华赞赏地点了点头，说道："马医生，你能问这个问题我特别高兴，我这么些年接触过不少医生，能想到这一层的人并不多。你从未接触过这个行业，第一次就思考这个，可见是十分懂得整形外科的真谛的。不过这个问题我没办法回答你，因为答案并不能总结，得在实际工作中你自己慢慢领悟，自己想通了，知道每个人的区别了，你就成大师了。"

说着，他带领马晓东一层层地参观了整个医院。两个人逐层参观，一楼是接待大厅，第一视觉色系是淡紫色，右侧是休息等候区，风格更像是个休闲吧，软座圈椅，小圆桌，一旁的茶水台放着各类饮品和小点心。墙壁上巨大的LED屏正播放着时尚类节目，座椅靠墙的地方放着一排书架，上面有许多专业类的介绍。

右侧一排米色的架子，陈列着历年来医院获得的各类奖项。架子正前方放着一架钢琴，一名穿着白色软缎旗袍的女孩正弹着一曲古典音乐。各个角落随处可见各类绿植，空气中弥漫着一股淡雅的香气，大大区别于其他医院清一色的消毒水的味道。往后走是美学设计师的办公室。好吧，这个也是马晓东第一次接触到的职位，一直以为只有服装界或者时尚界才存在美学设计。陈建华听马晓东如此说，十分乐呵，解释道："整形其实是最需要美学设计的，因为无论衣服还是化妆失败了都可以重来，影响有限，而整形手术十分不同，不能凑合，不光要手术成功，更要符合美学标准，这下你能明白了吗？"

马晓东点头称有道理。美学设计师们都形象端庄，穿着一身合身的白大褂，显得十分优雅好看，年龄大多在30~40岁之间。陈建华说道："其实美学设计师的综合素质要求是非常高的，她们最基本的需具备医学知识、美学知识和心理学知识，身兼多种职业素养。我们医院十分重视美学设计人员，顾客的潜在需求可以说是把握在她们手里。很多时候顾客自己都不清楚自己想要的究竟是什么，有的甚至直接拿着明星的照片来要求做得跟明星一模一样，这些不理智的心理都需要美学设计来进行正确的引导。有些顾客其实是不适合或者说不需要进行手术矫正的，但是由于某种情绪冲动而一定要求。还有些相反的就是需要的，但是无法下决心，都需要美学设计给予正确的引导。"

马晓东听得一愣一愣的，似乎很复杂的样子。那么医生呢？整形医院的医生职业素养的要求是什么？

对于马晓东的这个问题，陈建华想了想，答道：“整形外科的医生要求很高，高超的外科技术只是基础，细致耐心的个性也很重要。具备这些专业技能的医生并不一定就是合格的整形外科医生。我自己看一名医生是否适合整形外科，会看他的外貌、他的谈吐、他对美的认知，以及人格类型。”

马晓东叹了口气，半开玩笑地说道：“终于医生也沦落到看脸了吗？”

陈建华也美了：“毕竟自己都不懂得外在美的人有什么资格让别人变美？又怎么懂得别人追求美的心情？”

“那倒是真的，比如我就不是很能理解人们为了美貌来动手术的勇气，但是我能理解因为残缺而追求正常所以选择手术的人们的心理。”

“是的，所以一个优秀的整形医生一定是外在美与内在美的完美结合，有着诗人般的浪漫主义情怀，他们的世界观里，真善美具备一切价值。”

马晓东心悦诚服地点头，有种感觉自己要选择做整形医生，任重而道远，欠缺得太多！

医院的布局是按整形类别来分的，有五官整形科、形体美容科、皮肤美容科、口腔美容科、毛发移植科，甚至还有私密整形科，很新奇。

马晓东大大开了眼界，同时也大大开始自我怀疑能否胜任，以至于去卫生间时顺便照了照镜子，镜子中的自己已然是个面色沉稳的中年大叔，不过好在由于职业因素并没发胖，貌似外科医生就没几个能发胖的。好，以男人的眼光来看自己外在还不算差，专业技术也很自信，那么内在呢？自己还不了解这个行业，还不了解大家为什么要选择整形美容，以前从来没想过这个问题，突然让想还真有些茫然。

陈建华提议，因为马晓东一直从事普外科，若是来他的医院的话，愿意带薪送马晓东去韩国进修半年，但要跟医院签订至少五年的劳动合同。至于薪资，比乐飞透露的数字更具诱惑力，马晓东没有理由不同意。陈建华本身的人格魅力是一种吸引，办医理念也是一种吸引，当然富丽堂皇、别具一格的医院及富有诱惑力的年薪都是吸引，不算太年轻还能改变生活轨迹的感觉，马晓东觉得很不错。

马晓东的辞职在他所在的医院很是让大家震惊了一下，按部就班地在一个体系待了数年的老同事们都十分佩服马晓东的勇气。在他们看来，马晓东年纪轻轻就已经取得副主任医师的职称，前途可谓一片光明，这时候投奔民营医疗相当于从一座已经爬了一大半就快到达巅峰的大山上下来，选择又去征服另外一座方向都看不清的险山。

某同事甚至直言："马晓东，你真确定你要去民营医院上班？就是因为挣钱多吗？好多私人办的医院坑蒙拐骗，到处在电线杆上贴小广告，不是专治性病就是祖传中医治疗牛皮癣，你真的觉得这个选择是正确的？"

马晓东很严肃地回答他："挣钱是一方面，另外我选择的医院我会做详细的调查，你说的那种坑蒙拐骗类型的医院我根本不会去。民营医院中以医学价值本身为灵魂的也不少，比如大家都知道的北京××医院。参观过一些不错的民营医院后，我感觉以后社会会很愿意接受的，就像现在的美国、韩国一样，公立医院为大众服务，民营医院为特殊需求的人群服务。”

一番话说得反对声也安静下来，大家不再说什么。

但也有人例外，那就是梁圣，人一生在一种每天都能看到明天甚至一年后是什么样的环境中生活，到底是幸福还是可怕？有些人可能觉得安稳一生，不愁吃不愁喝的生老病死就是幸福；有些人体内天然有着阅尽千山的梦想，有一段话不是这样说的吗？

或许我们纯真的愿望
终归只能成为一个美丽的梦想
或许
走遍了万水千山
依然找不到太阳升起的地方
或许
正是前路漫漫
才使我们又是神往 又是忧伤

梁圣要求马晓东如果有可能带着他一起去，还做他的助手。马晓东跟陈建华说这个事的时候，陈建华爽快地答应，人才，求之不得，多多益善！

离职手续办得很快，马晓东苦笑，当初挤进一个围城，可谓用尽了吃奶的力气。人就是这样，当千辛万苦获得了某样东西时，往往用力过猛，激情耗尽，可是当得到了，且后期越来越厌倦时，不一定有勇气改变现状，因为过往的艰难和付出都让人们如此舍不得。

08.异国他乡的迷梦

古人说人生有四大喜事，其中有一项就是他乡遇故知。离开熟悉的地方到一个陌生的国度，从事一个既陌生又似乎熟悉的行业，即使能够把内心的暗流涌动波澜不惊地深深掩埋，心里也一样会空落落的。无论如何，在他乡异地遇到深刻理解自己、帮助自己的人，那种欣喜像是拨开迷雾见晴天！

韩国，在“韩流”席卷中国N年后的现在，中国的年轻人对于韩国至少有这么两个了解：整容业发达，韩剧唯美。马晓东在没有加入这个行业之前，是没有这个概念的，当初也不懂陈建华送自己到韩国进修是为什么。

怀着巨大的学习热忱，马晓东去了韩国一个知名的整形外科FF进修。马晓东对于韩国无甚了解，甚至不知道韩国整形技术究竟在世界上占什么样的地位。

马晓东所去的韩国医院规模比起中国的医院简直就只能算诊所，但是在韩国本土又算是大型医院，韩国的房子真的太小太小了。去韩国整形的中国人挺多，基本上都是有钱人，费用高昂得令人咋舌，但是依然客似云来。许多医院包括马晓东进修的这所医院都配备了中国护士，因此他在这里并未产生沟通上的不畅。

韩国FF整形外科与陈建华的医院是联盟关系，本院的韩国医生会定期去陈建华的LM整形外科进行学术交流，并接受几台预约手术。这个业务对于那些喜欢韩式整形但是懒得来回跑的客人非常方便，因此很受她们欢迎。

FF整形外科位于首尔，说起首尔，马晓东觉得跟中国的大县城似的，顶多干净点，与中国的北京和上海相比简直是天壤之别。吃的也极其朴素，肉食、水果什么的都狂贵无比，每天泡菜泡菜泡菜，一到吃饭（医院的工作餐）的时间，马晓东不用想就知道肯定又是一撮酸不拉唧的泡菜加条光溜溜的鱼。但是人家韩剧拍得又是那么高大上，马晓东待了段时间后，总算明白了韩剧为什么那样浪漫唯美的真谛。

这是一个讲究细节的国家，女人们从小到老都收拾得十分精致，从发型到服装搭配，从化妆到风情的卖弄，整形美容跟日常化妆一样，属于正常得不能再正常的事情。房子很小但是装饰精致，礼物再便宜也包装得精美无比。

马晓东最后得出结论，并非韩国的整形医学技术多么发达，而是他们注重细节的态度和对于追求美持支持的态度打动人心。另外，这里的服务水准也是相当出色。顾客在如沐春风的状态下接受美容手术，心理感受度很高。一个很简单的例子，马晓东第一天来，院长接待时吩咐秘书："请给马医生一杯好喝的茶！"

马晓东当时内心是十分疑惑的，好喝的茶？是指更贵的茶吗？

随着在医院的融入，他发现所有的人都是这样，说到某种行为一定会加上修饰定语，例如随手给护士带了点心，对方一定会笑容灿烂地说："谢谢，我一定会好好吃的！"

医生和患者之间的沟通十分友善，从未听医生问起过一句"你为什么要整形？"而是客观地分析你需不需要整形，手术后会达到什么样的效果，和你自己的预期是否有差异，都会说得十分明白，几乎没有看见过医生夸夸其谈或者不耐烦、厌恶的表现。

嗯，怎么说呢？应该是说医疗从业人员完整地融入了服务业的素养，并未因为自己是专业人员而高高在上。

韩国的外科手法并不能说优于国内，普通医学外科技术，大家其实是差不多的。韩国的优势在于细腻及耐心，小小的手术器械、细到极致的缝线、绣花一般的缝合手法……这些细节才是优势。其实所有的专业人员都知道，缝合的手法对于愈合后的状态有很大的因果作用，但是由于国内医院少，医生工作量奇大，一般来说，都会采取速度快一些的手术方式，这个才是真正的差别所在，说到底就是粗糙与精细的区别！

马晓东在这里开始了认真的学习，院长安排他随机上台，就是说只要状态好，就可以给人做副手。和马晓东固定搭档的一名护士是一个叫杨思明的中国女孩，既作为工作助手，也作为他的学习翻译。杨思明在FF整形外科也才六个月，国内护士学校毕业，随老公在韩国定居已三年，韩语说得十分流利，外形上看上去十分能与当地女性融合，约莫一米六五的个头，皮肤很白，长而卷曲的头发，菱角般的嘴唇。她性格活泼，工作也十分积极，在医院属于很受欢迎的明星员工。

马晓东属于工作模式和生活模式巨变，虽然已经三十多了，但是一开始也极其不适应。最开始他很害怕接待患者，对了，在整形外科，医生所服务的并不称为患者，而是称为求美者，女性比例远远高于男性。在韩国，女性从成年开始各种大小手术实在太平常了。

韩国的整形外科很多，一般会以一种技艺为主要服务，比如有的医院主要擅长做双眼皮，有的医院擅长隆胸，而FF是比较大型的综合整形外科，基本类别的服务都有，马晓东最先接触的是最简单的双眼皮成型术。

从医学技术角度来分析，这个手术原理十分简单，有埋线的半永久性和切开永久性双眼皮成形两种方式。缝线的算是所有手术中最简单的，因为属于可以返工的那类手术，不需要动刀，没有创口。而切开式的双眼皮则需要切掉一点点皮肤，进行缝合形成褶皱，切口式的双眼皮极其考验切开及缝合手法，这两点决定着愈合后的自然程度，手法很好的，确实能让眼睛顾盼生辉。

马晓东基础扎实，在FF整形外科做了一个月助手后，就开始单独接诊，很多手术可以作为主刀医生了。第一次单独接诊，马晓东的紧张程度不亚于第一次约会，毕竟是在韩国，面对的是韩国女孩，沟通能顺利吗?

那是一个二十来岁的韩国小姑娘，圆脸，眼睛属于上眼皮有点浮肿的类型，就是传说中的肉泡眼，还在上大学，跟两个同学一起来医院的。马晓东不懂韩语，杨思明在一边给他做翻译。小姑娘说想做个双眼皮，但是自己本来脸就圆，不知道眼睛也圆了会不会很奇怪，大部分欧巴会不会不喜欢，如此这般，奇奇怪怪的问题。马晓东一脑门的汗，不过随着小姑娘手舞足蹈的各种手势，他慢慢放松下来。

小姑娘一口一个医生大叔，杨思明抿着嘴笑眯眯的，告诉韩国小萝莉："你这眼皮是比较厚重型的，别说还真适合做双眼皮呢。如果是那种轻薄紧致的丹凤眼，我肯定不建议你做。"

这下简直立即戳中小姑娘的痛点："是哎，是哎，这个问题我一直都知道，就是担心做了双眼皮眼睛上面的皮肤少了一块，眼皮会不会往上拉，眼睛变得很奇怪呀，我总感觉我眼睛横向距离不是很大耶。"

杨思明说："那让马医生给你看看，马医生有十年外科手术经验，对于手术效果预测应该还是有把握的。"

马晓东拿出一把特制的尺子，给小女孩量了下眼睛的长度，然后告诉她："你的眼裂长度是24.5毫米，亚洲成人眼裂长度正常是20~30毫米，你的是居中的，但是你的脸型像你自己说的属于圆脸，因此视觉上你会有比长脸的人眼睛小点的错觉！"

这么一说，另外两个小姑娘一起嚷着让马晓东给她们也量下，看看自己什么状态。马晓东好脾气地全部给量了一遍，这两个姑娘眼皮都是双眼皮，挺不错，其中有一个外眼角略微有点耷拉，就是我们经常说的三角眼的类型，马晓东也都如实地说出来了。

第一个小姑娘已经急了，嚷嚷道：“你们等我把问题都问完啊，好歹我立即想做手术呢！”

大家都笑了，马晓东说：“你担心的问题其实不是问题，埋线法可能对于上眼皮上拉效果比较明显，如果你不想眼睛的宽度改变得很明显的话，可以选择切开式的。切开的方式我可以帮你克服这个问题，只划开一点点皮肤，那样眼裂的变化不大。”

马晓东拿起笔刷，唰唰几笔画了个速写，给小姑娘看了下眼睛术后大概是什么样子：“简单来说就是眼睛会变得轻盈，你现在的问题不是眼睛不漂亮，是厚重，显得人没精神。”

小姑娘佩服得五体投地，就这样，马晓东在不会韩语的情况下单独接待了生平第一个顾客。当然幸亏杨思明协助沟通，一切都十分顺畅，杨思明可以很好地理解顾客的意思，然后转达给马晓东，而马晓东的看法及建议，杨思明也能够阐述得言简意赅，基本不会出现顾客茫然不明所以的情况。默契有时候是天生的，是不是呢？

这个小姑娘听取马晓东的建议，做了疤痕体质测试，皮肤愈合能力十分好，于是立即挑了个周末做了手术。马晓东三下五除二一气呵成地做完，自己都满意得不行，毕竟以他的技术，做这类小手术相当于杀鸡用牛刀。

术后愈合效果非常好，小姑娘的同学一起点名让马晓东给做眼部手术。慢慢地，点名来找马晓东做手术的人越来越多，这个中国来的医生被顾客当作中国最好的外科医生来传，马晓东终于开始慢慢找回底气。

09.骗子无处不在

资本是追逐利润的，哪一个国家、哪一个行业都逃脱不了打擦边球谋取暴利的事件。消费者在生活中要擦亮眼睛去识别，任何一个需求庞大的行业，骗子的比例总是会占到三成以上，这真不是危言耸听。

在韩国整形美容圈混迹不久，马晓东就发现一个问题，那就是有国人以黑中介的方式和韩国一些不入流的整形医院合伙骗钱。其实光骗钱顶多心情不好，可是外科手术这种事，一旦失败或者过度手术，患者求美不成反而有巨大的安全隐患，美容不成反被毁容！

FF不远处就有一家这样的中介，中介附近就是一家整形医院。某日，该医院发生轩然大波，被人砸得一片狼藉。马晓东是上班路过时偶然看到的，听见闹事的是中国人口音。

马晓东不由得停下脚步，好奇地张望了一下。只见三名中国妇女大叫大嚷，让院长出来负责。此时警车呜呜临近，马晓东急着上班没有再看下去。

到了医院看见杨思明正在办公室整理病例，马晓东说：“前面那家医院今天出事了，你知道吗？”

杨思明抬头：“啊？又出事了？又是咱们中国人吧？”

马晓东不由得大为惊奇，问道：“你是怎么知道的？”

杨思明放下手头病例本，说道：“那家医院只做中国人的生意。”

马晓东用疑问的眼神看着杨思明，杨思明接着说道：“韩国本地人是不去的，就跟旅游团去的定点饭店类似，能懂我说的意思吗？”

马晓东似懂非懂：“你的意思是说专门宰中国人吗？”

杨思明点点头，说：“就是那样，大家都认为中国人人傻钱多呗，收费基本是天价！”

马晓东愕然：“那政府也不管吗？”

杨思明好笑道：“管什么？一个愿打一个愿挨。何况是他们国民挣钱，倒霉的是中国人，他们管什么？”

马晓东又问：“这种事在韩国很常见吗？看你都见怪不怪了似的。”

杨思明温和地回答道：“在韩国做整形美容这一行的就没有人不知道这个事的，跟放高利贷一样，是一个国家允许存在的偏门生意。你要知道，正规的韩国医院选择国外合作医院非常挑剔和谨慎，像你们LM，他们是去考察了一年，从医生队伍到医院硬件设备再到顾客的层次都里里外外考察了个遍，才确定合作意向的，而且是中国唯一的合作医院，所有的医生都不会在另一个医院出现。而你看到的那家医院的医生，招牌几乎挂满了国内大大小小的医院，这就叫走穴，真正的大牌专家是不屑于走穴的！”

马晓东更茫然了：“难道国内的人都是傻子吗？这种医院也客似云来？这来一趟要花不少钱吧，比我们医院便宜还是贵？”

杨思明撇撇嘴：“国内宣传得轰轰烈烈的，有几个人能分辨得出来？而且你看他们医院也装修得富丽堂皇，谁能想到他们的医生都是些九流的？冒险来韩国整形的大婶们完全看运气了，运气好的不出事，运气差的就出事呗。反正出事的概率也不是特别高，他们赔得起！闹事的时候警察局来管管，她们一回国，人就放出来了，照常营业！至于价格，国内医院抽三成，国外中介抽三成，再加上韩国医院的费用，甩我们现在收费几条街了！”

马晓东气愤得不行：“这还有天理吗？”

杨思明安慰道：“淡定，这些都是事物发展的必然历程，国内不是也有好多以骗财为主的诊所医院吗？电线杆上到处贴小广告的。只不过韩国人骗富婆们，那些人骗农民罢了！”

马晓东想想也是，但还是颇为不甘：“不过就真的不能做点什么，让大家识别骗子吗？”

杨思明说：“大家上的当多了就都知道了，不吃亏你说啥也没人信啊！”

真正到国外来享受到好的技术、好的服务还说得过去，这种被骗钱财又损害健康的事情，马晓东真看不下去。他暗暗想到，看来人们有钱也不一定能买到物有所值的服务，真是太苦逼了，将来自己回国，一定要尽自己的努力让此类事件尽量少发生，钱花在国内也算为拉动内需做贡献，不是吗？

10.遥远的距离

有句话说：“世界上最遥远的距离是我站在你的面前，但是你却不知道我爱你！”无数少男少女在情窦初开的时候被这句话牢牢戳中内心的痛点，可是很少有人考虑过中年已婚人士的情感维系。在日渐熟悉且平淡的柴米油盐的侵蚀下，爱情慢慢变成了一种习惯，一种温暖而放松的习惯。一旦出现某种状况将这种习惯打破，距离产生的生疏感及情感危机是很可怕的。距离有时候产生的不是美，而是隔阂！

马晓东在韩国要待半年，半年算算也就200天不到的时间，但是人的习惯21天可以形成，7天就可以改变，30多岁，结婚7年，正处于婚姻敏感期。李萍是个聪明的女人，不是不紧张这段异地考验的，但夫妻又是这个世界上最莫名的合伙关系，既有将家庭这个共同体共同经营得蒸蒸日上的责任，又有互相陪伴的责任，可惜这二者往往是互相矛盾的。

马晓东和李萍的小家，很显然目前的主要矛盾并非陪伴，而是家庭的经济状况。要做些改变，必定要付出些什么。

马晓东和李萍就这个现实问题推心置腹地交谈过。

马晓东这样说："首先我对你和女儿的感情毋庸置疑，而且都活了三十多年，我觉得人生很累，是真的没精力折腾，我年轻的时候就比较懒，对于爱不爱的是真没力气；第二，我们两个是相互的，你也很优秀，我离开家去进修，你也是一个人，所以我们需要的可能是彼此理解和信任。"

李萍还真的挺同意这个说法，马晓东确实懒洋洋的，如果不是自己积极一点的态度，估计这段婚姻就不太可能，而谈恋爱到结婚这么多年，确实看到马晓东对异性一直抱着懒洋洋的态度，并没有什么可担心的地方。

至于自己，李萍可以这么说，生完孩子后几乎就忘掉了自己的性别，不知道其他女人是否这样，但自己是真的将全部身心放在了家庭和孩子身上。揽镜自照的时间都很少，夫妻之间到底是怎么一回事呢？李萍看过网上流传的一个关于夫妻关系的段子。

说某男跟朋友吃饭，这时候上了一盘龙虾，该男感叹："我结婚十年了，当年老婆还是女朋友的时候，她要吃龙虾，我可以一口气给她剥二十个。"朋友就问："那么现在呢？"他回答："现在？别开玩笑了，让我帮她脱衣服我都没兴趣！"

李萍记得当时看到这个段子时哭笑不得，当笑话说给马晓东听。马晓东却正色告诉她："这个段子还真不是笑话，虽然说得夸张了些，但确实是说中年夫妻们激情不再了，剩下的就是能不能好好过日子。"

李萍不以为然："不是说要求还像恋爱的时候那样，一起吃饭还能帮忙剥二十只龙虾，只是期望可以把龙虾买来是我们一起吃，而不是给其他人吃，我就已经心满意足了。"

马晓东哈哈大笑："这个大多数男人还是可以做到的，毕竟老婆、孩子还有父母对男人来说是最最重要的人，有好吃的肯定是跟家人一起分享。"

可见两个人都是十分明白事理的人，对生活、对爱情的理解都不算咄咄逼人。李萍跟所有贤妻良母一样，她们对于家庭幸福的定义十分简单，一家人一起好好生活，心无旁骛。对于男人的要求，大多数女人的理想是知冷知热，除了工作大部分时间陪着家人，不乱花钱，无不良嗜好，不招惹其他女人。

到目前为止，李萍对马晓东是满意的，至少他是属于大多数女人眼中的理想型好丈夫。当女人在认为自己的丈夫是理想型时，可以爆发出十分惊人的潜能付出能力，具体表现为：工作一天后可以搭公交车飞奔回家，路过超市买上大袋的肉类果蔬、零食牛奶，双手抱着走路十几分钟到家，脱下高跟鞋开始洗手做羹汤，累得鼻尖冒汗，双颊泛油，但是看着老公、孩子狼吞虎咽，如果再夸上两句"真好吃"，简直死而无憾，再为一家人烧饭菜一百年也心甘情愿！饭后收拾大堆碗碟，再擦地倒垃圾，最后洗澡收拾，全部忙完差不多已经是深夜，且这种可怕的付出往往一持续就是几十年……

马晓东也是竭尽全力尽了一个男人为人丈夫、为人父亲的所有责任，他与李萍都觉得自己已经不能做得更多。维护一个家，男人和女人都很不容易。马晓东认为自己牺牲的最惆怅的部分可能是再也没有了无拘无束的一些独处时光，以前单身的时候闲下来可以窝在宿舍，一杯咖啡、一本书，可以过上一整天，天色淡黑时腹如雷鸣才出门觅食，或者有时候兴致好时跟其他单身的同事一起去打场篮球。婚后慢慢地私人空间一点点被侵占，终于在孩子出生后的一段时间几乎消失，说不压抑肯定是骗人，但是马晓东认为婚姻就这样，得到一些必然失去一些。既然得到了自己想要得到的，那么付出一些自己必须付出的也算公平。

初到韩国，异国他乡，各种孤独寂寞冷，马晓东每天都十分想念家里的饭菜，想念李萍的吼叫，想念女儿搂着脖子叫爸爸抱抱……每天疲惫地回到冷冰冰的宿舍，吃的没有喝的没有，真想当个逃兵。李萍每天料理好女儿、家务之后一般十点多了，会和马晓东在QQ上聊一会儿，或者视频。一段时间后，马晓东慢慢习惯了韩国的日子，一个月后甚至有回到单身状态的感觉，下班后和同事们去喝几杯烧酒，周末去韩国各地转转欣赏异国风光。首尔不大，很快马晓东就对这个城市熟悉起来，也对异国的生活适应下来。

杨思明不是医院唯一的中国人，却是对马晓东最好的中国人，也是马晓东最熟的中国人，她经常会做点中国菜带给他。两个人工作也配合得十分默契，马晓东甚至跟杨思明学会了不少韩语，简单的交流已经没什么问题。说起来很奇怪，马晓东没有想过有朝一日自己居然可以有一个老婆之外的女性好友，这种感觉……凭良心说还真不错。

遥远的距离对于马晓东来说，有种生活状态切换了一遍的感觉，时间久了，马晓东慢慢感觉很开心，从束缚着的习惯中解放出来，那种感觉像是一匹被驯服的野马，经过几年的圈养突然重返大草原。大草原真好啊，广袤而无尽的广阔天地任由自己撒丫子奔跑跳跃！

两地分居无论对于恋人还是对于夫妻来说，都是一个非常危险的状态，然而在医疗界打拼的人们早已经习惯了这种状态。当年一个女教师的辞职信中，一句“世界这么大，我想去看看！”让所有为了生活被牢牢束缚的人内心翻江倒海；建筑行业的人们也一样，网络上又一次流传出史上最伤感的请假条，而这次这个请假条则是“已经快忘了老公长什么样！”

李萍看到这则新闻还是颇有感触的，婚姻究竟是什么？爱情究竟是否全部要回归洗尽铅华的平淡？

谈恋爱和结婚的目的到底是什么？是完成一个任务，还是正式合法地传宗接代，继承自己那点可怜的基因？

异地的夫妻就是一场雪花飘零的自虐，无论文采多么美好，说得再完美，都抵不过一个个孤独寂寞冷的夜晚，一个人思念一个人或者思念一个活动的惆怅。

无论陋室还是华居，有男人有女人有孩子，才成一个家吗？

半年很短，白驹过隙。马晓东对于韩国的印象并不好，流露于表面的装×与文明。似乎全球进入一个笑贫不笑娼的年代，韩国的男人和女人都很开放，无论是同事还是顾客，对身材高大、气宇轩昂的马晓东眉目传情的很多。马晓东作为一个盛年男性，当然是有需求的，但是这种需求很奇怪的并非一定需要寻求一个爆发对象。作为一个把爱与责任放在第一位的男人来说，马晓东深深觉得，比起以前读大学时一个宿舍一群大男孩的骚动，作为一名中年男性，对于性的渴求已经不那样流露于表，这一切要用书上的话说，估计自己要么性冷淡要么情感洁癖，总之竟然做到了守身如玉。

但是，马晓东依然明白的是，自己的心灵并非波澜不惊。那是一次医院聚会，十几个人热闹地吃烤肉喝烧酒。这家医院，马晓东觉得最为身心愉快的是没什么职场内斗事件，可能是因为国内首屈一指，没什么大的竞争，员工待遇又极佳，生意也日日火爆，因此大家都过得十分安逸，时不时地聚会。中年或者青年的医生、护士们也都十分放得开，一顿饭下来，大家又去KTV唱歌，接着喝啤酒，人人都喝得东倒西歪。

马晓东酒量极佳，韩国的烧酒跟大中华的二锅头比起来就不算酒，因此从未有过醉意，只有那一次。那次大家酒足饭饱，解散各回各家。深秋凛冽的韩国街头，马晓东送杨思明回家，距离不算远，走路约莫二十分钟，二人选择走路。在医院工作中相处得十分熟悉，而且互相不讨厌的孤男寡女在寂寥的夜里并肩前行，或多或少空气中会弥漫着一点不一样的气息。一阵凉风吹过，杨思明下意识地缩缩身体，抱住胳膊，马晓东自然而然地脱下外套披在杨思明的肩头。

披衣服这个动作拉近了二人的距离，杨思明抬头看看马晓东，眼睛在黑夜里亮晶晶的，马晓东只觉得丹田一股热流顺着小腹而上，有一种想要拥她入怀的冲动。马晓东连忙丢下手，退后一步，拍拍额头。杨思明“扑哧”笑了起来，马晓东有些不好意思，二人再未说话。沉默地送杨思明到小区门口，马晓东独自走路回去。这个夜晚微微心动的一刻，在马晓东的内心深深悸动。

自从那个晚上后，两个人就莫名有点不同，比如单位说不完的工作问题讨论，下班依然社交软件各种讨论，谁也不知道是为讨论工作而联系，还是为了联系而讨论工作。总之，马晓东十分乐意与杨思明进行一切类型的交谈，这种交谈当年跟李萍恋爱时也未曾体会过。生活中有些人沉默不语，有些人夸夸其谈，而当你真正遇到一个人可以将所有细小的事情都拿来喋喋不休地讨论时，若说里面没有爱情的成分，是值得怀疑的。

这个道理马晓东懂得，杨思明自然也懂得。

11.刹那芳华

我们来到碌碌尘世，刻骨铭心的时刻并不是那么多。有些记忆碎片无论如何都不会随着岁月的流逝而淡去，很多时候我们以为我们已经麻木，我们历尽千帆，蓦然回首，却是一片茫茫然的惆怅。我们既丢了幼时憧憬的梦想，也丢了现在温情脉脉的情怀，我们所留下的，大抵是一颗彷徨恐惧或者千疮百孔的心！

马晓东在韩国做了无数个双眼皮、无数个隆鼻手术，各种手术，顾客男的女的老的少的都有。在韩国整形十分普遍的社会环境下，一切都跟时髦点的普通医院差不多，但马晓东还是遇到了一个印象十分深刻的案例。

当整形的定位和美容化妆趋同的话，有部

分女性容易整形上瘾，马晓东就遇到一个。同样是个女孩子，马晓东见到她时，她已经很漂亮了，雪白的皮肤，大眼睛长睫毛，高挺的鼻子，纤纤细腰加上得体的装扮，无论以韩国标准还是中国标准来看，都是不折不扣的美女。

看了病历，马晓东才知道美女是中国人，有个好听的名字叫芊芊，在韩国大学留学，看得出家境十分富裕。芊芊是医院的老顾客，看电子病历里详细的记载，芊芊第一次光顾FF整形是三年前，也就是刚刚来韩国半年的时候。之后三年时间里，她大大小小做了六项手术：双眼皮、开眼角、隆鼻、祛斑、丰耳垂、注射玻尿酸。

因为同是中国人，芊芊的病历转给马晓东，接着做她的主治医生。马晓东仔细看了病历简直倒吸一口凉气，芊芊这次来是想祛除颊脂垫，说是觉得自己脸部婴儿肥，照片圆滚滚的，然后打开微信的朋友圈给马晓东看。马晓东看到芊芊发的几张自拍，有正面、有侧面，都很好看。下面评论很多，有条评论是："哎呀，你现在胖了这么多啊，脸都圆了……"

芊芊就是因为这条评论要求做去除颊脂垫，马晓东叫来杨思明，然后问芊芊："这是我们的护士，你看看她的脸型如何？"

芊芊仔细看了看杨思明，杨思明比她大几岁，肌肤白嫩，但很显然不是小脸，也不是圆脸，就是看着很丰腴的脸型。

芊芊半晌才发表评论："她这个脸型不是我喜欢的，她还没我漂亮呢！"

杨思明哭笑不得，马晓东被逗得哈哈大笑，说："她确实没你漂亮，但是你承认这个肉脸更适合她吗？她要是没肉的小脸，是不是很奇怪？”

杨思明这下不干了，开始嚷嚷：“什么叫‘这个肉脸’？我脸上肉很多吗？你可不带这样人身攻击的！”

这下芊芊也笑了，她说：“护士姐姐确实好像更适合大脸一点，毕竟身材也比较胖！”

三个人都是中国人，一起拿杨思明开起玩笑来，杨思明也笑起来。杨思明性格就这点好，对自己的认知十分清晰，并不会因为别人说什么而对情绪造成影响，并且很显然可以看出马晓东和芊芊都是善意。

马晓东憋住笑意，正色告诉芊芊：“你的容貌走在大街上比90%的人都强，你的脸型，如果你非要说肉嘟嘟的，确实有肉，但那个不是赘肉，是丰满的苹果肌，是青春诱人的象征。你确信你要把面部搞成50多岁、干巴巴的样子？”

杨思明也说：“是啊是啊，用时髦的话说你那个叫胶原蛋白，多少女人还需要打玻尿酸来让面颊丰腴一点呢！婴儿肥的幸福只有四五十岁的女人才懂！”

马晓东又拍了张芊芊的正面照片，在电脑上稍微进行了瘦脸加工，然后指给她看：“你看，你脸部稍微有点肉，显得很甜美，很有福相。你要是整成锥子脸，你自己看看，是不是一副失足女的模样？”

芊芊撇撇嘴：“你是老式男人、中老年大叔，你看待女人的目光已经过时了好吧！”

这下轮到杨思明哈哈大笑：“马医生，你这中老年大叔，哈哈哈！”

马晓东不服气地反驳道：“现在社会的主流就是我这个年龄的大叔好吧，小男孩们的审美标准如何谁管他们？对不对？”

两个女孩一起翻翻白眼，不过杨思明到底还是说服芊芊再考虑考虑。芊芊很喜欢马晓东和杨思明，非要请他俩吃晚饭。她说自己也知道这样没完没了地整容简直是病，所以得多听点夸奖来转换想法，期望他们俩能帮助她。马晓东和杨思明爽快地答应了。

芊芊断断续续地讲述了自己的故事，她说还真的知道自己有点心理毛病，男朋友也是因为这个分手的，但就是没遇到像马晓东和杨思明这样苦口婆心劝她的医生。高中的时候，她就嫌自己眼睛小不好看，然后到了韩国，头半年不熟悉环境，后半年熟悉环境了，就跑到FF整形外科做了双眼皮，同时开了眼角，确实一下漂亮了不少，她特别高兴。回国跟同学聚会，大家都觉得芊芊变漂亮了，但又不知道哪里有变化。男友在国内读大学，芊芊所有的心思、生活中的点点滴滴都是跟他分享的，对于做双眼皮这个心愿，男友表示支持。高中的时候两个人无数次就这个问题进行过讨论，男友倒真的不介意她做双眼皮，女生爱漂亮呀，大城市里年轻人对于新鲜事物的接受程度还是比较高的。

但是芊芊从开了双眼皮后就根本停不下来了，接下来跟男友说还想去隆鼻，觉得自己鼻子不够挺，鼻头也有点大。这下男友不高兴了，说觉得她鼻子肉肉的很可爱，笑起来像个包子。芊芊根本听不进任何意见，做完隆鼻给男友发照片，男友再也没有回任何短信……

一段不错的感情因为这样的小事居然就断了，芊芊觉得男友不够爱她，但是后来一次寒假回国，跟男友见面，两个人已经平和得像朋友一样了。男友温和地告诉芊芊，喜欢她原来的样子，很可爱，像邻家妹妹，现在很漂亮，但是感觉像陌生人。当初选择分手是觉得芊芊压根儿不在乎自己喜欢她的是什么，况且也真的不喜欢女朋友没有特殊理由地接二连三整形。

马晓东和杨思明感慨："其实不是这个原因，你们天南海北十万八千里的，还是会分手的！"

芊芊说："我觉得也是，异地恋嘛，太难！跟我整形无关！所以我后来一生气，就又多整了几项。"

杨思明劝道："以后别做这种傻事了，永远要记得，做任何事都是为自己而做，并不是要给其他人看，或者认为可以影响到其他人怎么想。"

芊芊吐吐舌头："年轻难免任性嘛！反正做的都是小手术，大手术我爸妈也不让我胡来。"

马晓东没有多说，在他看来，应该是所有的男人都不会太喜欢自己的女朋友或者家人去做些无关紧要的整形，无限度地追求外貌上的完美，对自己、对身边的人确实是种压力。

男人和女人对于美貌的看法区别还是相当大的，很多人误以为男人眼里美貌是第一位，其实不然。美貌固然重要，但须知美分为内在美和外在美，外在美是一种天然的吸引，内在美却是一种后天的修炼。外在美可以让一个女人迅速吸引注意力，内在美却可以使一个女人恒久地散发出一种光辉。

想到这点，马晓东有点好奇女人们自己是怎么看待这个问题的，就问杨思明和芊芊：“你们女人是怎么看待外在美和内在美的？到底哪个重要？要让你们选择，你们是愿意做一个胸大无脑的美女，还是愿意做个智慧超群但不好看的女人呢？”

“当然是外在美重要！当然要做美女！”两个女孩一秒钟都没考虑，就异口同声地脱口而出。

马晓东大跌眼镜：“为什么？”

芊芊说：“首先拿最简单的谈恋爱来说吧，不漂亮，你认为优秀的男人愿意去发掘你的内在美吗？马医生，你是男人你说实话，一个丑女孩和一个美女，你愿意搭理谁？”

马晓东说：“如果美女没有内涵的话，我也是不愿意搭理的，男人没你想象的那么色！”

芊芊“扑哧”一笑：“你就使劲装吧，我从小学到上大学这十几年完完全全看透了你们男人的本质，就是喜欢漂亮的姑娘。你别笑，你看看哪个美女身边不是一堆男生献殷勤的。”

杨思明说：“绝对同意，我小时候胖胖的，受尽了歧视。初中时有次班级起哄我和一个男生的绯闻，那个男生涨红了脸站起来说‘谁再造谣我跟那个丑女有关系，别怪我不客气’，简直对我整个青春期造成了巨大伤害！”

“哈哈哈哈——你那个同学，你没抽他呀！”马晓东和芊芊都笑得前仰后合。

杨思明又说：“每个女孩子从小就开始做公主梦，漂亮一点，追求外在美，是女人的本能！只有具备外表上的一些优势，后天再修炼内涵，才能散发出无敌的魅力。”

马晓东想想觉得杨思明说的也有些道理，确实男生们从小就喜欢漂亮的姑娘，但是随着年龄的增长又总觉得哪里不对劲：“外表漂亮不能代表就能赢得爱情，这个你们承认吧？”

芊芊和杨思明捂住嘴笑：“大叔，您真心太老土了，难道你以为我们追求漂亮就是想赢得爱情吗？刚刚说的只不过是最浅显的一个例子，并不是全部。漂亮是我们现代女孩闯荡江湖的绝杀招式之一罢了，有了这个武器，一切都更容易一点。至于只看上我们漂亮的色眯眯的男人，我们还懒得理呢！”

现代的女子果然个个是女战将级别，已经清清楚楚知道自己的行动是因为自己想，仅此而已。马晓东忽然有种果然自己很老土的感觉，自己渴望的妻子是知书达礼、贤惠顾家……想着想着，突然觉得自己的想法没劲透了，中庸的老好人，符合社会舆论标准的生活模式，就真的幸福吗？今天知道明天是什么样，甚至能知道50年后是什么样。马晓东惆怅极了！

仅仅半年，接触了数位标新立异的奇葩人士，自己的三观不断被刷新，最惆怅的是，自己还挺羡慕的……

人生需要太多太多的刹那芳华，瞬间的风景或许远远比在沙漠里跋涉要值得欣赏一万倍！

12.似烟还是非烟

有些时候，我们觉得明明是一种东西，在不同的环境下为毛总有说不出的怪异感受，花非花雾非雾的看不清，要历经千山万水，我们才能豁然开朗。原来事物的表象与事物的本质可以区别很大，且事物的表象总是随着周围的环境变化莫测，我们一不小心就容易被表象迷惑，分分钟被引入歧途，这真是件伤感的事情！

马晓东要回国了，半年时间除了第一个星期孤独寂寞冷以外，马晓东过得很愉快。半年的时间里回国两次，李萍假期带孩子来过韩国一次，聚少离多成了习惯，大家都慢慢觉得也没什么不好，只要大家都遵守婚姻契约，好好过日子，反而过得相敬如宾。慢慢地，二人之间的联系也由每天视频通话变成数日一次，汇报各自的情况，马晓东恍然有种当年离开父母去上大学，然后自己的妈每次打电话来的那种感觉。当滋生这个感觉时，马晓东大吃一惊，结婚久了，妻子变成亲人，还真可怕，马晓东完全没办法接受把李萍和自己母亲的感觉类似联系在一起。

马晓东和杨思明讨论这件事，杨思明回答说："很正常的，有个女作家曾经说过最苦逼的女人类型是贤妻良母型的。当一个女人贤惠顾家，把男人照顾得跟儿子似的，男人很容易慢慢习以为常，就跟小时候对自己的妈一样，关心多了还嫌烦。聪明的女人都应该学会不要以做饭好吃、会做家务、喜欢带孩子为荣，这些到底和保姆有什么区别？做好这些，到底有哪一点是提升了你作为女人的魅力来让自己的男人热切地爱你的？我看，你老婆很可能就犯了这种错！"

马晓东只能翻翻白眼说："你从哪里看来这一套乱七八糟的东西，男人没这么复杂，男人只想老婆孩子热炕头，安生过日子而已！"

杨思明白眼翻得更大，说道："你就骗鬼去吧，那你还出来东奔西跑啊，你怎么没留老家老婆孩子热炕头啊。"

马晓东争辩："我不是要养家糊口，让老婆孩子过上更优质的生活吗？这叫生活所迫！"

"得了，这都是狡辩。女人无论如何在婚姻里都是弱者，再能干的女人要是像男人这样抛开家庭，为了更优质的生活出去打拼试试？男人分分钟要求离婚！"

马晓东举手投降：“得，你这是强盗逻辑。说不过你，果然与女人讲道理是讲不通的，我投降！”

类似的交流有很多，马晓东和杨思明各自都有种很奇怪的体验，明明岁数相差不大，却如同两个时代的人，或许男人和女人本身就是两个星球的生物吧。

马晓东回国前的一晚，FF医院的同事举办了一个欢送会。马晓东与所有的同事都相处得很不错，虽然难免与个别人有磕磕碰碰，但过硬的技术和颇为高洁的做人风格还是让马晓东赢得了一致好评。大家都喝了不少，一轮轮拼下来，马晓东也略微上头，杨思明更是一反常态，喝得七荤八素。在众人闹哄哄的闲话别离中，好几个韩国女医护人员笑嘻嘻地说：“马医生，幸亏你只待六个月，不然我们会万分舍不得的。”马晓东则佯装吃惊地说：“什么？难道你们现在已经舍得我走了？没有要跟我私奔去中国的吗？”大家笑成一片，有几分酒意的杨思明在黑暗中给了马晓东一个深深的拥抱。这个离别的拥抱不长不短，有二十来秒，马晓东脑海中一片澄明。无可否认，他和杨思明互相吸引，他明白，这么多人中，真正舍不得他的大概只有杨思明。杨思明的怀抱很温暖，哪怕是寡淡如水的水瓶男马晓东也有了片刻的失神。

现代人出行十分便捷，数小时飞机而已，就是两个国度。马晓东回到家里，恍然如梦。李萍悲喜交加，夫妻天南海北的分离终于结束了。这半年李萍像只孵蛋的雌鸟一样守候着巢穴，其中的滋味没有经历过的人不会懂得，一开始，她甚至十分后悔与马晓东一起做了这个决定，但是米已成粥，骑虎难下，只能硬着头皮走下去。

妞妞见到爸爸十分开心，从见到马晓东的那一刻起，就像条八爪鱼似的缠着他一刻也不肯放开。马晓东内心也百感交集，何苦来呢，明明自己信奉的是量入而出、知足常乐、平平淡淡最是真的人生信仰，却阴差阳错因为母亲去世的打击，加上身边刚好一系列事情，促使自己做出了这个选择。离开家眼不见的时候、工作忙的时候还略微好过，回到家里，看着妻子，看着孩子，心里还真过意不去。

做男人真不容易啊，不对，是做有家有口的男人真不容易啊。挣得少了，看着家人不能过无忧无虑的日子会内疚，拿命去拼；挣到家里人都能安逸过日子，但是陪他们的时间少了，还是会内疚。这个问题，马晓东与杨思明同样讨论过，李萍放假带着妞妞去韩国待了五天，她们走后的几天，马晓东十分惆怅，杨思明十分不解地问："难道男人也会舍不得一家团聚的时刻吗？"

马晓东便发出上面所说的那些感叹，杨思明若有所思，沉默半晌才说："那说明你是好男人，不是所有的男人都会有你这种纠结的。"

马晓东说："你还是不太了解男人，男人都是属狗的，喜欢在外面撒欢，却担心没有主人，再不着家的男人其实心里都装着家的。"

杨思明说："现在的狗早已经不是以前家养的土狗了，现在的狗是谁给的骨头更大就随时跑掉的好吧？看你这是什么破比喻！"

马晓东总是被杨思明抢白得无言以对，他也很奇怪，自己对于家、对于李萍和妞妞的感情，是一种类似于融入血液的责任，无论如何，这块骨头就是自己已习惯了的、十分具有安全感和信赖感的归宿。

马晓东回家待了三天，就接到陈建华打来的无数个期望他早点去报到的电话，仿佛医院就等着他马晓东去发扬光大似的。马晓东只好第四天就登上了开往省城的高铁，正式开始在LM整形医院上班。

走之前的晚上，马晓东和李萍都睡不着。李萍说："苦和累倒是不怕，我只是莫名地有些担心，把丈夫放出家门是否正确。现在的社会，人们大多举止轻浮，看看我大学的同学，已经离婚好几对了。"

马晓东双手枕在脑后，说道："我只是觉得我不在家，苦了你和妞妞，而且不能陪伴妞妞成长是很大的遗憾。其他的，咱们从认识到结婚过了这么多年，有什么好担心的，你明白我，我也明白你。我们不要想太多，走一步看一步，但是基本方针你我都不会忘记，就是这个家越来越好！"

李萍转过身来抱着马晓东的腰说道："目前社会如此糟糕，作为年纪越来越大的女人，说不恐慌那是假的，但是我依然相信你，况且我们也实在没有更好的选择。"

马晓东也很感慨："数年前我一直以为就这样，便是一生！"

李萍看着他："可曾后悔过结婚？"

马晓东笑嘻嘻地回答："我相信所有结婚数年的人都后悔过，你呢？难道没有？"

李萍也笑了，谁说不是呢！钱锺书早就说过，婚姻就是座围城，里面的人想出去，外面的人想进来。

马晓东温柔地劝慰道："好在我们依然算是恩爱夫妻！"

李萍表示同意，没有轰轰烈烈，日子平和地过了这么多年，也算是项成就。周围的同学也好、朋友也好，折腾来折腾去，筋疲力尽的比比皆是。

"以后你大概会多久回家一次呢？"

"医院会给我一套单人宿舍，你和妞妞每周末去我那里好了，这样也不影响工作。医生这个职业你知道的，基本没有假期，何况既然选择重新开始，那就要全力以赴，又不是国家医院了，不努力随时可能被淘汰，竞争也很激烈的。"

李萍表示同意，这已经是最好的办法了。

两个人絮絮叨叨谈到半夜，每个人都是被生活的大手推着前进，究竟明天是什么样？未来是什么样？谁也不知道，或许这就是生命魅力的源泉。人们在滚滚岁月的洪流中，或许可以随波逐流，或许可以做个弄潮儿。无论如何都无法改变这条河流滚滚流逝的脚步，这不能不说是个伤感的现实。

13.弄潮儿

我们勇敢地在人生的长河里尝试，或许一切与岁月挣扎的痕迹都可以称为奋斗，我们以奋斗这个行为来时时刻刻提醒自己的与众不同。生命是伤感的，更是孤独的，当我们选择一条陌生的道路时，只能忐忑不安地一路摸索。只要我们用心去付出，就会发现会收获无数感动，正是这无数感动支撑着我们在充满劫难的人生旅途上继续前行……

马晓东登上去往省城的高铁，一出高铁站就看到了专程来接他的陈建华和他的私人座驾，可见陈建华对马晓东到来的重视程度。司机接过行李，马晓东与陈建华并排坐在后座闲聊，陈建华告诉他，一切都已经准备妥当。

马晓东在韩国期间，陈建华去过FF两次，对于马晓东在FF整形外科的表现基本了如指掌。马晓东目前展示出来的实力是技术扎实、态度敬业，至于其他方面，陈建华目前还未能知道更多。

陈建华笑问："怎么样？在韩国还习惯吗？"

马晓东回答："都很好，不过我还是有些担心的，毕竟中国和韩国的文化不同，韩国无论男性女性对于整形美容这件事都十分宽容，而且他们自身也懂得很多。医患之间的关系也比较轻松。"

陈建华点头："我从事整形美容行业十余年了，你说的这个我感受很深。中国女人活得比较憋屈，明明是个看脸的社会，但是社会又不肯堂而皇之地承认。不过这几年已经宽容很多，早些年频繁去美容院都是遭人质疑的，现在做一些简单的小手术，大部分人还是认可的。而且从我干这行这么多年的经历来看，真的有很多需要帮助的人，有的是外在的缺陷，有的是内心的重塑！"

马晓东沉默了一会儿，鼓足勇气问道："我能否问一下，在中国，整形医院的经营者们的经营理念与普通公立医院有什么区别吗？我不想做一个把利益放在第一位的医生，这点我在FF整形外科有很愉快的体验，他们把美丽当作一场事业来经营，并非把利益放在首位。"

陈建华笑了："那么你觉得我们为什么用高昂的代价与FF整形外科结成学习合作单位呢？再者，社会发展到现在，'80后''90后'是社会的中流砥柱，你觉得任何不以顾客的实际利益为出发点的商业模式能存活下去吗？现在想做一个成功的企业，讲究的是双赢，又不是过去那种打一枪换一个地方的模式。"

马晓东有点尴尬地点了点头："那也是，我这人不喜欢把疑问藏在心里，毕竟现在国内很多民营医疗的投资者还是以赚钱为第一目标，这点是我最担心的地方。"

陈建华说道："在医院认识你时，就深深感受到你这种个性。我陈建华可以发誓，你就放一百个心，我们集团投资这个医院花了两个多亿，若是你以为这么庞大的投资就是为了赶快把投资的钱骗回来，那么未免太小看我们了。我不否认你说的那种现象在国内存在，但那绝对不会是我们的医院！"

两个人都笑了，有种惺惺相惜之感。对于陈建华而言，网罗德才兼备的骨干人员共同将事业发展壮大是这么多年永恒的主题，可惜这类人才十分稀缺。

司机把他们带到一处环境幽静的小区，停好车后，三人下车。司机帮忙拿出行李，陈建华拿出一把钥匙递给马晓东："我们一起去你宿舍看看，安居才能乐业。这个小区治安很好，环境也很安静，穿过前门的公园左拐就是医院，走路大概十分钟的样子。"

马晓东跟着一起上电梯，到了宿舍打开门三人进去。这是个大约50平方米的两室一厅，十分洁净，看得出刚刚用心打扫过，装修得比较简洁。米色的客厅放着一组布艺沙发，桌上放着一只大水晶花瓶，插着一大束碧绿的富贵竹，墙上挂着液晶屏电视。朝南的是主卧，一张1.5米宽的英国乡村式橡木床，床左侧有只同系列衣柜。

另一个小房间很小，放着一张小床、一张书桌、一个大书架，书桌上放着一台电脑。厨房很小，但咖啡壶也好，冰箱也好，设备十分齐全。打开冰箱，发现里面放着茶叶、牛奶及一些水果。

陈建华说：“宿舍比较简单，统一由公司负责请家政人员定时上门做清洁卫生，你只管把全部精力放在工作上好了。”

马晓东十分感激，由衷地说道：“陈总，你对我实在太好了！”

陈建华哈哈笑道：“至于感动成这样吗？我们不是只单单特殊优待你的，你还不太习惯民营医疗的作风。民营医疗求贤若渴，真正的人才我们都是当上宾对待的，我们期望人才在我们这里得到尊重和被需要，更希望人才在我们这里没有任何后顾之忧，只需要努力工作就行！”

马晓东感慨：“在公立医院待久了，突然出来很不习惯。素来耳闻民营企业的竞争激烈与残酷，但是从未反过来想，若是真有与企业同舟共济的有识之士，会得到怎样的成全，现在总算有机会亲自看看究竟了。”

陈建华说：“你要明白的一点是，得到与付出是平衡的，民营企业尤其如此。民营企业不允许高薪人士的时间浪费在无谓的小事上面。”

马晓东笑道：“那是，世界上哪里有无缘无故的爱和无缘无故的恨呢！”说得连司机都笑了，放好行李，三人又开车去了医院。

马晓东去韩国前来过一次LM整形医院，当时已经深深被其气势所震撼，今天再次来到这里，而且是以员工的身份踏入，有种不太一样的归属感。韩国的FF整形外科全国闻名，但规模比不上LM整形的十分之一，看得出，陈建华十分努力地经营着这家医院。

时间已经不早，下午四点多钟，医院里还是忙忙碌碌。整形医院的工作氛围，马晓东已经十分熟悉，没有了第一天去FF整形外科那种茫然不知所措的感觉，现在需要做的，就是熟悉环境，熟悉医院的工作流程，并与大家配合好。

马晓东不可避免地想到了杨思明，工作上还会碰到那样默契投缘的同事吗？马晓东不敢奢望。

陈建华带着马晓东去往十楼的董事长办公室，叫上医院各部门的主要负责人，大家开始坐下喝茶。在后来的日子里，马晓东慢慢也爱上了喝茶文化。只要有事情需要商议，大家便围着茶桌坐下，烧上一壶工夫茶，茶香四溢，大家看似随便地讨论一些工作上十分严肃的事情，无数大大小小的会议便在一壶壶茶中开始和结束。刚开始的时候，马晓东觉得会议这种形式的开法是否过于儿戏，时间久了，马晓东觉得这个方式太人性化、太高效了。大家本身忙忙碌碌地板着一张脸工作，搁在冷冰冰的会议桌上，点开制作精良的PPT的会议，真的让人身心俱疲。比起来，马晓东十分喜欢这种懒洋洋却实在很有用的会议方式，上一个小时遇到的问题，下一个小时大家就可以在什么纸面资料都没准备的情况下开始茶桌会议。令人惊奇的是，这些难题往往都在这种茶桌会议上得到了解决。高效快速的工作节奏无疑是民营医疗的一个巨大亮点，而在公立医院的时候，一个问题可能一个流程走上半年还没走完！

这是马晓东首次接触这种茶桌文化，大家围着一张茶桌坐下，陈建华首先给大家做了简单的介绍，总经理、业务院长、行政院长、经营主任、客服主任、咨询主任、企划主任。马晓东以前在公立医院时，从来没有关心过医院是如何正常运转的，每个流程衔接、每个职位设定都是若干年来形成的一整套路数。而且公立医院盈亏国家自设定为非营利性机构，员工们旱涝保收，无数院校的医学学子挤破脑袋都乐意进驻各大城市的公立医院，其运转流程跟民营医院真的相差太大。

LM整形与马晓东在韩国接触的FF整形也是非常不同的。韩国的医生会直接接诊，面对各式各样的患者，而国内整形首次接触顾客的是形象设计师，这是因为中国的求美者很多人的求美心理还很不成熟，形象设计师还承担着心理辅导师的作用，沟通一个求美者所需要花费的服务时间几乎是韩国的十倍，国内特设的这个职位无形中又增加了医院的运营成本。与韩国不同的是，医生们没有专门的护理人员搭配工作，医务部与护理部跟公立医院类似，医生负责不同的病人，而护理则是共同的。

民营医院设立总经理的职位，这个让土包子马晓东大吃一惊，什么？原来医院已经采取职业经理人的管理制度了吗？

陈建华介绍了大家认识，握手坐下，开始喝茶。

LM的总经理叫蔡文胜，是一个四十多岁、文质彬彬的男性，有工商管理硕士文凭。马晓东鼓足勇气，直接问道："蔡总，我想知道的是，一个不懂医疗的人到底是如何来管理医院的？"

蔡文胜微微一笑："无论是医院也好，餐厅也好，还是学校也好，按照正常的商业逻辑都是投入产出比、高效率的运营手段，员工的归属感、顾客的满意度、品牌的美誉度，在我眼里只要抓这些就行。不是因为你是医生，他是理发师，我就需要采取不一样的思维去差别对待。对我来说，我要保证的是企业的良性运转。"

陈建华也笑了："马医生，你在公立医院的时候接触商业的东西一定接近于零。当一个企业员工不关心蔡总刚才说的几点时，很难做到发自内心地去服务好客人。"

马晓东冰雪聪明："那么真正关于专业性的东西，一定是业务院长来抓了？"

管理业务的周院长是当地一家公立医院退休的老资格，谈及一些医务问题，马晓东心服口服。另外设立的行政院长专门处理医患矛盾及内部员工关系协调，一切都很细致周到。

大家都对马晓东在韩国的学习经历十分感兴趣，问了许许多多关于韩国医院独特的地方，马晓东认真回答："最不一样的应该还是那种贴心的服务，融入骨子里的服务意识。"

客服主任对这个最感兴趣，问道："举个具体的例子吧。"

马晓东想了想说："印象最深的莫过于我初次到韩国，院长接待我时，吩咐服务人员给我一杯好喝的茶，让满心忐忑不安的我深深感到温暖。"

客服主任接着问："那是否对你是个例呢？毕竟你是远方来的客人。"

马晓东说："不，不是这样，是自然而然地对待每一个顾客，甚至每一个人。他们的医疗是作为真正的服务业来对待的，不是心情好就对患者温柔一点，而是像我们这边的奢侈品店一样，永恒地把顾客当作上帝。"

大家点点头说道："这真是一个很好的建议，我们这些年也一直在抓服务，但是依然有浮于表面的感觉，大家还未能做到将优质的服务融入骨髓。”

随后，大家就医院的技术力量、管理方式、服务方式等问题探讨了一遍。不知不觉茶喝了几壶，天也黑了下来，外面白班的人员早已经下班。

马晓东第一次发现工作的时间原来也可以这么快!

一行人加上两个医疗骨干及护士长一起去吃了晚饭，算是给马晓东接风。马晓东对于这顿晚饭也是大受震撼，陈建华可谓是毫不吝啬金钱，订了城内一家知名的大饭店的包厢，满满一桌天上飞的、海里游的，极尽奢华。用陈建华的话来说：“我愿意给人才看得见的尊重，和钱的关系并不是很直接，我只想让大家知道我是重视的，仅此而已！”

晚饭结束，大家各自回去休息。月凉如水的陌生城市的夜晚，马晓东难免有些感慨，淋浴过后去书房打开电脑，登上QQ，发现QQ里想要说话的人的头像都灰灰地一片。马晓东起身泡了杯茶，然后给李萍打了个电话。李萍温柔地劝慰他，习惯了就好，选择一条陌生的路，一开始必然不适应。

放下电话，马晓东呆呆地独自出了会儿神，再次打开QQ，不顾大家头像都是灰灰的，给杨思明、乐飞、梁圣各自发了个发呆的表情过去。令他惊喜的是，三人都秒回，且都是一样的话：“哟，这是咋了？”

马晓东不由得微笑起来，有朋友真好。他跟三人闲聊了下自己今天的遭遇。乐飞表示别跟土包子似的，哥见怪不怪了，不过你要对得起老板的优待，要自觉做个牛×的白衣天使。马晓东隔着电脑翻翻白眼，不过他承认乐飞说的正是他内心所想的。

梁圣则是跟他确认了下实习结束的日期，可以直接来医院报到。

随即两个男人表示自己有节目，问候过了早点睡觉不要一个人寂寞同时也要拉着他们一起浪费时间，然后差不多三五分钟内一起消失得干净。男人和男人之间，或者男人和无感的女人之间，到底有多少人可以缠绵不尽地互相陪伴着交谈，奉献出自己的时间及温情呢?

而杨思明，马晓东内心泛起一股别样的情怀，回国辗转几日，二人没有任何联系，但是这种比爱情少一点、比友谊深一点的第三类情感着实一直萦绕在马晓东的心头。

人或许是需要一个谈得来的异性朋友的，但这类朋友的度如何把握，见仁见智!

马晓东明白自己心头萦绕的那种感觉叫作思念，马晓东想起曾经读过的小说，作家张小娴写的一个人对另一个人的思念特别能打动自己，那是种不经意间在心头掠过风一般的一丝触动，想起某个人、某件事、某句话或者某个笑容……

14.公益活动

人生的意义到底是什么呢？每当坐下来，整理一下自己的灵魂时，我们或许觉得阵阵迷茫。年轻的时候，觉得人生的意义或许就是体验其过程，到了后期，开始怀疑一切，但是又不得不继续前行。我们在不断怀疑中前行，边走边为自己寻找答案，寻寻觅觅中不断丢失曾经的自己，慢慢地塑造出越来越不一样的自己。我们年纪越大，丢失过曾经的自己越多，会不会直到一天，我们不再认识自己呢？

马晓东正式上班了，刚开始依然接待一些较为单纯的案例，做一些五官类、修复类的小手术。对了，马晓东在第二天终于知道第一天认识的企划主任到底是做什么工作的了。那个年龄不算太大的男孩将马晓东的生平简历、职业生涯详详细细地记录过去，并请来摄影师给马晓东从各个角度拍了许多照片，一会儿让马晓东穿白大褂摆白衣天使状，一会儿让他穿手术服摆技术圣手状。他告诉马晓东，专家的照片当然要拍得像样一点，没有人喜欢看劣质难看的东西："我们喜欢将一切都以它最好的样子呈现出来，整形美容和其他外科手术区别很大，顾客对于医生自身的形体气质引发的对美的信任度很关键！"

对此，马晓东自然瞠目结舌，以前在公立医院从来没有这么个部门专门负责医院环境的布置，以及医护人员以什么样的姿态呈现给大众。

企划部主任小王笑嘻嘻地说："所以公立医院的医生、病人脾气都很难好呢，人们希望身处洁净安宁的环境，尤其医生那么高强度劳动，病人又那样身体不舒服，嘈杂脏乱都会激发人的怒气。"

当天下午小王给马晓东发了个网址链接，马晓东发现自己在医院的官网上有了一个专题介绍，自己气宇轩昂的样子，加上一些简历介绍，确实能让没见过自己的人有一个直观的了解。马晓东感觉自己像新上架包装一新的商品，不过看看照片确实是自己，看看人物简介也还是自己，再看看各类资格证书也确实是自己，马晓东只好说服自己会习惯的，又没有虚假宣传。

小王又给马晓东开通了新浪微博，要求马晓东每天自己更新及维护，坚持不懈地努力发现工作上所有值得告诉大家的事，做医生也要懂得树立自己的品牌。

医务部一共有十五名外科医生、六名皮肤科医生、六名口腔科医生。队伍十分庞大。医生之间也存在竞争，绩效评定跟手术性质、手术数量密切相关，因此医生们之间的矛盾主要有两个方面：一方面是性格真的合不来，不愿意在一起合作；另一方面就是手术分配的问题。医生之间的竞争主要是医术及职称，跟公立医院没多大区别。

马晓东初来乍到并没被安排做大手术，不过他将各类小手术做得十分出色，跟患者的沟通也相当愉快。渐渐地，马晓东甚至拥有了自己的一个粉丝圈，微博越来越火。

这时医院决策想做一个公益活动回馈社会，全院召开会议讨论这个想法，蔡总主持会议。会上，他刚抛出这个想法，全场登时一片哗然。

所谓公益活动，大家自然知道全部免费。任何免费对于企业来说都是负担，且救助的标准也不太好界定，而且，被救助人的标准、医院提供救助的标准、医院资源被占用影响不影响医院的正常运营等都是问题。这么多年以来，很少有民营医院敢于大范围地去做公益活动，都害怕得不偿失，无法平衡正常运营。

蔡总概括说道："一个企业发展到一定地步，如果有机会回馈社会，我相信对于企业的品牌美誉度及社会容纳度都有本质的帮助，当然操作起来流程很复杂，这个我们一会儿再讨论。这样吧，我们先看看具体的公益方案，请我们的企划部主任小王来给大家解说一下。"

小王放映了一份十分详细的PPT，列举了社会上一些需要帮助的人的图片，有青春期少女面部大面积黑痣（太田痣），有贫穷少年意外鼻头缺失，还有兔唇的幼儿……众人看着十分震撼。

小王的开场白很文艺，他说："我高中的时候，同班女生看一本亦舒的小说，叫作《喜宝》，其中有一句话这样说'我需要很多很多的爱，不然就要很多很多的钱，全都没有我还有健康的身体！'我们周围有这样一群人，什么都没有，只有一颗不向生活妥协的心。其实我们整形外科在医学里最初就是救治这些外貌与常人相比有缺陷的人群的，也属于一个治疗学科。随着社会发展、经济水平的提高，人们开始喜欢的整形外科变成了外貌上锦上添花的学科。如果医院拿出部分资源回报社会，每年救助一些真正有需要而又没有钱来治疗的困难人群，相信我们医院的全体医护人员都会更有职业自豪感。"

停顿了一下，小王接着说："当然我们救助的对象有限，毕竟民营医疗机构还是一个营利性企业，我们每年只选择五名最需要救助的对象——外貌有明显的缺陷，确实需要整形救助，家境贫寒无法自我治愈。最重要的是，当事人并未因为外在的缺陷放弃自己，而外貌缺陷又确确实实影响到正常生活的那类人。"

"哗——"大家一起笑，"这么苛刻的条件，想必符合的人不是很多，至少我们周围都没见到有这样的人。"

大家开始讨论，医务人员对于这类公益救助持"医院做就做，医院不做乐得清闲"的态度，医院的经营层则认为需要通过回报社会来提升医院的美誉度，如此这般的情况下，公益救助计划最后获得一致通过。当公益活动真正开始后，大家才发现，这个世界不幸的人群远远超过原先的想象。

马晓东自然十分支持这类活动，确实中国民间对于老百姓有用的公益实在少得可怜，老百姓白白获得救助的机会也屈指可数。不管医院出于什么目的，只要真的为需要帮助的患者做点什么，就能算业界良心了。

活动救助医院建立专项资金，每年100万真金白银用于公益救助。医院官网及各家报纸上都发布了这条消息，一时间报名的人多如牛毛，不过大多数报名者的情况并不符合要求，资格审核时即被淘汰，有报名资格的会通知来医院检查情况的真实性。

医院第一个救助的对象是一个小伙子。小伙子有个很文艺的名字，叫欧飞，很年轻，只有二十来岁，正是最在意外貌的年龄。欧飞家在挺偏远的一个山村，并不是所有人都穷，但小伙子家里确实不富裕。小伙子小时候鼻部受伤，据他妈妈说是被老鼠咬掉了鼻头，无从得知真假。小伙子来医院的时候戴着口罩，高高的个子，穿着一条洗得发白的牛仔裤和一件运动衣，看着跟普通男孩并没什么区别，但是小伙子取下口罩时，在场的人着实都被吓了一大跳。

他的整只鼻子部位，鼻头就剩两只鼻孔，看上去十分可怕，好在学医的人天生胆大，大家都还能保持镇定。小伙子快速戴上口罩，很佩服大家都没有被自己吓一跳。

小伙子这样说："我从小就一直戴着口罩，仿佛口罩已经成了身体的一部分，因为鼻子的缘故，我的性格十分孤僻，几乎没有任何朋友，根本不敢和人熟悉。上学的时候大家也都知道我整天戴着口罩是因为鼻子有问题，但若是看见鼻子的问题这么严重，肯定会像对待怪物一样看待我吧，其实就算没有让大家看见，我独来独往，天天戴着口罩，从来不在学校喝水吃饭，已经是个怪物了！”

大家同情归同情，依然要按照流程来走，且这个病例的复杂程度很明显，因此并没有立即决定。专家组仔细检查了小伙子的情况，让他先回家等消息。小伙子终究年轻，忍不住问道：“我究竟还有没有机会像正常人一样呢？有一天可以正常地在饭店吃饭，可以追求喜欢的女孩子？”

马晓东温和地回答：“我们医生会讨论一下，拿出治疗方案来。如果我们有六成把握，而你也乐于承受试一试并不一定能够完全复原的风险，我们就会通知你。”

这个案例大家各持己见，周院长组织专家组开了一个关于这个公益救助的专门会议。马晓东第一个表态应该救助欧飞，而医院的另一名主任医师梁学聪表示强烈的反对。

他说：“马晓东你刚刚来医院，你知道什么呀？你直接对患者说有把握我们就通知他给他做手术，但是你了解医院为这个案例要承担什么吗？”其他医生窃窃私语，至少一大半老员工对梁学聪的看法是心里认同的，没有商量过就擅自给患者希望，你马晓东算哪棵葱？

马晓东心里有些过意不去，解释道：“对不起各位，我当时确实没有思考那么多。我只是想，只要我能做到我就一定帮他做。”

梁学聪轻蔑地看了他一眼，说道：“行啊，你马主任牛是吧，那你自己做吧。对不起各位，这个会议跟我无关，我不参加了！”

说完他甩手走出去，留下一屋子的人尴尬地面面相觑。

周院长赶忙打圆场，问大家意见如何，这个手术还要不要做。有两位资历较深的老专家给出意见，手术是可以做的，至少可以恢复七成以上，但是费用和费事程度非同一般，医院要考虑好。

马晓东说：“这个年轻人是真正值得医院去救助的人，不然一辈子就毁了，我想我们做公益难道还真的是挑不痛不痒的来做表面文章吗？”

周院长说：“马医生你别这么说。你才来不久，医院的情况你不了解，一个复杂的公益案例承担巨大的风险的话，对于医院来说是不划算的。我们每年花在医疗纠纷赔偿上的数额非常庞大，如果我们自找一个有可能发生纠纷的手术来做，未免有些得不偿失！另外，如果医院做这个案例的话，哪位专家愿意主刀？”

周院长看了一圈，大家都避开周院长的眼光，没有一个人乐意主刀这个既没有任何经济回报，又复杂、危险的手术！

随后，大家吵吵嚷嚷了一个小时也没得出个结论。以马晓东为首的几名医生赞成做这个案例，不过更多的医生选择放弃，觉得太浪费医院的资源。两派各执己见，一时不知道怎么办好。周院长擦擦汗，叹口气说道：“得了，我还是汇报给蔡总和陈总吧，让他们来定夺。这个案例分歧太大，我也做不了主！”

马晓东忽然站起来说道：“周院长，您做好预算，只要是医院乐意承担的范围内，这个手术我来做，出任何问题我私人赔偿！”

会议室一下安静下来，大家定定地看着马晓东。周院长拍拍马晓东的肩膀说："我还是先汇报给上头，你的意思我也会转达的。今天先到这里，散会吧！"

很快，蔡总和陈建华都来找马晓东谈话。两个人的意思是，知道马晓东用意是好的，但是要学会与同事相处，工作中和谐相处还是很重要的。但马晓东的倔脾气上来了，仍旧坚决建议要做欧飞这个案例。在他看来，倘若不能坚持自己的医疗初心，随波逐流地去发展，到了最后还真是除了钱什么都没剩下！

陈建华和蔡总面面相觑，若有所思。在蔡总看来，马晓东是有点矫情了。但陈建华跟马晓东相处的时间较长，比较能懂马晓东这般坚持，一是情怀驱使，二是个性上想要坚持自己认为对的事情。陈建华转念一想，突然乐意赌上一赌！

最终，经过医院决策层讨论，其实是在陈建华的力挺之下，医院决定做这项手术。在宣布这个决定的会议上，陈建华表示，虽然代价较大，但是小伙子戴着口罩，青春的身影像是一道闪电，热辣辣地劈在每个人眼前，马晓东医生说得对，对于这样的孩子早一天救助，即可早日让他取下口罩，看着心爱的姑娘或者微笑或者流泪。人生短短数十载，值得高兴的事情实在有很多跟相貌有关，不求英俊潇洒，至少不可怖吓人。

会后，在陈建华的办公室里，蔡总有些犹豫地问："这样处理会不会让梁学聪医生感到不被重视？"

陈建华说道："我比较欣赏马晓东这种一腔热血的医生，一个医生一旦自私自利，对于患者来说就是噩梦，对于医院来说同样是噩梦。”

蔡总点头同意，不过他又说：“这个公益活动的开门第一个就可能超出我们的预算，医院这次可是要出血本了，你就不心疼？”

陈建华笑道：“作为商人我肯定心疼，但是作为企业家，出于对医院健康、长远发展的考虑，我认为值得一试。任何模式都是摸索出来的，不大胆就停滞不前！”

这件事就这么决定了，通知小伙子的瞬间，小伙子在电话那头哭了，很快便带着简单的行李住进医院。马晓东正式成为他的主治医师。他翻阅了大量临床资料，策划了一个又一个手术方案，与经验丰富的老专家们探讨，除了梁学聪。因为这个案例的挑战性以及马晓东的热忱，大家不知不觉中开始消除抵触情绪，慢慢参与到手术方案的讨论中来，最后手术采取美国进口的人造硅胶鼻头，以及大腿皮肤自体移植手术。从首次手术的鼻头再造到皮肤移植，经过数次修复后，小伙子的鼻子恢复得差不多了，只是略微有些僵硬、不太自然的感觉，不过完全可以解释一句“曾经受过伤”。手术效果简直出乎所有人的预料，陈建华长长松了一口气。可以说这个案例若是失败，想保住马晓东也是不太可能的事，相反，这个案例一旦成功，马晓东在院内的技术水平就会得到绝对认可，也算对自己的力挺有个交代。

经过一个多月的深度交流，马晓东和欧飞建立了深厚的病患关系。对马晓东来说，执业十年，从未做过这种类型的手术、接触过这类患者，因此竟有一种艺术大师完成一件杰作的感受。不仅每天惦记着，有时候晚上加完班，马晓东还会来欧飞病房查看情况并与他闲聊几句。马晓东深刻地感悟到，以前在公立医院与患者实在太缺乏交流了，完全不明白患者的感受，患者大概也无法体会他作为医生的疲惫。医患关系，需要的还是交流啊，无论是病情还是其他，建立一种真诚的信赖关系比什么都重要。

欧飞出院时终于摘掉了口罩，照镜子良久，他做了一件让马晓东大吃一惊的事情。当着众人的面，他“扑通”一下跪了下去，大家都吓了一大跳，连忙一起去扶他起来。医院开了这么久，来来往往的病人多了去了，还从来没有见过下跪的。

欧飞哽咽得已经说不出话来，他的母亲在一旁止不住地擦拭着眼泪，说：“医生们，你们就让他给你们磕头吧，这孩子太苦了，都怪我小时候没看好他！”

在场的人们无不动容，有的女孩子甚至忍不住悄悄别过头去擦拭眼角的泪水。

几天后欧飞的家人给医院送来一面锦旗，上面绣着“仁心仁术”。大家都互相谦让着不肯挂在自己办公室，实在是老土怕被别人笑话，但是每个人又觉得这老土的锦旗十分可爱，红色的绒布上面是四个金色的大字，仿佛拉着医护人员们回到当年刚进医科大学时的青葱岁月，说着希波克拉底的誓言。最后，这面锦旗被大家一致认定，挂到了马晓东办公室。

这件事情马晓东很自然地在微博里进行了分享，并指出，如果你还在抱怨你不够漂亮，请不要再无病呻吟，拥有健康而完整的外貌和身躯，已经是件无比幸福的事情！当然，他没有披露欧飞的个人信息。令他没想到的是，这条消息引起了相当大的关注。大家纷纷留言，为LM的业界良心点赞，也有人提出想看看该患者手术前后的对比照片。对于大家的这个要求，马晓东并没有给予满足，毕竟事关患者的个人隐私。

马晓东把这件事情分别跟李萍、乐飞及杨思明进行了分享，三人的反应也很奇特。李萍作为业外人士，觉得这是一个非常动听又感人的故事，最关键的是有一个美好的结局，十分有意义，并鼓励马晓东以后多多参与这类事情，挣钱之余也算是多做点好事回报社会。马晓东被她逗得哭笑不得，说：“你咋不给我背上刺个‘精忠报国’呢！”

乐飞则用鼻孔哼了一声，恐怕是你们医院沽名钓誉的做法。马晓东分辩，自然是一个双赢的事情，医院并不能够开门做慈善。乐飞说也罢，这年头什么都不肯付出就期望免费得到显然不切实际，病人得到他想得到的，你们医院获得你们想得到的，很公平！马晓东说，公平什么呀，你知道我这次受到多大阻力才给他争取来这个手术吗？乐飞笑道：“可爱的马大主任，我只期望您这颗洁白的天使之心可以永垂不朽！”马晓东笑着骂他快滚。

而杨思明则比较奇葩，她说：“人类究竟追求的是些什么？大街上人来人往，人人五官完整，面孔上的神色也未见他们幸福。”

虽然脑回路各有不同，不过三人毫无例外地都夸赞马晓东做得好，同时也担心他这么高调会不会在医院被孤立。马晓东鼻子里哼了一声，孤立就孤立呗，我怕个毛线！

马晓东这下给他们三个人分别贴上一个标签，李萍就是一个温暖的小女人，乐飞则是未脱离愤青行列的老处男，杨思明则貌似对世界充满冰冷怀疑的女战士。

这些评语告诉他们三个时，他们的反应倒是出奇的一致，QQ屏上，三人不约而同打出来的字都是：哈哈哈哈哈哈……

15.女人的胸部

胸部对于女人来说，重要性可谓是路人皆知，波涛汹涌似乎等于美好女性的第二性征。女人总是猜测男人一定喜欢自己的女朋友或者老婆有一副D罩杯的胸脯。真正胸围的尺寸是否和他们爱她们的量成正比，男人和女人各自都不肯承认，没有几个男人敢明确地跟女孩子们宣布，嘿！我就喜欢胸部丰满的。大多数女人永远不会懂得，胸部，那是一种类似于童年憧憬似的原始诱惑，并不决定他可以爱你更多。

马晓东在这一天内接待了两个女顾客，都是胸部的问题。第一个姑娘19岁，和妈妈一起来的，形象设计师已经详细了解过情况，认为确实有手术必要。马晓东见到她时，觉得面容秀丽，身形高挑略微显壮，看着很正常，并无特别需要通过整形来改变之处。

马晓东虽然心里疑惑，但是依然招呼母女坐下，然后翻看病历，原来少女想做巨乳缩小。马晓东抬头观察了下少女的胸部，少女穿着肥大的外套。

少女说："过大的胸部给我带来许多麻烦，走路甚至都透不过气，更不敢穿稍微显身形的衣服，同学们背后都叫我乳牛！"

马晓东点点头，问患者母亲："您也是支持的吗？"

那位母亲这样说："为什么不？女人青春期开始自卑足以影响一生。何况她自发育期开始，每到夏天胸下面便会出汗、湿疹、皮炎，从不敢去游泳池游泳，人生本来乐趣就很少了！"

可见这位母亲是名思想新派的现代女性，马晓东说："既然你们都认为十分必要，原则上我同意这项手术，但是我依然要检查一下其必要性。"

在检查室，马晓东还有形象设计师一起，少女勇敢地解开衣服。马晓东看了看十分同情，也立即明白了她的痛苦。少女拥有两个足球般大小的巨乳，很无奈地堆在胸口，像两座山，尺寸过于惊人，确实不仅没有美感，还带来一堆麻烦。马晓东随即开了检查身体各项指标的单子，替少女安排好手术日程。

形象设计师很专业地说："外形上的心理压力解除，但是后期不能哺乳了，真的没有问题吗？"

少女及母亲异口同声："没办法两全其美，只能不奢求！"

"医生，为何我会跟其他同龄少女发育程度这样不同呢？"少女很苦恼，也很困惑。

“没有什么不同，你的胸部发育得过度了而已，它生长时忘记了到一定地步应该停下来。”马晓东的说法让大家都笑起来，气氛轻松了许多。

马晓东拿出一些解剖图，温和地跟少女解释：“巨乳缩小术原理很简单，也不会留下明显的疤痕，会在乳晕部位做环形切口，将多余的乳腺和结缔组织取出，再进行胸型重塑，恢复后基本和正常少女无明显区别。”

母女俩很开心，出去体检，等待手术安排通知。少女叫芝兰，真是个清雅好听的名字，确实不太适合做大胸女。

刚送走芝兰，想不到接下来的患者依然是胸部问题。马晓东苦笑，胸部对于女人来说，重视程度真的不容小觑。这次是个30来岁的少妇，该女士的病历需求上写着胸部哺乳后下垂，本身D罩杯的胸部几乎成了A。少妇叫王思雨，她说：“我那里现在几乎成了茶杯盖，所以希望通过隆胸达到C罩杯的水平。”

马晓东问道：“和爱人商量过吗？他什么态度？”

王思雨说：“他应该已经忘了我的胸部是什么样子了吧。”

电光石火间，马晓东便明白应该是夫妻俩已经许久没有肌肤之亲了。马晓东虽然是名医生，但也是个男性，对于一些敏感话题能理解得十分迅速。但是毕竟此类沟通经验尚浅，马晓东又是十分传统的男人，一时间不由得有些尴尬。

王思雨似乎读懂了马晓东的心声，解释道：“医生，我隆胸并不是想让他重新对我的胸部感兴趣，实际上夫妻之间一般走过追逐的激情，完成生育的使命，大抵如此。”

马晓东轻轻点了点头："既然这样，那么隆胸完全是你的私人行为，我想我应该尊重你的选择。"

王思雨微笑，随即去检查身体，同样等待手术安排。

王思雨出门后，形象设计师也笑着问马晓东："马医生对于女性隆胸似乎还不能习惯。"

马晓东回答："或许是因为我们是东方人吧。隆胸这项手术是北美人发明的，那边的人热衷暴露身体，不戴胸罩直接穿半透明衬衫都是时髦。但是我们中国人属于过去胸大羞愧得头也不敢抬，甚至用布条束缚起来的人种。"

形象设计师说："时代变了，现在中国女性也越来越追求自我，从外形到内在。"

马晓东也有些感叹："依然是男权社会，大部分女性依然以美丽的外表吸引有资源的男性目光为荣。"

形象设计师不由得一愣，旋即看着马晓东哈哈大笑："马医生，你知道吗？你简直不了解现代都市女性。"

说完，她转身出去接着忙，留下马晓东一个人发呆。

晚上，马晓东在医院待到九点多才回宿舍，洗完澡，他习惯性地去了书房。一周五天要面对一个人的夜晚，而马晓东几乎是个宅男，不愿意去嘈杂热闹的聚会消磨时间，每每回到空落落的宿舍，他不免觉得疲惫、孤单。

不过，好在可以上线跟乐飞、梁圣和杨思明聊聊天，说说彼此的工作及日常趣事。比如今天，马晓东就在QQ上告诉杨思明自己碰到的两个病例——一个不需要大胸，一个想要胸部更大。

杨思明问："对于女性对自己的躯体如此折腾，你是否同情？"

马晓东说："说真的，同情。我不明白她们为什么要这么做，芝兰的情况我可以理解，但是隆胸这项行为我完全不能理解，究竟目的是什么？我唯一能想到的是取悦男性。"

杨思明想了想："我也这么认为，隆胸这项行为归根结底还是渴望获得更多的爱，大多数普通中年女性勇敢地隆胸，我相信深层次的原因是这个。年轻女孩有些是模特或者娱乐明星，她们隆胸反而容易理解，毕竟她们每个毛孔都追求完美。"

马晓东说："医院的形象设计师说我不了解时代女性，可能我们俩的看法都偏向保守派？"

杨思明说："显然是，我们能够谈得来，表示我们观点类似，那么我们俩这种类型，对事物的看法肯定有局限性。"

马晓东喃喃说道："但愿我永远不需要去了解都市女性，我还是喜欢女人们自自然然、不折腾地过日子。"

杨思明发来一个笑脸："以后你会有很多时间去接触都市女性的内心，每一个整形美容的女人背后都有一个理由，或者都有一个故事。"

芝兰的检查指标出来，一切都很好，可以即时安排手术。马晓东本想安排在假期，这样芝兰有时间休养，但是芝兰坚决要求立即手术，自己请假一个月，可见已经迫不及待。

手术当天，马晓东术前跟芝兰聊天，问她："害怕吗？"

芝兰点点头，又摇摇头："期待比恐惧更多！"

马晓东说："会有些痛，且恢复不会那么快。不要希望手术结束即拥有你渴望的身材，另外你想要穿游泳衣可能需要挺长一段时间，或许三个月。"

芝兰回答："有期待我已经很满足，另外医生，我只想要B罩杯的大小。"芝兰毕竟还小，说这个时不禁害羞得红了脸。

马晓东和蔼地回答："正是适合你的尺寸，那我们开始手术了，准备好了吗？"

芝兰勇敢地点点头，一同参加手术的医生助手和护士都被二人感染，心里格外温暖。马晓东细致地切开乳晕旁的一个半圆，在无影灯下，细细剥离乳腺及胸大肌浅层，割下多余的乳腺、结缔组织和脂肪，然后整理胸型，细密地用最细的进口丝线缝合。护士忍不住赞道："真漂亮的新胸型，马医生手术真仔细，针脚比蚊子脚还要细小。"

马晓东笑笑："对女孩子来说，这里若是有个疤痕，受的伤害不见得会比拥有巨胸小。"

"马医生，您真正是仁心仁术。"大家由衷赞叹。

马晓东说："我依然靠赚顾客的钱来养家糊口！"

"医生也是人，又不能不食人间烟火！"大家笑嘻嘻的，手术已经结束，切割下来的东西装在一只透明塑料袋里，看上去足足有三斤重。

护士吐舌头："确实不割不行，感觉至少比我的重六倍！"大家一齐故作色眯眯地惊叹：“原来你是袖珍胸型……”

护士故意用手护胸笑骂：“你们这群色狼！”

医院就这点好，男男女女都对身体部位不再害羞，不再遮遮掩掩。

手术结束，芝兰麻醉未醒，被推进病房休息。她的爸爸妈妈爷爷奶奶都来了，把一个单人病房挤得满满的。大家一致觉得这真是相亲相爱的一家人。

马晓东在医院的日子一天天过去，靠着这种替他人着想、在行业内看来算略微激进的行医性格，人缘一时间爆棚。病人喜欢转介绍直接的朋友来，形象设计师们更喜欢与马晓东合作，只要遇到要求较高、层次较高的顾客，大家纷纷把患者交给马晓东。如此一来，引发了以梁学聪为代表的几名医生的高度不满，开始有意无意地排挤他。对此，马晓东倒是不以为意，毕竟有人的地方就有江湖。

16.面相和生活

中国人讲究面相，面相有很多讲究，比如太阳穴丰满代表夫妻运比较好，再比如额头饱满代表有智慧，鼻头肥大的财运旺，等等。面相神乎其神的各种说法，究竟靠不靠谱？

关于面相，马晓东和杨思明在韩国时就谈论过这个话题。杨思明从鼻孔里哼了一声：“谁敢说命运和长相没关系？”

马晓东说：“关系肯定有，但是没你想象的那么大！”

杨思明更加不屑：“你就死命装吧，我敢肯定，两个女人同等条件，一美一丑站你面前，你肯定跟所有男人一样选漂亮的。”

马晓东说：“你这是强词夺理，我们讨论的又不是这个，是说长相对一个人本身的命运有无影响，旺夫、财运之类的好吧。”

杨思明说：“这个我也是相信的，比如说旺夫吧，都说白胖型的旺夫，不旺夫的能长成这样吗？老公又穷又不爱她，她能白胖得起来吗？所有的黄脸婆都是她的男人造成的！女人劳心劳力才会苍老！”

马晓东被杨思明一番慷慨激昂的演说给笑喷了：“原来你是女愤青……”

杨思明说道：“不好意思，女人一般结婚几年后都会这么歇斯底里。”

“那我家老婆还算好，她好像一直很温和。”马晓东这么说。

杨思明说道：“现在肯把老婆挂在嘴边且常常夸奖的男人可十分罕见。”

回到国内，马晓东才发现，国内无论是男人还是女人真的很重视面相。一次，一个女顾客来咨询隆鼻，她说自己的鼻头像个包子，实在很难看。

马晓东仔细看看，其实女顾客的鼻子很好看，肉肉的挺减龄。马晓东拍了张她的面部特写照片，传到电脑上，然后问：“你想要的是什么样的鼻子？”

女顾客说：“高鼻梁，鼻尖窄窄的。我现在属于鼻梁不够高，鼻子又宽又大，不洋气。”

马晓东按照她说的，在电脑上用制图软件将她的鼻子改成又高又挺、鼻尖小小的样子，然后将修改好的图片给女人看：“你看，若是做成你说的那种鼻子，你就会变成这个样子，你觉得好看吗？”

女顾客看看，沉默半晌，左比较右比较，有些拿不定主意。

马晓东又说：“你看，你的鼻子现在完全属于旺夫鼻的典型。”马晓东百度了个旺夫鼻的图片解说给她看，她仔细一对照，发现还真是如此。

所谓旺夫鼻是啥样的？就是鼻小柱笔直，鼻头圆润饱满，且整个鼻形是略微偏大的，鼻子在人面部中央，一眼聚焦的目光很容易在鼻子上。实际上对个人来说，只要不是鼻梁很塌、鼻孔过大或者鹰钩鼻、朝天鼻之类的，在其他人眼里看来并没有特别大的区别。

女顾客这下茫然了，问道：“……那我不隆鼻了吗？我好不容易花了一个月的时间说服自己挑选医院、挑选医生呢。”

“你属于富贵脸，就是小国字脸，配高而窄的鼻子不协调，那样就不会是你了，会看着怪怪的。”马晓东真诚地劝她，“你若是非要想改变点什么，你可以选择丰一下太阳穴，也就是夫妻宫。你目前太阳穴部位略微凹陷，填充一下脸型线条更柔和，而且非要用面相来说，这种微调是利于夫妻感情的。”

女人就是这样，下了决心消费某项产品若是没有消费成，心里就跟猫抓似的，因此马晓东转移了她的消费需求，合情合理，她欢天喜地地当即同意，用玻尿酸注射填充了太阳穴，果然当场见效。她照了半天镜子，心服口服地说：“马医生，你果然能知道女人最需要怎么去改变！”

在场的形象设计师和护士都笑了：“看你说的，马医生都快成女性之友了！”

女顾客说：“我还是第一次遇到这么有责任心的医生呢，我要推荐我的朋友们来光顾。”

大家好奇地问道：“是传说中的太太团吗？”

女顾客说那当然，大家每个月花在美容院的费用都非同小可，但也没见有啥变化。

做完这个患者，也快到下班时间了。马晓东看看手表，今天周五，李萍跟妞妞会过来过周末，这个点儿也应该要到了。他迅速地收拾了一下，然后想了想，给杨思明发了条QQ信息：“今天晚上不找你闲聊了，我老婆和女儿来过周末。”

杨思明的头像灰灰一片，没有什么反应。马晓东等了几分钟就关掉电脑，脱掉白大褂，整理好零碎，下班回宿舍。

一周团聚一次的一家三口，马晓东还是有些期待的。结婚久了，老婆、女儿仿佛成了生命的一部分，分开时谈不上热烈的思念，但是想起来会觉得温暖。

回到宿舍，果然一开门妞妞就扑了过来，一面叫着“爸爸”，一面朝马晓东脸上一边亲了一下。

一家人出去吃了妞妞喜欢的必胜客，然后在附近的小公园里逛了逛，公园里有音乐喷泉，妞妞玩得很开心。一家人在公园附近又转了转，就回宿舍洗澡睡觉。妞妞累了很快入睡了，剩下马晓东和李萍，马晓东居然觉得陌生得有点不知所措。

李萍不以为意，说，坐火车大家都累了，睡觉吧。一周未见，夫妻二人一夜无话，各自睡去。

周末马晓东照常上班，李萍带着妞妞四处闲逛。想想能陪伴家人的时间真的越来越少，良心有些不安，马晓东某天跟乐飞谈到了这个问题。

乐飞表示已婚男人的世界自己一个钻石王老五不懂，但是随即表示怀疑："你小子是不是出来几天好的没学到，学会泡妞了？"

马晓东大呼比窦娥还冤枉，只不过是这么多年一直习惯家居生活，突然分居两地有些不适应，跟老朋友探讨下男人脆弱的内心，难道就是犯错误了？

乐飞意味深长地说："我告诉你马晓东，哥虽然没结过婚，但是恋爱谈了数次，对女人的经验比你丰富多了。每当我觉得对一个女人没啥感觉，不停地问自己为什么没啥感觉还觉得良心不安的时候，就是到了我已经开始关注其他女人的时刻。"

马晓东辩解："这真的没有，你就当我迟来的七年之痒好了，跟你真没法沟通！"

乐飞说："你小子上有老下有小的，你自己悠着点。三十多的男人犯错误比较容易，何况你又长得一表人才的，大城市诱惑又多，指不定你色心大发。或者遇到色心大发的女人，你心软无法拒绝也很有可能。"

马晓东无语，叫他快滚："得了，跟你说困惑简直是对牛弹琴，我还是自己管好自己吧。"

乐飞哈哈大笑："这就对了，男人就得自己管好自己，其他人说什么都没用。不过我真心觉得有必要提醒你，我在医疗圈做了这么些年，这行业大家见同事比见家人多得多，何况民营医疗大家都是精英人才，相貌好看，事业有成，容易饱暖思淫欲。”

马晓东只能说他狗嘴吐不出象牙!

跟乐飞讨论完，马晓东还真问了下自己，想要的是什么？好好生活，老人孩子过点好日子罢了，然后在笔记本上郑重其事地写下“好好过日子！”五个大字。

但是好好过日子也不是那么容易的，有些人总是喜欢没事找事，马晓东从来没有想过自己锋芒毕露的个性日后给自己带来了很多麻烦。

17.莫名成名

生活的进程，我们活过半生便会懂得，我们会遇到什么人，会发生什么故事，很多事情冥冥之中自有天意。古人说生死有命富贵在天，想必他们也是同样这么感慨的，谁不是年龄越大越唯心主义呢？但是有一句话又特别好，当你送走若干岁月之后，你如今的气质里、音容间，藏着你走过的路、读过的书、经历的事、爱过的人……

马晓东一大早发现微博涌入一大批粉丝，原来公益活动的第一个救助对象——那个修复鼻子的小伙子欧飞来微博跟帖，并述说了自己的故事，还大方地贴了张自己的照片。这下炸锅了，数万人围观，热议不休，然后医院前台电话响个不停，许多媒体要求采访马晓东。

医院召开了紧急会议，陈建华亲自从外地赶回来主持。这次事件算是医院第一次未刻意推广就展露在大众面前的比较火爆的公共事件，管理层非常重视。

蔡总、马晓东、企划部主任小王、形象设计主任、客服主任、行政院长、业务院长聚在陈建华的办公室喝茶，铁观音浓郁的茶香清醒着每个人的神经。大家平时忙忙碌碌，除了紧急会议，很少有机会这样坐在一起品茗交流。

陈建华喝了一口茶，说道："看来这次的公益救助是个正确的选择，社会反响很大，企划这边要跟上。我们远远没想到受到帮助的人会主动在微博上表达对医生的感激，这在我自己的医疗从业经历中还是第一次遇到。"

企划部主任小王问："我们是否需要联系患者，协助我们做些企划活动呢？感觉欧飞属于乐意配合的那类患者，毕竟他这类手术跟普通的整形手术不一样，患者不介意暴露在公众面前。"

马晓东想了想，说道："这样会不会不太好？明明是真的公益，却变成像是宣传似的。"

行政院长和业务院长也点头赞同马晓东的说法："毕竟是医院的第一次公益活动，如果加上商业宣传，就变了味，好事也成坏事了。"

蔡总仔细地斟酌了一番，开口道："有没有方法能既让公益活动依然是公益形象进行下去，又能趁机借着势头宣传一下呢？这样良性循环，我们将来也可以救助更多的人。我们是医院也是企业，做一件事毕竟要让股东们看到好处才对。"

陈建华很同意这个观点："对，对于一个企业来说要善于把握每个机会，生存和情怀是不冲突的，只有更好地生存才能离我们的情怀更近！”

小王提议：“要不我们就挑选几家正规的媒体接受采访，新闻报道的模式最好。当事人我们联系下，愿意出镜就出镜，不愿意也不强求。我们的新闻采访模式采取访谈形式，就是用平淡的口吻讲述一个普通人重新获得正常生活的故事。”

大家都觉得这个方式不错，大概可以达到陈建华想要达到的效果。

陈建华又笑着问马晓东：“一旦上那些媒体的访谈节目，你就要成名了。在韩国，医生跟明星似的，这种情况很常见，你在韩国待过应该有所体会，你能接受这种工作模式吗？”

大家都看着马晓东，形象设计主任和客服主任都表示举双手赞成包装马晓东成为医院的明星医生。蔡总也乐滋滋地说：“你们别说，我也觉得马医生真有成为明星医生的条件，各方面来看都是魅力四射的，亲和力也很强。医院其实也应该有这种思维，打个不恰当的比喻，医院医生们提供的是技术和服务，夜总会的姑娘们提供的也是技术和服务，夜总会有花魁，医院也可以有头牌嘛！”

这下大家都哄堂大笑起来，马晓东一脸黑线：“蔡总，我也是服了，我都要开始牺牲色相成头牌了，要不要这么拼啊，我丑话说到前头，我可是卖艺不卖身的！”

大家笑得前俯后仰：“这性格还是很像头牌的，过去头牌姑娘都是卖艺不卖身，这样身价才高。”

陈建华也被逗笑了，说道：“别瞎开玩笑了，医院的头牌拼的就是艺，拼色就完蛋了。我凭直觉宣传还是必需的，既然风来了，我们加一把火肯定能烧得旺。当然我这是站在一个商人的角度来看问题的，医院毕竟是特殊的商家，因此大家要认真思考，我个人觉得小王的提议可以考虑。”

蔡总说道：“我们企业品牌宣传也做过不少，这类公益性质的活动接受媒体采访的方式进行宣传，我个人认为问题不大。”

大家也都表示可以尝试一下，不过毕竟是第一次，媒体选择一定要慎重。

小王拿出媒体统计表格，说道：“截至今天，主动跟我们联系的媒体主要是本市各大电视台和报纸，我认为在这些媒体中我们选择一个频道和全体报纸应该就可以了，频道的话我们选择生活频道比较合适。”

陈建华和蔡总当场拍板：“行！小王，你马上去准备。马医生、其他各部门的负责人全力以赴配合企划部的一切工作。公益活动依然照常进行，网络上我们的人员也可以适当参与宣传，原则是不虚假、不过火！”

一场会议结束，一壶工夫茶的时间，高效的工作模式，马晓东实在很喜欢。

企划部主任小王立即领命，回办公室召集部门会议，开始进行细致的企划方案和工作分工。另一方面由马晓东跟欧飞联络，看看他是否愿意跟马晓东一起接受媒体采访。

欧飞如同预料的那样爽快地答应了，他说现在有种渴望跟人们分享自己的故事的冲动，觉得可以面对面跟人交谈，十分幸福，每个人都应该认真享受生命中这些被大家忽视的最基本的幸福感。

企划部主任小王效率非常高，当天晚上，一组人加夜班列出了节目访谈计划。

节目的院方代表是负责业务的周院长，以及欧飞的主治医师马晓东。

第一板块由主持人和周院长一起介绍医院的历史和主营业务；

第二板块详细说说公益活动举办的动机和目的；

第三板块讲述欧飞的故事（以欧飞自述的第一人称的形式）；

第四板块则由马晓东介绍医院的技术力量，以及欧飞手术所用到的手术原理，甚至延伸一下谈谈行业尝试，给予观众一些专业忠告。

带着这个框架跟媒体接触下来，电视台这块最后选择了公共新闻频道和生活频道。栏目组对这个节目非常重视，配了台里最好的导演、编导以及主持人和摄像，阵容十分庞大。

马晓东第一次作为嘉宾到演播室，以前看电视时觉得电视台十分神秘，轮到自己去录制节目，神秘感消失了，但还是觉得挺有趣的。马晓东被节目组要求穿西服打领带，专业化妆师还帮他收拾了一下。欧飞依然破烂牛仔裤一条，带着一把吉他。这个环节让节目组喜出望外，想不到欧飞还是一个多才多艺的文艺青年。

节目播出30分钟，主持人非常善于贯穿整个节目的环节，并调动现场气氛。这场访谈大部分时间还是给欧飞的，医院只是个配角。欧飞讲述了从小到大所遭遇的苦痛，自己是多么渴望交流啊，希望能跟小伙伴谈论电视剧，谈论明星，谈论老师，谈论女孩子……可惜漫长的学生生涯都如此孤单地走过来，根本不敢交朋友，不敢说话，刻意把自己封闭在一个只有自己的小天地里。邻居哥哥比自己大几岁，会弹吉他，家里也有很多书，无论是唐诗宋词也好，金庸古龙也好，都成了自己最好的伙伴。

欧飞绘声绘色地回忆起那些孤独寂寞的岁月，演播室的工作人员都鼻子发酸，确实，谁的青春没有孤独过！场外的热线不停地接进来，都是给欧飞打气的。欧飞发自肺腑地说感谢医院和医生，家里条件不好，以前也曾去大医院看过，但那高昂的费用，家里即使一百年不吃不喝都承担不起。原以为一辈子就要戴着口罩老死为止了，这种心情估计不会有人明白，医院和马医生对于自己来说，跟再生父母差不多。欧飞说到动情处，禁不住泪流满面，甚至又想给马晓东和周院长跪下来。

马晓东真心是手忙脚乱，节目出现了点小小的混乱，完全上演了剧本之外的一出。好在主持人机敏，场面很快就控制好了。

回到正轨，轮到马晓东谈技术时，马晓东很真诚地说："我从事普通外科十年，真正接触整形美容行业时间还短，多亏医院其他几名资深专家从技术上和经验上给予了我莫大帮助，不是他们的支持和鼓励，我是不太敢做主刀医生的。当时也不是有十成把握，跟欧飞商量了几次，他能承受失败的风险才决定做这个手术的。彼此信任是这次手术能够开始和结束的重要原因，我作为医生也是第一次发自内心地感受到医患之间彼此理解及信任有多么重要。"

欧飞在一旁听得连连点头，也表示之所以相信医院、相信马晓东，是抱着死马当活马医的想法，尝试有机会，不尝试完全没机会，失败了顶多失望一下，并没有失去什么，况且自己当初真的没想到可以恢复到这么好。

最后，欧飞弹了一曲周华健的《真心英雄》：

在我心中曾经有一个梦
要用歌声让你忘了所有的痛
灿烂星空谁是真的英雄
平凡的人们给我最多感动
再没有恨也没有了痛
但愿人间处处都有爱的影踪
用我们的歌换你真心笑容
祝福你的人生从此与众不同
把握生命里的每一分钟
全力以赴我们心中的梦
不经历风雨怎么见彩虹
没有人能随随便便成功
把握生命里每一次感动
和心爱的朋友热情相拥
让真心的话和开心的泪
在你我的心里流动
…………

节目成功的程度超乎想象，播出之后，医院电话几乎被打爆，医院官网及马晓东的微博流量暴增。更让人惊喜的是，欧飞被一家娱乐公司挖去做歌手，欧飞和马晓东都一夜成名！

李萍打来电话说看到节目了，马晓东还真有点明星范儿，妞妞也说爸爸你太棒了。马晓东十分满足，做医生这么多年，这样有成就感和荣誉感还真是第一次，工作方式丰富的形式让自己豁然开朗，日复一日重复同样工作的日子一去不复返！

马晓东很开心地跟杨思明分享这种感受，杨思明取笑他居然还挺喜欢抛头露面，末了还调侃道："这可不可以归为不甘寂寞？"

马晓东说："不知道，我甚至不知道自己是否寂寞。"其实，马晓东自己也没想到会喜欢这种生活，怎么说呢？跟以前的两点一线，工作重心围绕着考试、夜班、病人连轴转的生活区别太大。

马晓东跟杨思明有谈不完的话题，这种感觉像是心灵找到了归属，生活找到了乐趣，每天的工作遇到的趣事，也不用说趣事，貌似随便一件平平淡淡的事都可以聊得妙趣横生。但是有红颜知己的后果就是与老婆的沟通越来越少，人就是如此，尤其碎碎念的东西只会说一遍，一天跟两个人说两遍实在是不可思议。

李萍多少觉察到这个问题，但是距离可以解释一切，在一起时间少了，话题自然少了，两个人电话除了汇报工作家庭孩子外，并无多少共同语言。她时常想，或许所有的异地夫妻都是如此吧。

李萍对于马晓东属于变态的信任，如此信任一个男人究竟是不是好事，李萍自己也不清楚，但若是婚姻中没有信任，那要如何白头偕老？李萍有自己的婚姻哲学，她并不像很多女人那样疑神疑鬼！也不想用这些来庸人自扰。自己要的，只不过是两个人都愿意好好过下去，将一个家庭维持到底。

18.中年男人一枝花

千万不要以为中年男人只要财大气粗就满足了，许多中年男人依然渴望年轻英俊的外表，男人的内心仔细挖掘起来，跟女人其实区别不大。女人渴望青春，男人也渴望；女人渴望财富，男人也渴望；女人渴望真爱，男人还是渴望，只不过大家方式不同。男人更容易麻木，更容易掩饰自己的内心，甚至有很多时候根本不愿意去正视自己的内心。马晓东以前一直忽视这个问题，直到最近才慢慢发现，男人的心里也很期待惊喜。

这天马晓东的顾客很特殊，是上次做了玻尿酸注射太阳穴的那位太太的老公，一个40多岁、事业有成的男人。

男人姓夏，是一家上市公司的股东，家财万贯，也忙得脚底不粘泥。夏先生由太太带来医院，但他不愿意接触形象设计师，直接找到马晓东。马晓东回国以来还是第一次接待中年男顾客，按理说，这个年龄段的男性已经过了在乎外貌的阶段，因此，马晓东十分坦诚地问了这个问题。

夏先生说："倒不是在乎外貌，而是这几年操心操得多，眉头川字纹比较深，跟客户接触时经常有人问是否生活不幸福。我觉得每次都解释很烦，听太太说了注射填充也就几分钟工夫，所以来看看是否可以解决这个问题。"

这么一说马晓东倒是十分理解，确实，经常要跟人解释实在太麻烦。马晓东看了看夏先生的额头，眉间纹像个川字，像时刻皱着眉头、苦大仇深的模样。

关于抚平皱纹，注射物倒是有好几种：一种是玻尿酸填充，一种是肉毒素抚平，二者原理不太一样。玻尿酸属于透明质酸，用来填充塑型去皱，而肉毒素则是萎缩肌肉达到去皱瘦脸等功效，二者的共同点是都有一定的保质期，疗效维持四个月左右的样子，需要定期注射。

根据夏先生的情况，马晓东依然建议他使用玻尿酸，这样显得天庭饱满，不会影响面相学里的吉人天相，夏先生连声说好。看吧，再潇洒的生意人，一旦说到面相，也是宁愿信其有，不可信其无的。注射玻尿酸过程很简单，马晓东三下五除二就帮他注射抚平了皱纹，从准备到结束只不过半小时功夫。夏先生一照镜子大吃一惊，满意极了，连声说，现代医学真是个好东西。

夏太太也很高兴，说：“要不我们俩一起办张会员卡吧，一年需要注射三次呢。”

夏先生挺同意的，但是有个担忧：“马医生会长期在医院吗？办了会员卡万一需要换医生，我会很不习惯。”

马晓东笑道：“我在医院有十年合同，而且我做得很开心，怎么会走？我还真舍不得我的患者们，不过我觉得你们今天不要着急办会员卡，先回去感受一段时间，确实觉得适合自己再来。”

夏先生和夏太太开开心心地走了。

护士说：“马医生，您是我从业这么多年，唯一见过让顾客考虑清楚再办会员卡的医生，这样会不会不太有利于你自身的月度业绩？”

马晓东笑笑说：“我并不希望顾客冲动消费，整形美容还是挺特殊的一个行业，虽然要吃饭，但是我希望吃得心安理得，吃得开心，医患关系感觉最需要的就是用真心换真心吧！”

护士感叹：“您真是名好医生，难怪顾客信任！”

马晓东说：“我也害怕顾客冲动消费后懊悔来找我，我是个怕麻烦的人，没你想象的那么伟大！”

护士吐吐舌头，又调皮地说：“马医生，你说这个夏先生是怕客户嫌他老，还是怕外面年轻貌美的女孩嫌弃他呢？”

马晓东笑道：“那还真是怕客户嫌弃他。你想想，功成名就的男人哪里用得着担心女人会嫌弃他的容貌？”

护士捂嘴哧哧地笑，表示不懂。

同一天马晓东又见到一名男性顾客。这位顾客由形象设计师带过来，说是要去除眼袋。马晓东看了看病历，30岁，职业是主持人，长相仪表堂堂。顾客说："职业因素，没办法，我这职业是个看脸的职业，电视大镜头一个近景，眼袋跟两个布袋似的，我自己看着都特别难受。"

马晓东笑起来："那以后怎么办？总是要老的，看脸不能看一辈子啊。"

男主持人十分好脾气，笑道："再熬几年社会宽容了，说不定不再对外貌有要求了呢。"

马晓东说："你这个年纪按理说眼袋不会这么严重，你是属于遗传性的还是熬夜造成的，还是身体有其他原因呢？"

男主持人回答："这个你们那位女医生已经问过了，口气十分像是我纵欲过度肾虚一般！"

形象设计师在一旁大叫冤枉："哪里说过这种怀疑，我好歹是个女孩，还是会很羞涩的。"

男主持人笑道："我开个玩笑而已，你不用紧张！"

马晓东哈哈大笑："肾虚的话是眼圈发黑发青，不会眼袋大。你估计是从小这样，应该去检查下身体，确定不是身体有其他原因再说。"

男主持人听马晓东这样坚持，有点紧张起来："我说医生，不会有什么其他严重问题吧？"

马晓东说："不会的，你别乱担心。我的意思是说检查下，看看是否通过机体调理能自己好，不要总是想通过手术来治疗。你要是45岁我就给你做了，那毕竟是到了一定的岁数，组织松弛不手术不好恢复，你这个年纪通过物理治疗应该能恢复的。你去看过医生之后，也可以来我们这边用射频电波辅助治疗，没手术那么立竿见影的效果，但是也能拉紧皮肤，缩小细胞间隙，达到去眼袋的效果。”

主持人比较满意这个安排，随即按照马晓东的说法去看了中医。中医说了排水不畅，如此这般开了些药方调理，顺便在马晓东这里做射频。一来二去，两个人熟悉起来，成了不错的朋友，时常除了眼圈还聊聊工作之类的话题。

做了一个疗程后，男主持人给马晓东送了一盒包装精美的进口巧克力。东西送到办公室，形象设计师和护士围着看了半天，半晌问了句：“马医生，你说他不会要追求你吧？我还是第一次看到男人给男人送巧克力！”

马晓东一怔，瞬间紧张起来：“你们可别吓我啊，我是个单纯的人！”

大家笑得不行，但是纷纷表示祝他好运，然后把那盒巧克力吃了个干净！

马晓东最后思量了半天，还是紧张地告诉了杨思明巧克力的事，杨思明打了满屏幕的“哈哈哈哈哈哈”。

马晓东只好给了个白眼并问：“你说我会不会真遇到一个YY我的男人？那就坏了，我可没这方面的经验！”

杨思明好不容易停止大笑，正色告诉他：“不要紧的，他不骚扰你，你就当不知道！你多观察观察，他要是老缠着你，那就绝对有问题了。”

还好，一直到疗程结束，男主持人也没有啥异常举动，但是马晓东从此被大家时不时拿这件事取笑。

医疗生涯，生动而活泼地这样流逝！

马晓东时常想，男人在这个世界谋取一席之地也是很艰难的，尤其是35~45岁这个最难挨的年龄段，上有老下有小，夫妻又到了倦怠期。对于现状，他总体上还算满意，没有焦虑感，也没有特别强烈的幸福感，或许这就是传说中的平平淡淡才是真吧。他不想打破这种状态，生活的囚笼总是相似的，当适应一个囚笼时，与其歇斯底里地挣扎，不如安静下来做其他让自己能获得快乐的事。

19.爱莫能助

伤害医生情怀的事情，最容易的莫过于爱莫能助：一个病例、一种伤痛放在你眼前，向你求助，你却没办法解决。绝大部分从医的人都有一种职业情怀，期望自己能够悬壶济世、药到病除，可惜这个世间很多事情就是如此，不会尽如人意，但求无愧于心已经是最佳结局。我们或许要有这种意识，我们所能做的或许永远都不能满足所有人，我们只能尽量倾听我们自己的内心。

欧飞自从经过电视台及各家报纸轰轰烈烈地一番报道后，一下子红了起来，四处参加活动，只有高中文化的他摇身一变成了一名歌手。生活的巨变令欧飞诚惶诚恐，过去的经历也让他能够游刃有余地应对，马晓东成了他的精神依靠，他经常会给马晓东打电话，请教一些问题。马晓东对这个男孩有着一份特别的喜爱，从来没有觉得麻烦。

这天欧飞来医院找马晓东，刚进大门就有几个少女认出了他，将他围住要求合影及签名。有个少女还激动地问："外貌变好看了，是不是意味着有很多机会成为明星？"

欧飞温和地回答："我一直没有好看过。"

少女瞪大眼睛："不会呀，我们都觉得你很好看。"

欧飞腾地一下红了脸，马晓东看到，不禁微微笑起来，欧飞就像才出社会的孩子，还非常纯真和腼腆。

少女又问："是否还来找马医生改造其他部位呢？"

欧飞尴尬，马晓东赶忙出来叫走欧飞，替他解了围。

欧飞说："原来很渴望走出黑暗，光明正大地站在所有人面前，但是真正做到了，又有一种深深的恐惧。"

马晓东笑着说："因为你刚好都是处于两个极端，都没有从普通人这块过渡。"

欧飞问道："马医生，你说我该如何跟人们相处呢？"

马晓东回答道："不用刻意让别人喜欢你，做自己就行。"

欧飞说："难道我不用刻意讨好观众吗？我现在是歌手啊！"

马晓东说："那以你的意思，我是医生我也得讨好病人了？不，不是这样，若是这样生活你会非常累。我们做人做事如果全部是为了迎合他人，那你自己永远都不会开心。"

马晓东的话显然令欧飞十分震撼，"原来如此。"他若有所思地点了点头。

马晓东替欧飞检查了鼻子，一切情况都很好，欧飞心怀感激地走了。马晓东在微博上记载了这一幕及两个人衍生的对话，末了，马晓东不无感慨地写道：做人是要做自己快乐的人，还是让别人快乐的人呢？当然，不伤害别人的情况下自己快乐才是真！

马晓东和欧飞二人的粉丝开始刷屏，表示做人一定是做自己就好，人生短暂，不要为别人的看法而活。

公益救助的报名依然很火热。这天来了一个叫小慧的小姑娘，今年刚满12岁，小学毕业打算上初中，老家是四川的，全家在这边打工，看到医院的公益活动就来报名。一家人浩浩荡荡都来了，马晓东替小慧检查了下，发现是先天性软腭缺失，情况不算严重，发音有影响，对生活影响不是太大。马晓东连忙上报院长召集专家会诊，大家检查过后，一致认为已经错过了最佳治疗时间，1~2岁治愈的概率很大，现在的话已经没办法动手术了，因为就算勉强手术矫正，改善情况也不明显，没有实际意义。听了这个结果，小慧和她妈妈当场眼泪就流下来了，他们都以为是一定可以治愈的。

小慧漂亮的大眼睛含满了泪水，终于一颗颗像断线的珍珠似的拼命滚落，一滴滴烫在马晓东和其他工作人员的心上。

周院长拉着小慧安慰她："没关系，你现在拥有的还有很多很多，我们不去管不能改变的过去，好吗？"

小慧不知道是否能领会这句话，从头到尾她一句话没说，但是眼神里的失望和遗憾像一口深井。

马晓东从医这么多年，不止一次遇到没办法帮助的病人，有些外科重症病人死亡的经历也不新鲜。尽管如此，马晓东依然感到深深的落寞，一种职业不是万能的落寞。不知道为何，在民营医院，这种落寞更加深刻。或许，这就是公立医院与民营医院最大的差别，医患情感差别很大。

马晓东跟乐飞讨论这种感受，乐飞也搞不明白："我也很难懂为什么在民营医院更渴望自己像个神医，最好包治百病。"

马晓东笑得岔气："哪里有你说得这么夸张，你不是只想着钱吧？"

乐飞没好气地说："钱自然是一部分，就我个人而言，奋斗的动力跟对名利的追求很有关系，但是我又确实前所未有地牵挂着病人。以前在公立医院，我下班后基本都不会，也不愿意想着患者的事，一天接待的患者也多得记不清谁是谁。"

马晓东仔细一想，确实如此："你这么一说，我倒是有些明白了。我们以前的患者太多，而跟患者相处的时间太少，使命感和人与人之间的信任感都薄弱了很多。"

"或许有道理吧，我倒是觉得做医生的有这种感觉很好，所谓医德，估计这个占比很大！"

接着，乐飞反过来又说了一些建议："做医生这么多年，也不能过于感性，感情泛滥对工作影响很大。爱莫能助的事情我们不仅在工作中，在生活的其他方面都能不停地遇到。如果我们一直期望自己像神一样能满足所有人，那是不可能做到的事情，非要那样要求自己，会累死的。"

原本以为这件事就这样结束了，谁知道没隔几天就听到医院的各种冷言冷语，说，马晓东你不是爱心牌白衣天使吗？怎么这么值得救助的对象你不救助了呢？你那么牛就该拍胸脯站出来说你当主刀医生给治好啊，之前那么沽名钓誉不就是想出名吗？

这些话传到马晓东耳朵里，马晓东哭笑不得。护士们替马晓东打抱不平："肯定是梁医生说的，他是不是有病啊！自己一天到晚挑三拣四，穷的病人不接待，手术项目小的病人不接待，年纪大的病人不接待，手术特别复杂的不接待，其他医生做的修复项目不接待……就不知道他是来做大爷的还是做医生的！"

马晓东笑笑说："别胡说了，我们无冤无仇，他随便说我干什么？无所谓，爱怎么说怎么说吧！"

不过说到底，被人这么说，马晓东心里总归是不高兴的。但是前面已经说服过自己，有人的地方就有江湖，当初在公立医院，人事关系何尝不是一样复杂。但是公立医院有一点好，就是医生的职称根据年限和考试，全国统一，没法暗箱操作，这样大家竞争的对象是国家，而民营医院的资源很显然有很多不同。

20.有朋自远方来

人生每个阶段都会遇到不同的朋友，有些朋友分开了就淡了，有些朋友无论分开多远多久，再相聚依然能有说不完的话。人们要以怎样的一颗心来对待朋友呢？不要妄求得到什么，无论是友谊还是爱情，貌似只要一旦奢求从别人身上得到某种好处，那么这段爱情或者友谊就变得不那么纯粹了。所谓君子之交淡如水，或许指的就是一种淡泊的心态吧。

马晓东转眼回国上班已经三个多月了，春天已经过去，夏季开始来临，城内都是常绿树木，残旧深绿的树叶看了整整一季，终于开始抽出嫩绿的新芽，江南遍地的垂柳，掩映着湖畔，微风拂过，摇曳多姿，马晓东深深爱上了这座城市。

这天马晓东收到两个消息，一个是前单位实习医生梁圣打来的，说漫长的实习期终于结束，本周末就可以来投奔他，共同完成拯救全人类的梦想了。

另一个是杨思明发来的，说是和芊芊一起回国度假，打算顺便来马晓东这里看看。

马晓东简直乐坏了。梁圣是自己的学生，但是关于新人类、人生观、世界观，他反倒成了自己的老师。跟很多“90后”很不同的是，在梁圣身上看不见任何迷茫的感觉，他对于事物总有一种异于寻常规则的看法。这些特质让马晓东觉得很新奇，对自己这种传统型的人来说，某些方面梁圣甚至是盏灯，照亮了一些黑暗中不曾窥视的地方。

杨思明和芊芊就更不用说了，在异国的那段孤独的岁月，能够认识她们是多么幸运的事情。

凑巧的是，她们也是本周末过来。三个非常看重的朋友都要来相聚，正应了那句老话，有朋自远方来，不亦乐乎！

马晓东告知李萍周末有三个朋友要来，一个是前医院同事，会过来继续给自己当助手，另外两个是在韩国认识的朋友。李萍就选择这个周末不过来了，让马晓东好好招待朋友。李萍无条件地信任及支持，马晓东认为是二人婚姻中最大的稳固因素，一定程度的自由与放纵，对一个男人（无论什么类型的男人）来说，无疑是一件重要而幸福的事情。

梁圣周四上午就到了，马晓东带着他先把行李放到自己宿舍里，然后带着他去见蔡总。陈建华早在马晓东初次谈来LM工作时就知道此事，马晓东收到梁圣的消息后，就先给陈建华打了电话。陈建华表示一切手续都直接找蔡总，医院总是欢迎人才的，但要真的是人才才行，若是个蠢材，就算马晓东的面子也不行。民营企业是不给任何人面子的，因此，依然得按照正常规矩办事，有试用期，试用期合格就留下来，试用期不合格就得毫不留情地辞退。对此，马晓东完全赞同。

蔡总在办公室接待了马晓东和梁圣，照例大家坐下来一起喝茶，并向梁圣简单地介绍了下医院的情况。蔡总说的跟陈建华差不多，医院对于所有工作人员一视同仁，民营企业不仅不养闲人，还不养懒人。“在公立医院假如不严格要求自己、混混日子或许没人说你，但是在民营医院混日子是没有可能的。周围所有的眼睛都盯着你、所有的人都比你优秀时，你自己也会做不下去，你要有心理准备。”

梁圣回答：“那再好不过，我也不想浪费时间、浪费生命，之所以选择民营医院，是我觉得民营更有活力，而选择跟着马医生继续学习，是因为他是一个真正的医生，而不是把医生这个职业当作谋生的工具。”

马晓东无语：“你要不要别这么煽情呢？其实说白了，民营医院最大的好处是可以让你没办法偷懒，逼着你进步，赚的每一分钱都是你付出努力得来的。”

梁圣扶住额头：“马老师，你就不能给我点面子吗？”

蔡总也笑了：“其实民营医院你们待得还都不算久，时间长了你们会有新的感悟，就是那种团队配合的感觉特别足。每一个部门看似独立，却又十分紧密，管理部门和医务部门都有千丝万缕的联系。”

马晓东说：“目前我最大的感觉是和病人之间的距离近了很多，这个让我有前所未有的满足感，可能整形美容比较特殊，接触到的人群跟一般疾病患者不太一样。梁圣，你以后就也会有感觉。”

梁圣说：“我还没经历过，先不发表意见，一个星期后想必我就能有所感悟，一个月后就会发现自己适不适合这个圈子。”

蔡总点点头，又补充道：“民营医疗中，医生资源是最大的财富，基本上特别棒的医生都能快速地成长，独当一面。这个对年轻人来说，我个人觉得是最优于公立医疗机构的地方。”

梁圣说：“各有利弊吧，看看你自己想要怎么成长，有的人善于从别人的经验里学习和总结，有的人善于自己摸索和学习，前者可能更适合公立医疗机构，后者则更适合在民营医疗里发展。”

蔡总微笑着说：“那也不一定，比如我们集团，我们会选择有潜力的医生去很牛的医院学习进修，学习机会非常多。”

马晓东想想确实是这样：“这个也对呀，想想我自己，是直接去韩国学习了半年才回来独自接诊的。”

梁圣笑了笑，说：“那样更好，优势十分明显，目前来说感觉我的选择是对的。”

谈话结束，梁圣去办了入职手续，之后马晓东带着梁圣参观了医院。跟马晓东开始一样，梁圣被震住了，忍不住问道：“民营医院的环境是不是有些过于夸张了？”

马晓东说："我去北京参观过一家骨科医院，环境也非常好，但跟整形医院还是有很大区别。怎么说呢？整形医院的定位应该是介于医疗和高端服务业之间吧。"

"我虽然知道肯定会比公立医院环境好很多，但是这个也太出乎我意料了，一时不能适应。"梁圣的表情有些夸张，不知想到什么，他又说道，"不过，这样近乎奢侈的高大上环境，普通经济条件的患者能消费得起吗？"

马晓东回答："我一开始跟你有一模一样的想法，后来发现跟我们想象的区别很大。民营医疗物料浪费控制得很严格，工作人员效率又很高，基本没有人力、物资的浪费，因此收费比公立医院贵一些，普通患者也一样能消费得起。"

梁圣听罢，不由得连连感叹若是不出门到处看看，实在如同土包子一般。

两个人下班后一起去吃了晚饭。由于暂时没找到落脚的地方，当天梁圣去马晓东宿舍的书房临时住下，两个人虽然相差十岁，却意外地谈得来。

周五下午，杨思明打来电话，说是跟芊芊已经在医院附近不太远的一家酒店住下了，晚上约好一起吃饭。马晓东问是否可以带个朋友一起去，杨思明和芊芊都没意见。

梁圣要到下周一才正式上班，这几天忙着采购各种生活用品和常用的小家电，毕竟不是每个人都能得到马晓东那样的待遇。梁圣被分配到一个单身公寓，在马晓东宿舍后面的一栋楼。马晓东打电话约他晚上一起吃饭，说有朋友从韩国过来，对方在韩国整形医院工作，正好可以好好聊聊，学习一下别人的医疗服务，梁圣爽快地答应了。

联系妥当后，马晓东在办公室提前跟同事交代了晚上下班后有事，临近下班不要再给他分配病人。一般来说，整形外科周五周六周日都会比平时忙一些。这次为了迎接梁圣和远道而来的杨思明、芊芊，马晓东周末请了两天假，他还真有些过意不去。

下班后，马晓东和梁圣一起打车去酒店跟杨思明、芊芊会合，刚一下车，就看见她们俩已经在酒店门口站着等了。两个人都很高挑，杨思明身形略微丰满，皮肤白皙，长发发梢微微卷曲，穿着件黑色风衣，而芊芊则留着巧克力色的披肩长发，穿一件粉色长毛衣外套，白色铅笔裤，一双粉色平底鞋，脸部妆容很精致，两个人站在一起很扎眼。马晓东赶忙拉着梁圣走过去，并给他们互相介绍。

梁圣看到她们有些吃惊：“马老师，你可没告诉我今天是跟大美女吃饭，早点说我也打扮打扮。”

女人就没有一个不爱听这种恭维话的，虽然美女本身听的恭维很多，但杨思明和芊芊还是很高兴。

芊芊咯咯笑道：“马哥是你老师啊？那你得叫我们姑姑了！”

梁圣翻翻白眼：“你以为演神雕侠侣呢！”

大家笑成一团，马晓东问：“你们俩想吃什么？尽管说，我一定尽地主之谊。”

梁圣转头看他：“一种财大气粗的土豪即视感，以前从未发现过嘛。”

杨思明和芊芊笑得肚子痛，她们俩一致要求去吃火锅。在韩国那破地方待久了，整天泡菜泡菜泡菜，太想念大中华的火锅了。

马晓东感叹："看看在泡菜国时间待长了的后果，跟非洲难民似的，火锅都成了好东西。不过当初我刚去那边的时候也是这样，真是有种整天都没吃东西的感觉。"

芊芊不由得好笑："我怎么觉得还好呢，刚好减肥，保持身材。"

四人一起去吃海底捞，美食当前，杨思明和芊芊十分感慨，都有想马上回国的冲动了。

梁圣说："据说国外的留学生，男的如果会做西红柿炒蛋，比土豪更容易泡妞！"

芊芊乐了："你可以去试试看，保证土豪还是比西红柿炒鸡蛋更有用。"

梁圣眨巴眨巴眼睛："那么，传说中的老干妈比钻石还管用是骗人的咯？"

大家一起给他一个"白痴问题，拒绝回答"的表情。

21.青春的激情

每个人都曾年轻过，年轻的时候热衷的事情放到十年之后再看，无论如何都觉得不可思议，甚至恍如隔世。比如说追星，“80后”这一代，几乎每个人都有个歌词本，贴满了明星大头贴，抄满了歌词，很多人都有疯狂地崇拜某位明星的经历。然后只不过十几年之后，这个时代流行什么歌曲，大家热捧哪个明星，仿佛都成了过眼云烟。这就是代沟的来源，中年人都被苦逼的生活压迫得忘记了娱乐自己的精神！

周五晚上，马晓东一行四人在海底捞吃得正嗨时，接到欧飞的电话，说周六接到青春酒吧的邀请，去唱一晚，问马晓东是否有兴趣去助兴，明天给送票来。马晓东问了下杨思明、芊芊和梁圣，三人不约而同地表示，相当有兴趣。

梁圣、杨思明、芊芊都对欧飞兴趣浓厚，于是，马晓东从头到尾说起欧飞的故事，三人唏嘘不已。

最后，马晓东说："也真是奇怪，我从医十年，救过无数病人的命，但像这样成为忘年交的还是第一次。"有时候回想起来，他甚至觉得在公立医院时的自己仿佛不是肉身，没有什么喜怒哀乐，只是机械性地不断治疗、抢救。

梁圣听完，也相当有感触："我刚实习一年，唯一的感觉就是穷加累，这样下去我估计就是单身的命了，不光没钱，也没精力娶老婆。对了，马老师，你当初是怎么娶到老婆的？"

马晓东想了想说："当时好像追我的女孩多了去了，想挑谁就挑谁！"

"哎呀我去！"三人一起叫起来，大呼受不了。杨思明和芊芊嚷嚷："可不带这么敷衍的，必须老实交代！"

马晓东磨不过他们三人，只好开始招："我们那时候社会还是很纯洁的，基本上姑娘选老公还是看人品看职业，男人选老婆也是看是不是过日子的人，不像现在没房子没车免谈。也不想想，一个二十多的普通小伙子哪来的钱买房买车，现在的姑娘要求有时候是不太正常。"

芊芊有些不认同："我可不这么认为，好多单纯的姑娘还是只认真爱的，男的穷的基本就剩个人了，只要有本事让姑娘爱上他，姑娘还是愿意嫁的。"

杨思明则说："女人最好的年华就那么几年，有的挑为什么不挑？我反而欣赏那些年纪轻轻就知道挑三拣四的女孩，这样的姑娘比那些生怕找不到男人的姑娘过得好多了。”

梁圣感叹：“我觉得吧，现在男人心理变化也很大，以前一无所有敢娶老婆敢生孩子。现在手头没点存款，还真是不敢对哪个姑娘负责。”

芊芊看了看他，目光中露出赞许之色：“你这话说得我挺喜欢，男人们要都像你这样自觉，世界就安静了，关键渣男还是很多很多的。”

梁圣不服气了：“那你说什么样的叫渣男呢？”

芊芊说：“今天我还刚看到个新闻热点呢。说一个民工冒充富二代，说自己是留学生，骗了十几个大学生姑娘，骗财骗色，这个民工还结婚有老婆有孩子了呢！你看，这是渣男中的渣男吧？”

梁圣哭笑不得：“这个例子你不觉得那些姑娘问题更大吗？一点分辨能力都没有。她们到底是看到什么标签被骗财骗色的呢？大概率是‘富二代’这三个字吧，你看都是冒充有钱人行骗，怎么没有一个有钱人冒充民工能骗到十几个姑娘的？”

芊芊依旧不认同：“都有问题，男的问题更大，是事件的主动发起方！”

梁圣有些郁闷，说道：“得了，我都忘记好男不跟女斗了，跟女人讲道理我也是疯了！”

马晓东和杨思明看他们俩你一句我一句地怪有趣的，不由得有些好笑。

杨思明说道：“其实都是相对的，渣男有很多，渣女一样也不少，不在我们讨论的范畴。你们说的这些都属于动机有问题或者纯粹是骗子的，和正常的择偶观还是有很大区别的。”

芊芊说：“男人的爱分为时间和金钱，一个男人有多爱你，就看他能给你多少时间和金钱。”

梁圣一拍额头：“你看是吧，我要是做一辈子三线城市的医生，估计是没机会娶老婆了，因为既不会有时间也不会有金钱啊！”

马晓东哈哈大笑起来：“芊芊说得其实很有道理，男人喜欢一个女人，就是既愿意花时间陪她，也愿意跟她分享所有。关键这两点又是冲突的，如果一个男人有很多空闲时间来陪你，那他肯定不会有很多金钱的。”

杨思明说道：“我觉得芊芊想表达的意思是，一个男人要是真的爱一个女人，无论多忙都会抽空陪陪她；无论多穷，都舍得把自己的所有为女人花。”

芊芊笑盈盈地说道：“现在这样的痴情暖男应该只存在于传说中了吧，其实我也不觉得奉献型的男人有多可爱，就跟过去那种标准的贤妻良母型的女人，我觉得也是很可悲的。人都是独立的个体，不能因爱之名就放弃很多原本的特性。”

梁圣说：“芊芊这句话深得我心，我一直这样认为，情侣也好夫妻也好，到底迁就容忍过一生就是幸福吗？还是宁愿形影单只也要活出自我呢？”

芊芊温和地说：“也有可能会遇到互相独立而且十分合得来的对象。”

梁圣感叹："那实在可遇不可求！"

马晓东和杨思明很奇怪："我们俩是已婚人士，对爱情对婚姻有诸多感慨十分正常。你们两个完全还是在围城之外，怎么感慨比我们还多？"

梁圣答道："我本身就属于思维超前的高智商男人，再说单身多想点爱情之事不为过吧？"

芊芊则说："周围女同学很多，各式各样的爱情故事，有的早早结婚，看的越多则对婚姻越惧怕。你们这些人，我觉得属于当初比较幸运的那群人，对爱情和婚姻的认知都处于美好的一面的时候遇到了另一半，勇敢地结了婚。年纪越大就会越不敢结婚，因为对爱情和婚姻的认知比较理性了。"

梁圣表示同意："人就是这样，见得多了、听得多了，就开始产生怀疑！"

四人聊得十分投机，一直到十点才依依不舍地告别。第二天，他们应邀去青春酒吧听欧飞的演唱。这个酒吧在市区一个闹中取静的湖边，四周有商业街、美食街，人流涌动。来这个主题酒吧的基本是二十来岁的大学生，很多大学的乐队在这里定期举办小型演唱会。

酒吧本身掩隐在一片柳树林里，木制的外观，古朴得有些简陋，门口的玻璃橱窗有很多歌手或者乐队的简介，真是一个真正的音乐爱好者的乐园。

马晓东一行人来到青春酒吧时，看见里面人潮涌动，门口贴着欧飞的大幅照片。照片中的欧飞，眼神深邃，头发蓬乱，穿着一件有很多纽钉及链子的皮夹克，看上去不羁且英俊。马晓东吓了一跳，说道："原来歌星们在照片上都这样有个性！"

杨思明说："我们现在来看这个，是不是有些违和？"

芊芊看着他俩，坏笑道："违和也是你和马哥，我和梁圣还很年轻，看这个很适合！"

马晓东自我调侃道："我也觉得自己还很适合呀，难道我说我是研究生不行吗？医学院的研究生本来就年纪稍微大点！"

三人哈哈大笑："这么老的研究生，爹妈可要急死了！"

四人说笑着就进场了，欧飞给他们留的位置很好，是离舞台很近的一个四人座。周围挤满了年轻人，不过并不像他们想象的那样都是学生，而是很多白领模样的年轻人，也有一些看着30多岁的文艺中年。马晓东这下乐了："看，我说我还年轻吧，我在这里完全不违和！"

这时候有领班拿来一打啤酒和若干果盘，大家吃惊道："我们还没叫东西呢！"领班笑："前面这排座位上的客人一向都是免费的。"

这时候他们四个才注意到，像他们这种桌子有五个。一看旁边桌子，马晓东呆了呆，原来是电视台的几个记者，刚巧他都认识。马晓东赶忙过去打招呼，记者们也很高兴，说："马医生，你也来了啊，想不到你也喜欢听歌。"

马晓东笑道："欧飞喊我来凑热闹的，他怕我太无聊！"

大家笑嘻嘻道："欧飞成就了你，你也成就了欧飞，真是一段佳话！”

记者们问要不要一起坐，马晓东客套了几句，说朋友们在那边，然后就回到自己的座位。

杨思明说：“行啊，马晓东，这才回来多久啊，都成名人了！”

大家哈哈大笑，梁圣说：“马老师，说实话，我觉得你选择新的职业百分百正确。以前我觉得你就跟孔夫子似的，让人高高仰望！”

马晓东翻翻白眼：“那时候你又没机会了解我的内心，说得就像多了解我似的！”

芊芊已经笑得花枝乱颤：“不过我真相信梁圣说的感受，马晓东，你就有这种本事，要是跟你不熟悉的话肯定觉得你很严肃，不好接近。记得第一次在FF医院认识你，要不是明姐，我都不知道怎么跟你说话。”

梁圣忙凑过来，吵着要听他们在韩国的故事。三人一齐摆手：“去去去，那是我们三人最珍贵的秘密，只属于我们三个人！”

梁圣撇撇嘴，表示不屑。

酒吧里人越来越多，这时候舞台上有个女歌手开始唱歌。女歌手比较成熟，看着或许有28岁或者30多岁，穿着一件湖水绿长裙，她款款摇摆着身体唱着一些抒情的小调。女歌手嗓音很动听，让听众有一种神清气爽、身处春天的感觉，怎么说呢？就是那种在阳光明媚的日子里，在开满鲜花的田野上散步，四周有蝴蝶翩翩起舞，春风轻轻拂在面庞上，温柔得像情人的手。很多年轻人随着音乐摇摇摆摆，手里拿着啤酒或者汽酒，氛围很活跃。

马晓东看了看手表，还差一刻钟九点，欧飞说的是九点正式开始表演，正疑惑着，台上女歌手一曲唱罢谢幕下台，音乐声停止。只见一个跟马晓东年龄相仿的男人走上舞台，男人穿着一件黑色圆领衫，发型是短短的平头，手腕上戴着一块白金手表，看着干净亲切。

男人开口了："自我介绍下，我是这家酒吧的主人，大学时我是个吉他手，喜欢听歌也喜欢唱歌。工作十年之后有天加班回家，午夜时分辗转在街头，突然就有种生亦何欢死亦何苦之感，于是就有了这家青春酒吧。"

大家哄堂大笑，这算什么介绍啊，不伦不类的！

男人接着说："我的意思就是告诉大家，我现在做自己喜欢做的事特别高兴。我这里开业数年，迎来许多大学生歌手和乐队，今天第一次例外，今天的主角是欧飞，想必大家都知道了！"

观众开始呼喊："我们都知道了！"

男人说："欧飞热爱生命中最容易被人们忽略的幸福，来，我们大家用尖叫来迎接他和他的音乐吧！"

观众沸腾起来，又是口哨又是欢呼。这时候，欧飞如同万人迷一般登上舞台，穿的正是门口照片上那套破破烂烂的衣服，头发如同一蓬鸟巢。

马晓东长叹一口气，说道："我一年前做梦也想不到，我有朝一日跟娱乐圈沾上了点关系……"

芊芊笑道："我们每个人都不知道明天会发生什么事。"

杨思明则说："确实是这样，我也想不到我回国来，会和你们这样一群人在这样一个场合回顾青春！"

梁圣怪叫："你们三个也是够了，很像刚进城的感觉。人生就是这样，和年龄和时代都无关，我们只要时刻问自己的内心，关注自己的灵魂就行了！"

四人正各自感慨，听见欧飞开始演唱了。欧飞自弹自唱，身后还有几个和音天使，颇有几分明星范儿。欧飞第一曲很惊人地唱了首自己创作的新歌，歌的名字叫《暗恋》：

如果我一直在漆黑的夜里流浪，
是否在人潮中流淌孤单的忧伤？
我的肩膀或许宽阔，
却承载不下青春的迷茫，
在无数个星辰的名字里，
我也曾写下属于你的那颗，
那是无尽的思念，
可惜你从不曾知晓。

如果我说我爱你，
如同火焰般热烈，
如果我愿意燃烧，
可我知道这只是如果，
所有的如果都是我的一厢情愿。

我不曾爱过那么多，

我不曾思念得这样撕心裂肺，

送走寂寥的春，迎来炙热的夏，

终究是在午夜梦回时说，

再见吧

我最孤单的青春

我最亲爱的爱情

…………

一片痴心娓娓道来，欧飞的嗓音很有点杨坤的感觉，似乎每个人都有过这种暗恋的经历吧？所有人都静静地聆听，默默地回味。

欧飞的故事大家都很熟悉，由他创作的这些歌词自然每个人都知道不是矫情。他的青春期自然是残缺的，大家不由得很心疼这个大男孩。

欧飞接着一曲曲地演唱，大多数是翻唱其他歌手的成名作，有欢快的，有抒情的，酒吧嗨得不行。年轻人就这点好，容易快乐，也容易感染快乐！

中场休息的时候，欧飞到马晓东他们桌来打招呼。马晓东介绍大家认识，几个年轻人惺惺相惜。不时有歌迷过来要求合影签名。

芊芊问道：“这是种什么感受，突然成名？”

欧飞答道：“很惊慌，像一个盲人突然睁眼看见世界，发现世界五彩缤纷，令人目不暇接一样。”

芊芊若有所思：“那你是怎么做到镇静唱歌，面对一切的？”

欧飞说：“马医生告诉我做好自己就行，别人喜欢你也好，不喜欢你也好，都不是你所能控制的。”

杨思明看了看马晓东：“这句话说得深得我心。确实这样，人活着不能光为了别人喜欢你而活，还是得首先取悦自己再想着取悦别人。”

梁圣也说道：“完全赞同。”

芊芊拿出手机，五个人自拍了一张，又和欧飞单独自拍，并加了欧飞的微信，欧飞很大方地与大家交换了联络方式。

上帝关上了一扇门的同时，永远会给你留下一扇窗，这扇窗啥时候打开，只有上帝知道！

22.关门弟子

在武侠小说里，牛×的师傅收了骨骼清奇、人生观近似的爱徒之后，会发自内心地期望授业解惑，期望有朝一日这个弟子能够获得自己的全部真传，并发扬光大。许多师傅对于徒弟甚至有种父子之情，毫无保留地传授绝学，朝夕相处的那份谆谆教诲，比父子浅、比朋友深的那种第三类情感，实在是极好极好的。

杨思明和芊芊周日离开了这座城市，二人打算四处游荡一番。周一一大早，马晓东和梁圣把她们送上高铁后，直接去LM上班。梁圣直接被分配给马晓东做助手，当初梁圣实习的时候，在公立医院不存在具体跟哪名医生学习，现在的话每名医生带一名医助，一下就有了真正的师徒之感。

梁圣开玩笑："这下，马老师你真是我的老师了，你可得把所有的绝技都教给我！"

马晓东心里乐开了花，嘴上却正色说："我把你带到这里来，对你来说也是个全新的开始，需要刻苦努力才行，不能随心所欲，不能浑浑噩噩！"

梁圣无语："你看我像随心所欲、浑浑噩噩的人吗？"

马晓东龇牙一笑："我说得严肃点，不是更有老师的范儿嘛！"

梁圣说："说真的，我也是期望三年五载之后就能自立门户呢！"

马晓东说："民营医院年龄是劣势，一般看来，35岁左右比较吃香。"

梁圣说道："谁都知道这个岁数的医生体力、精力都是处于最佳状态，临床经验也十分丰富，果然民营企业是个要用就用精英的节奏。"

马晓东说："人在二十多岁的时候其实是有权利任性的，但是不能浪费时间，我们好多人在年轻的时候，总觉得有大把时间可以浪费。"

梁圣举手投降："你再这样絮絮叨叨下去，我们可能会产生代沟。"

马晓东笑着说："我只不过是好心提醒你，其他人我才懒得管！"

两个人说笑着，后勤通知去领工作用品。梁圣连忙去了库房，好一会儿才返回。

梁圣的办公桌在马晓东对面，安置好电脑及其他办公用品，领到白大褂和内穿手术服，换上后，他回到办公室，感叹道：“怎么样，我换上这身衣服还不错吧？”

马晓东打量了梁圣一眼，小伙子身材挺拔，年轻的脸庞上洋溢着活力，亮晶晶的眼神精光四射，穿着浅蓝色手术衣套装，外面套着合身的白大褂，看上去神采奕奕，仿佛是从电视剧里走出来的那些风度翩翩的医生。

马晓东说：“工作环境和工作回报确实跟以前差别会比较大，但是工作要求也高许多，工作强度实质上也强很多，基本没有什么休息日之说。”

梁圣奇怪地反问道：“难道我们以前强度很小吗？我仔细想想，貌似都没好好休息过，天天手术、手术、手术！”

马晓东回答道：“区别还是很大的，以前我们被动的时候多，现在几乎都是主动状态。比如白天做手术，晚上处理病人档案，还要进行病情分析、学术学习，还会有病人找你问各种奇奇怪怪的问题。”

梁圣眨巴着眼睛，答道：“好歹都是女孩子啊，反正我单身，女孩们找我咨询，我绝对嘘寒问暖、在所不辞！”

马晓东翻翻白眼：“你就不要做白日梦了，我可以明确告诉你，大妈和大叔比较多！”

两个人说话间，差不多到了忙碌的时间，马晓东查了下客户管理系统，今天有三个患者要来复诊，其中一个隆鼻的患者要拆线。

马晓东吩咐梁圣：“你先熟悉下患者资料，拆线你来做，其余手术类型，你至少要考到主治医师才能单独做主刀呢。这期间你做我的副手，学习为主。”

梁圣连忙认真查看患者的所有资料，马晓东又抱过来一摞书籍，放到梁圣的桌上，“这些都是整形美容外科常用的假体，你要背熟规格、材质、适应范围，以及研究人的每个部位多一厘米少一厘米的区别，研究不同体型、不同气质的人美感的区别。”

梁圣叹了口气，用一只手支起额头：“看来这是要重新学习一门新学科，请问马老师，这些你也都学习过了吗？”

马晓东说：“你以为呢？我在韩国那些孤独寂寞冷的夜晚，都是看书看到深夜，笔记都记了十几本，脑细胞死了几十亿。头发，你看，白了一大半吧。”

梁圣一脸不相信，摆摆手：“你就使劲吹吧。”

两个人正闹着，这时候第一个来拆线的患者来了，马晓东和梁圣一起到治疗室。患者是个20岁出头的女孩，还戴着个一次性口罩，男朋友陪着来的，马晓东让男孩在外面等着。

女孩躺在治疗椅上，马晓东在她面部盖上消毒巾，用医用灯照着鼻部。两个人在洗手池消毒了双手，带上一次性无菌橡胶手套。

马晓东仔细检查了手术部位，一切恢复都很好，就对女孩说：“拆线可能轻微有点拉扯到皮肤，会有点疼，不用打麻药，你觉得疼得受不了了就告诉我。”

女孩说：“好的，时间不会很长吧？”

马晓东说："几分钟就完事。"

梁圣在医院实习时拆线的活已经做得够多，完全不会感到紧张。他先用镊子夹住沾满碘伏的棉球进行消毒，整形外科的手术器械都是进口蚊式器械。梁圣小心翼翼地夹住线头，轻轻拉起来，手起刀落地剪断，利落地一扯，一个线段就拆掉了，一共三针，一分钟不到就拆完了。

然后，她跟女孩说："拆完了！"边说边取下消毒巾。

女孩如梦初醒："啊，这么快呀，我还紧张得要死，完全没感觉到痛呢！"

马晓东在一旁笑道："那你要感谢这位青年才俊的手法，要是我拆，说不定还有点痛。"

女孩千恩万谢，出了治疗室。她搂着男朋友的胳膊，一脸崇拜地跟他说起梁圣："这位小医生很厉害，我一点都没感觉到痛呢，我一开始还吓得要死。"

男青年赶忙对梁圣说"感谢感谢"之类的话。

梁圣彻底惊呆了，在公立医院实习一年，哪里见过这么热情的病人，连忙摇着手说"应该的应该的"，马晓东乐得不行。

男青年的神情有些踌躇，半晌才鼓起勇气："医生，既然你手艺这么好，能不能帮我把我脸上这颗痣打了？"

梁圣一脸黑线，小声跟马晓东嘟囔道："手艺……呃，堂堂一个外科医生，救死扶伤的一身绝学已经变成了手艺……"

马晓东连忙说："到办公室检查下再说，不是所有的痣都可以动的。"

这对小情侣跟随他们师徒二人返回办公室。女孩拿着桌子上的镜子左照右照，欣赏着自己的新鼻子，表情很是满意。

马晓东检查了男青年脸上的那颗痣，是很普通的一颗黑痣，没有任何异常成分，就安排小伙子去激光科去除。也就十来分钟的工夫，小伙子开开心心地跑回来，脸上原先有黑痣的地方就剩一个红色印记了，他告诉女朋友："激光科医生说再过三天就看不见了！"

女孩子问马晓东是不是真的，马晓东说："三天可能有点夸张，还是做好一个星期的心理准备吧，注意点创面保护，不要随便涂东西。"

小情侣高高兴兴地走了，梁圣很惆怅，问马晓东："难道我以后的岁月就是帮人除痣、拉双眼皮吗？"

梁圣的一脸惆怅令马晓东忍俊不禁，他温和地回答："不完全是这样，我们确实能让更多的人更快乐，也能做很多以前不太能想到的事情。以前总抱着神圣的救死扶伤的心来要求自己，时间久了未免会累！并不是复杂、高风险、高难度的才叫医学，能服务大众的医学我觉得也很好。"

梁圣若有所思地点点头："我看，我除了学习还需要做心理调整，不过第一天上班就遇到病人这样开心，这样当面夸我，我确实还是很高兴的。做了一年医生，接触过的病人数不清，谢我的几乎没遇到过，实习医生实在过于渺小。"

马晓东继续开导他："继续发掘吧，我现在很喜欢这种生活，压力和以前的不太一样，幸福点也不太一样。"

正说着，这个时候跟马晓东很熟的形象设计师欢欢来了。欢欢做这一行有三年多了，是苏州人，长的典型江南姑娘的模样，眼睛水汪汪的，长长的睫毛，说话的声音很动听，宛如黄鹂出谷。

马晓东给他们俩介绍了下，梁圣多看了欢欢两眼，欢欢说：“呀，是新来的医生吗？擅长做哪一类手术啊？”

梁圣说：“没啥擅长的呀，我是给马老师做助手的，还什么都不会呢，以后你们得多教教我！”

欢欢说：“刚才外面听一姑娘不停地夸这里一个医生又帅又有本事，看着又年轻，我好奇得要命呢！”

马晓东说：“梁圣可是正宗医学院毕业的高才生，只不过还年轻呢，刚刚毕业，估计要不了多久就能成我们这儿的台柱子。”

欢欢的笑声很清脆：“马医生，你这形容的！”

梁圣深深叹息：“马老师已经完全变了个人，快不认识他了，不过我觉得这是好事，你们不知道他以前有多严肃，跟60年代的人没区别。”

欢欢说道：“不是呀，我开始见马医生时，还以为是刚毕业没几年的医生助理呢！”

梁圣叹息：“这算是赤裸裸的拍马屁不？马老师一看就是大叔级别的，好不好？”

欢欢抿嘴直笑：“我见过很多刚毕业的医生看着比马医生还沧桑，是不是你们压力特别大？”

马晓东忍不住笑起来：“欢欢你这话说得我自信心瞬间爆棚，有日子没人这样夸我了。”

欢欢也奇怪道：“原来男的也一样渴望被夸年轻啊？我还以为这是女人的专利呢！”

“这个嘛，我暂时还不知道，反正我是喜欢别人夸我成熟。”梁圣不怀好意地说，“估计只有老男人、老女人才喜欢被夸年轻吧。”

马晓东咳嗽：“没必要这么针对我吧？”

欢欢说：“咱们今晚得吃个饭，迎接新同事吧。”

马晓东说：“没问题呀，你订位置，叫上护士长。”

欢欢乐滋滋地出去了。

接下来，大家陆续忙了起来，医院忙碌的时间总是从上午十点开始！

23.没有丑女人，只有懒女人

人类的皮相好不好看一直以来就有很多标准。男人貌似只要个子够高就不能说丑，而女人的话，标准则严格得多，除了身材匀称，还要看皮肤是否细腻洁白，五官是否协调好看，声音是否甜美，气质是否如兰……总之，做一个美人真的很难。好在做一个天生丽质的超级美女很难，但做一个后天的、80分的美女不是很难的事，有一句话就叫作“没有丑女人，只有懒女人”。

日子飞快，一晃一天，马晓东已经在LM如鱼得水，也在行业内颇具一点知名度，这个还要感谢欧飞，欧飞的歌迷人人都知道马晓东。欧飞像是浴火重生的凤凰，天生是为了等待这个时刻一般，快速蹿红。渐渐地可以在街头看到他的海报，开始听到年轻人谈论他的声音。

不知道是太忙还是避嫌，欧飞很久没有再来LM找马晓东，也有一段时间没有任何联络。马晓东的微博一天比一天火，很多粉丝都是欧飞的粉丝，拥堵在微博上提出五花八门的问题。

梁圣也已经开始融入行业，他最大的感慨是，这真是一个和美丽相关的行业，医院里随处可见的工作人员，人人都漂亮，前台导医、护士、医生、形象设计师，随便拉一个出来都能称得上帅哥、美女，相当养眼。

梁圣对这个发现感到很好奇，曾经悄悄问过马晓东："医院招人是不是要看脸的？"

马晓东说不知道，没听人这么说过。

梁圣转头又问欢欢同样的问题，欢欢说："没有呀，你看我们其实都是普通人！"

梁圣说："我觉得医院的女同胞们几乎个个都能称得上美女，男同胞还好说，毕竟大家都长得差不多，不至于差别太大。"

欢欢听了梁圣的见解，突然压低声音，有些神秘地说："这就是没有女朋友的男人所不知道的秘密。"

梁圣果然大为好奇："到底是什么秘密？"

欢欢眼珠一转，说道："就是各种流程烦琐的打扮啊，服装搭配、化妆、发型、清洁、保养……哪个环节不是一个大工程呀！"

梁圣不以为然地说道："那这些也是需要底子比较好才有用吧？一个女孩要是又胖又黑，再怎么穿还是不会变漂亮的好吧？"

“那还是她懒啊，基础只要不残缺，都是可以自我训练的好吧！比如我，一米六二的身高，为了维持95斤左右的体重，我好多年都没吃过红烧肉了。”欢欢颇有些惆怅地叹了口气，继续说道，“你再看护士长，是不是身段窈窕、气质优美？她每天晚上都去做一个小时瑜伽。”

正说着，刚好护士长过来与马晓东讨论病例，听到这个话题很感兴趣，于是也加入讨论。

欢欢说：“大部分中国女人结婚后就放弃外貌上的维护保养了，而把有限的精力奉献给了无限的家务和孩子，所以很多女人婚后变成黄脸婆也很无奈。据说，中国女人整体是35岁放弃维护的。”

护士长说：“这种观念可不能要，女人如果放任自己变成黄脸婆，绝对十分可怕，这可不是家务活做得好可以抵消的。”

欢欢问道：“许多家庭，老婆对于男人来说可能像一只标本，因为根本上已经丧失了猎物性吧？”

马晓东说：“你这个形容很多女人听着会绝望的，男人太熟悉一个女人是一种很奇妙的状态，张嘴就知道她要说什么，就跟钓鱼似的放下去就有鱼咬钩，没有什么挑战性，但说是标本还是有些夸张的。或许结婚数年后爱情变淡了，但亲情是有的，你们女人太悲观了。”

护士长说：“不过有的家庭真的是这样的，结婚久了，没有了爱情，甚至有些厌倦，但是又习惯于一个家庭这样运转下去。可能是女人要求得太多吧，女人喜欢细腻的、被在乎的那种情感，你们有没有看过村上春树写的《挪威的森林》？”

欢欢回答：“看过呀，怎么了？”

护士长说：“《挪威的森林》里面有个女性形象，叫作初美。作者这样形容她，说从未见过那样优雅、那样完美的女性，而这样优秀、这样完美的女性，对于爱情的所有向往也只不过是每天能和爱的人抱在一起睡觉而已。”

马晓东哑口无言，说：“可是，这一切跟女人爱不爱漂亮到底有什么关系？”

护士长像个大师一般，回答道：“女人对一切事物的追求最基本的一条就是对美丽的追求，一个女人一旦连爱美都放弃了，基本上表示她已经放弃自我了。反之，一个女人极其爱美，则表示她在意的东西很多，没有放弃自己，她还是她，而不是一个标本！”

马晓东说：“听着很有道理，但是女人们低估了男人的责任心，男人对老婆孩子、对家庭的那份责任心足以支撑一段婚姻白头偕老。”

护士长说：“那还是很不一样的，女人活得自我，美丽而自信，猎物感就不会消失，外面的雄性动物垂涎三尺、虎视眈眈，那样家里的雄性也是想要保卫自己的战果的！”

欢欢说：“我有好多顾客是中年女性，这部分顾客可以分为两种类型：一种是很贤惠、很有奉献精神，很多都是家里男人变心、出轨了，才幡然醒悟，觉得应该对自己好一点；还有一种就是自己一直很懂得爱惜自己、没有放弃自我的女人。论幸福程度，后者绝对强好多。”

梁圣说："这个观点我倒是同意，人若是连自己都不懂得爱自己，怎么可能要求别人爱你更多？"

马晓东说："也没你们说得这么严重，普普通通的女人，家里管得好好的，孩子管得好好的，有一份正当职业，男人也是很尊重这样的老婆的。"

护士长说："马医生，你有这种想法，第一因为你是好男人，第二你用的'尊重'这两个字。你不能不承认，这种中规中矩的老婆，你们男人婚后顶多五年就变成左手摸右手的状态，不是吗？"

欢欢也附和道："我同意护士长的观点。我有一个女性朋友，今年才32岁，她说生完孩子跟老公一直是分房间睡的状况。我表示惊讶的时候，她告诉我，这种状况在妈妈圈里十分正常。"

梁圣说道："好了，好了，你们讨论到后来快成怨妇诉苦大会了，我只想知道女人漂亮或者不漂亮到底是怎么回事而已。"

护士长和欢欢都笑了，护士长说："你随便挑一个你觉得还挺漂亮的女人多了解一下，就会发现她为了保持外貌的美丽是要付出很多努力的，天下哪里有不劳而获的事情。有句话叫作'没有丑女人，只有懒女人'，我认为几乎是真理！"

欢欢说："你看，我说得没错吧？女人丑的话肯定是又没有控制力又很懒。一般来说，女人只要不胖不黑会穿衣搭配，会化妆打扮，留一头长发，干净整洁，随时都香喷喷的，有空读点书修炼下内涵，你觉得这样的女人能丑吗？"

梁圣回答道："这个说得很有道理，就跟男人是不是穷一样。只要智商过得去，肯努力，平时勤快点，就不会多穷的。"

这番谈话对马晓东的触动还是挺大的，工作、家庭、生活都让他忙碌不堪，身边的异性也仅限于工作上的交流。很久以来，他没有兴趣再去了解任何一个女人的内心，包括老婆。

他从来没考虑过老婆是不是漂亮，甚至，他已经不知道多久没有关注过老婆是否漂亮。李萍是否爱打扮，是否喜欢穿衣搭配，他似乎完全没有概念，但是这些丝毫不影响他们的夫妻关系。马晓东从来没认为自己不爱老婆，跟爱自己父母、自己女儿一样，他对李萍的感情类似。

24.美丽是一辈子的事业

有一篇文章写得很好，一个人，无论男人还是女人，30岁之前的容貌靠天生，30岁之后的容貌靠自己，一个人的容貌光靠青春来支撑实在过于危险，对女人来说尤其如此。女人的青春实在太短暂，古往今来无数文艺青年感怀过，世界上最悲伤的事情之一，莫过于红颜迟暮。其实对女性来说，最悲哀的并非红颜老去，而是忘记了提升自己，忘记了不同的季节有不一样的花开。

马晓东这天接待了这样一对顾客，是一对夫妻，东北人，慕名而来，据说是在微博上关注到马晓东的，观察了很久。马晓东每天会在深夜更新微博，跟粉丝互动，而且许多马晓东的顾客也会在微博上留言，有些特别满意手术效果的，甚至乐意于晒图与大家分享。可见社会是真的宽容，大家的心态也确实很不一样了。马晓东的口碑就这样一点一点地传播到全国各地。陈建华说，虽然看出马晓东是一匹千里马，没想到会是匹汗血宝马！

这对夫妻有50多岁了，是退休的工人家庭，家境谈不上富裕，退休工资大概就4000多元的样子。但是妻子非常注意形象，看上去形体优美、肤色均匀，发型也很适合自身气质，据说还是当地舞蹈队的领队。两个人千里迢迢来到LM整形外科，在医院不远处住到一家快捷酒店，然后来咨询隆胸的事情。

当天他们俩来医院咨询时，是欢欢接待的他们。一般来说，女性50多岁了，选择做隆胸的案例极为少见。欢欢一时间不知道是否该正常接待，就直接把他们带到马晓东办公室，与梁圣五个人一起谈论这件事。

夫妻俩属于那种罕见的开朗阳光型的一对，给人的感觉是非常积极地享受生活，年龄看上去比实际年龄至少小十岁的样子。

男人说："我姓陈，就叫我老陈好了，妻子想要漂亮我是支持她的，当然前提是要安全，适合她！"

马晓东说："一般来说，女性45岁之后机体开始走下坡路，皮肤、肌肉都会慢慢松弛，乳房自然更不例外。50多岁的时候选择做隆胸，或许十来年之后，会感觉和自身状态不协调。"

陈太太却说："为什么要想到十几年之后的事呢？我是现在需要啊！而且我又不打算做成巨大胸部的性感类型，我只想做一双小而优美的胸型。"

欢欢说：“作为形象设计，作为女性，其实我特别欣赏这种人生态度。但是陈太太你要知道，隆胸是项不算小的手术，对身体元气会有损伤，做个手术后十天八天都难以恢复，身体反而感觉老了好几岁！”

梁圣有些好奇：“这么远过来选择马医生，这也是一种很难得一见的驱动力。”

老陈笑笑，说：“我们两口子都喜欢听欧飞的歌，他看着不像一般歌星那样奇奇怪怪，唱得不知所云。”

梁圣惊呼：“原来你们也是欧飞的歌迷呀！”

陈太太笑着说：“是啊，我们跳舞的伴奏带很多都是欧飞的歌曲呢。”

马晓东说：“既然决心这么大，也大老远来了，咱们就更要慎重一点。这样吧，你们在这边先住几天，多来医院走走，多看看多想想。要是三天后决心还没有改变，我们再说好吗？”

陈太太说道：“可以的，正好我也想看看这个城市。一有时间，我会多来你们医院看看你们的工作状况，也看看其他顾客做完手术的样子。”

马晓东又交代了几句，夫妻俩说：“那么你们先忙，我们俩在医院转转，熟悉下你们医院。”

两个人出去后，马晓东、梁圣还有欢欢讨论了此事。

“我现在的观点是最好不要做，所以留出时间让他们多思考，看看是不是完全想通了。”马晓东扭头问一旁的欢欢，“欢欢，你从业比我们久，你的看法是什么？”

欢欢说："陈太太容貌娇美，体态也很年轻，我是赞成她的选择的。当然，也存在一些问题，年纪越来越大，还有一对挺拔的胸部，会显得很奇怪，到时候就算想恢复原状取出假体，也要受很大的罪。"

马晓东说："就是这个问题，以前我不是很明白女人追求漂亮的心理，现在或多或少知道一些，但还是不太能接受过于迟到的选择。"

欢欢说："还是要看原因。记得我进入这个行业第一年的时候，遇到过一件事情，我一直印象深刻。那位顾客也是一个接近50岁的女性，是个女老板，生意做得挺好的，可能是太忙了，疏于和丈夫沟通，夫妻感情出了问题。她丈夫找了小三，一直等老公提离婚她才发现，然后方寸大乱，两个人又是吵又是闹的。后来女的一直觉得是男的嫌弃她不年轻不漂亮了，就跑来整形，选了几项大手术。当时是我接待的她，我一直劝她，这个年纪这样折腾，吃力不讨好，何况感情已经变质了，再怎么整形也整不到20多岁的样子。"

梁圣说："结果如何？手术还是做了？"

欢欢说："她死活要做，医院就替她做了。手术后，你别说她确实变漂亮很多，年轻10岁是有的。当时她是真舍得花钱呀，光玻尿酸就一下打了十几万。"

马晓东又问："那她整形的动机是挽救婚姻，最后结局如何？"

欢欢说："奇就奇在这点上面，你们知道的，男人一旦提出离婚，那基本就是无可挽回了，她最后还是离婚了。离婚之后，她有一段时间萎靡不振，也没人可以倾诉，天天拉着我吐槽，我简直把他们夫妻俩从认识到结婚到日子怎么过的都快背熟了！”

马晓东问：“你们的工作确实不容易啊，后期顾客的心理辅导也是很不容易的，尤其是这类目的性很强的顾客。”

欢欢说：“我当时很同情她，我们这个行业说实在话，真是看尽人间冷暖。每个选择来整形美容的男人或者女人要么是对生活有更高的追求，要么是期望感情有转折，很少有无缘无故就想着动刀的，尤其是大手术。”

梁圣说：“有道理，那后面故事是如何发展的？”

欢欢说：“我劝她想开点，古时候说女为悦己者容，这句话对现代女性来说未免有点过时，女人追求漂亮当然是一生的事业，但是这个动机不应该是为了男人多爱自己一点，而是为了成为更好的自己才对。所以我就跟她说，‘你看你现在这么优秀，他离开你是他的损失。’”

梁圣说：“其实感情是最复杂的事情，谈不上谁是谁的损失，你再优秀他不喜欢，他跟你在一起不快乐也没办法。”

马晓东在一旁也点头说是。

欢欢撇撇嘴说：“我当时刚毕业两年，对感情认知没有这么深刻。我只是告诉她，这么优秀的她应该高兴，终于又有机会投身巨大的森林了，外面如此多的男人，缺了谁还怕活不下去？应该勇敢地去活得更多姿多彩一点。”

梁圣哈哈大笑：“欢欢真有你的，你这简直就是一副标准大女人的口吻。”

欢欢说：“可不是嘛，不过这个可以做我阿姨的顾客当时听了我的话，跟醍醐灌顶似的，抹干眼泪，第二天开始好好打扮，自信满满地过日子，完全忘记了那个一起过了半辈子、跟小三跑了的男人似的。”

马晓东和梁圣对故事的后续好奇极了：“那她后来过得怎么样？”

欢欢悠悠说道：“你想呢？一个中年富婆，还挺漂亮的，独身后要真想找男人还怕找不到？就是难以遇到真爱罢了，她现在还单身着，据她自己说享受极了单身的日子，也不想再结婚了，从来没想过还能过几十年前单身姑娘的生活，经常有人约会，情人节也会收到玫瑰，日子好得不能再好了！”

马晓东说：“那你说的这个意思是，陈太太的要求，我们应该支持才对喽？”

欢欢轻轻点了点头，说：“我觉得是的，人家两口子都商量好了，可见对这个事情他们的认知是一致的。人也就活几十年，一点自己想满足的要求，我们何苦去阻拦？”

马晓东陷入沉思：“有道理，但我还是给他们几天时间去想清楚吧！”

欢欢说：“好的，这样自然是最好的。”

欢欢说罢，站起身回她自己的办公室。待欢欢离开后，马晓东茫然地问梁圣：“梁圣，你能了解女人的心思吗？”

梁圣笑道：“你都不能明白，何况我一个单身的呢？”

接下来几天，陈先生和陈太太几乎泡在医院里，跟每个人都交谈。他们俩满面笑容、热爱生活的样子，很容易跟对方打成一片。很快，整个医院的人几乎都知道了陈太太的想法，每个人都真诚地说出自己的意见。最有趣的是保洁张阿姨这样说："我绝对支持你呀，你看我们俩差不多大，现在站一起，我看着就跟你阿姨似的，我心里能不嫉妒吗？简直嫉妒得要命，哈哈。"

陈太太微微笑着，她确实是一个风度和外形都很不错的中年女人。

这天，梁学聪遇到了陈太太。那会儿，梁学聪刚好闲着在大厅的沙发上坐着休息，看见了传说中的陈太太。

梁学聪鬼使神差地上前跟她打了招呼，说："陈太太，你还考虑什么？你看着顶多40岁，要不我给你做手术吧？"

陈太太有些诧异地看着他，说："啊？可是我已经选择了马晓东医生，我们是他的粉丝。"

梁学聪看看周围，小声说："马医生做整形美容经验半年时间都不到，他以前就是在县城医院给人割阑尾、割痔疮的。你以为他有什么了不起的技术？全靠他自己会吹嘘！"

陈太太不置可否地笑笑，走开了。

一旁的导医们听到这番对话，脸上露出厌恶的表情。这种抢病人的事一向是大家极其看不起的，而且诋毁同一个医院的同事，更让人看不起，这个梁学聪简直像个跳梁小丑。

不过大家的担心显然是多余的，陈太太千里迢迢就是过来找马晓东的，完全没想过要换医生，更不可能随便选择一个不了解的医生。另一方面，跟马晓东相处了几天，他们完全相信自己的直觉，选择马晓东不会有错。

患者对医生的迷信不亚于影迷对偶像的迷信！

三天后，再次见到马晓东，陈太太坚定地告诉他："若是说一开始还有一丝犹豫的话，现在已经完全没有犹豫了。"

马晓东点点头："我这几天也考虑了很多，我认为你有权利追求你认为的幸福，你自己喜欢就好。"

陈太太说："嗯，好极了，我也这么想。接下来，我想认真挑选一下适合我的材料。"

马晓东回答道："我们现在就到材料展示间去看看。"

马晓东、梁圣、欢欢加上陈先生、陈太太，一行五人来到材料展示间。各种进口及国产的材料都像珠宝那样陈列在玻璃展柜里，下面垫着宝蓝色天鹅绒垫。

马晓东一一给陈太太介绍："我们这里隆胸的假体材料一共有这么几种，高档的是妙桃及美国进口的曼托、麦格，德国茜茜公主。"

陈先生问："价格越贵越好吗？"

马晓东说："所有的假体无论贵的还是便宜的，品质都是有保证的，区别在于动感和手感。比如妙桃，无论在外形上还是手感上，都几乎与真实乳房无差别。"

陈太太问："那马医生，您给我推荐一款适合我的吧！"

马晓东认真地想了想，说："我个人认为像您这种情况，夫妻感情非常好，隆胸所追求的也不是性感，而是曲线，那么就选择性价比比较高的美国麦格吧，水滴型的，品质非常好，性价比也高。选用200毫升的，手术后的效果大概相当于B罩杯。”

陈太太说：“好的，我跟先生再商量一下。”

回到马晓东的办公室，马晓东让欢欢带着陈太太去病房看一下已经做完隆胸手术的顾客的术后效果，并与她们交流一下，做好心理准备。

留下陈先生在办公室，马晓东与他讨论起陈太太的手术来。

马晓东说：“隆胸手术在整形外科里属于较大的手术类型，痛苦还是有一些的，估计需要住一周医院。你们那么远，很有可能要在医院住半个月到20天才行，你们没问题吗？”

陈先生说：“马医生，请告诉我是否会有危险？”

马晓东说：“危险倒是不会有的，这类手术医院每天都会做几例，用的是最先进的内窥镜技术，安全方面完全不用担心。”

陈先生擦擦汗：“那就好那就好，我最担心的就是安全问题。我在网上查了很多资料，也有人说有可能会假体排斥反应的，也有说什么包膜痉挛的，反正各种说法都有，看得我很害怕！”

马晓东说：“你说的这些情况也不是说完全没有，但也是有概率的，概率极低。你们应该知道，任何手术都有这种概率极低的风险，你们应该是自己考虑过，认为有强大的心理接受能力才会选择来手术呀。”

陈先生说：“是的，她一开始提出做这个时，我也没想反对，就跟她一起查了很多资料，我越查越害怕，她反而很淡定。”

马晓东说道：“不要太担心了，医学昌明！”

陈先生点点头。

这时候，陈太太和欢欢回来了。陈太太脸色有点苍白，说：“看到那个用马医生说的品牌的假体做的术后效果了，我觉得很好。”

欢欢解释道：“病房里其他的术后患者喊痛，陈太太吓着了！”

马晓东温和地说道：“痛是会痛的，要不要再考虑一下？”

陈太太摇摇头，眼神坚定：“已经考虑得足够了，再反悔我怕我会后悔许多年！”

陈先生揽住太太的肩头说：“既然决定了，那就做吧，我支持你。”

欢欢也说道：“其实手术的时候，麻醉状态是感觉不到疼的，但是麻醉过了就该感觉到疼了，毕竟是开放性手术。”

“嗯，这些我都做过功课，只不过我想象的疼痛程度要轻点，或者是她们形容得严重了一点？”陈太太说，“虽然有心理准备，但或多或少我还是有点害怕。”

马晓东说：“放心吧，不会比生孩子更痛了，生孩子的疼痛等级是医学上认定疼痛等级最高的。”

陈太太点点头，微笑道：“我觉得也是，不过看到她们术后的曲线，我认为相当值得。任何美好的东西都是需要付出代价的，怎么可能轻易就得到？”

马晓东让梁圣带着陈太太去做各项检查，若是一切没问题，明天就可以安排手术。陈先生则被要求去准备住院用品，陈先生说行，早已经做过功课，知道该准备哪些。

欢欢说：“基本用品医院都有，你自己需要陪床，所以得准备点日常生活用品。另外，你们需要订单人房间吗？”

老陈的神情变得犹豫起来：“单人房间当然好，但是我们的预算会不会不够啊？”

“我来跟医院申请看看吧，毕竟你们可能要住得时间久一点。”欢欢说完，又转头跟马晓东商量：“马医生，要不你跟蔡总商量下？毕竟陈先生和陈太太这种情况也是很特殊的。”

马晓东也很痛快：“我试试看，貌似还没有这个先例。”

陈先生十分感谢，随即出去跟陈太太会合。下午的时候，各项检验报告出来，马晓东看了下，一切都很好。夫妻俩高高兴兴地先回酒店，为第二天的手术做准备。

马晓东随即去找了蔡总，说了陈太太的事。

蔡总说：“他们夫妻俩最近在我们医院很有名呢，我也听说了他们的故事。”

马晓东说：“他们经济方面也不是很宽裕，而且家在东北，实在太远，不知我们医院能否给他们提供一个单人病房，只收病床的价格？”

蔡总沉吟片刻，说：“这个先例不太好开，毕竟咱们医院是企业性质。不过我们可以想想办法，比如说服陈太太愿意给我们医院内部做案例，图片留存，这样我们可以免费给她提供单人病房。”

马晓东点点头，回办公室叫来欢欢，跟她说了蔡总的意见，欢欢打电话跟陈太太说明情况。陈太太则表示要跟先生商量一下，明天来手术时再决定。

陈太太被安排在第二天上午手术，她躺在手术床上，马晓东温声安抚道："就当睡觉了，睡醒做了一个梦，醒来就美梦成真了。"

此时陈太太看着如同任何一个柔弱女性一样，紧张得很，皮肤上甚至都起了一层鸡皮疙瘩。听到马晓东这么说，她定了定神，细声细气地说："嗯，我明白了，一切都拜托你了，马医生。"

揭开消毒巾，马晓东完全理解陈太太为什么想要隆胸了。陈太太的胸部可谓毫无曲线可言，如同男性的胸膛。

马晓东带着梁圣和另一名助手进行手术，三人配合很十分默契，在腋窝褶皱处切开一个三厘米左右的切口，然后剥离开胸大肌，灵活地将假体放置在内，然后用最细的线缝合好伤口，另一侧也采取同样的方法，手法干净利落。马晓东很满意，陈太太的胸部曲线可以说十分自然。

包扎好伤口，陈太太麻醉还未醒。陈先生在手术室外焦急万分，看着马晓东出来，赶忙跑过来询问手术情况。随后，陈太太被推出来了，陈先生握着她的手，眼圈红红的。欢欢和梁圣互相对视一眼，只觉得十分艳羡，做了几十年夫妻还能如此恩爱的真是难得。

护士长问："安排在哪个病房？"

马晓东说："先安排到单人间吧，等陈太太醒了再说不迟。"

陈先生点头同意，大家一起将陈太太送到病房，安置好。马晓东交代："一会儿麻醉效力过去了肯定会痛，陈先生，您要做好心理准备，好好照顾陈太太，三天之后疼痛感就会少很多。有事随时找我，我也会经常来看看情况。"

“好的。”陈先生又问，“她这个大概什么时候能拆线，她自己可以看到术后效果吗？”

马晓东说：“一周吧。放心，效果非常好，相信她会很开心的，我认为她的勇气用对了。”

陈先生连忙说：“那就好，那就好，我真是怕她受罪还失望啊！”

马晓东答道：“等她自己以后看吧，现在只是第一步，等恢复到完全适应，从生理到心理都有一个过程。”

陈先生连忙感谢。

马晓东回到办公室时，梁圣和欢欢正在说话。

欢欢说：“陈先生真是感动中国的好丈夫！我都要又相信爱情了。”

梁圣说：“确实很让人感动，我也一直以为‘执手相看泪眼’是肥皂剧里的情节。”

欢欢看到马晓东进来，连忙问道：“马医生，手术效果如何？”

马晓东说：“大家都很关心这个问题。放心吧，我觉得陈太太会很高兴的。”

马晓东每天去查房，欢欢也经常去病房看望陈太太。

陈太太面色苍白，看着柔弱不堪，果然是受了苦了：“麻醉过了，确实上半身火辣辣地疼，疼得我夜里汗珠都下来了，可能我比普通人更怕疼吧。”

欢欢温柔地安慰道：“好好休息，早点恢复，熬过这段时间，你就会高兴的。”

陈太太说：“我先生也对我这么说，马医生也一直说术后效果很好，我很期待呢。”

寒暄几句后，欢欢跟陈太太商量病房的事情：“医院的规定是不能随便更改价格的，陈先生跟你说过了吧，所以蔡总的意思是，你术后恢复之后给医院拍一套案例留存，这样可以给后面年龄层相近的人参考。”

陈太太问：“案例是什么类型的呢？裸露的我接受不了。”

欢欢笑道：“不会这样拍的，相当于内衣写真，就是穿得性感一点。”

陈太太说：“极具美感的摄影吗？”

欢欢答道：“是的。”

“那种程度的话，应该还好。”陈太太点点头，又问了一旁的陈先生，“你觉得呢？”

陈先生说：“我可以接受，你自己做主吧。”

陈太太跟欢欢说：“如果像你说的那样，我同意。”

欢欢说：“嗯，我认为这选择百分百正确，明天我给你拿合同签一下。”

数天之后，陈太太由马晓东宣布可以拆开重重叠叠的纱布了。在治疗室，当纱布被解开后，陈太太看着自己的身体，喜极而泣，什么话都说不出来，只是不停地说“谢谢”。

马晓东和欢欢登时觉得，幸亏没让陈太太放弃自己的追求，这样的幸福感，人一生中能有多少次可以获得呢？

马晓东指示护士教导陈太太对胸部进行按摩，这是为了防止一些后患，隆胸后在半年内必须勤做按摩。陈太太说："我早做过功课，知道这些事，放心吧，我会认真对待的。"

在这段时间，马晓东跟李萍说起陈太太的故事。李萍觉得很不可思议，50多岁了，这样折腾，有这个钱还不如出去旅游。李萍是那种认为女人过了45岁就应该忽略性别的类型，或者说她认为人类到了45岁就应该忽视性别，认真履行好父亲、母亲、丈夫、妻子的角色才是正道。对此，马晓东觉得没什么错，这个观念还蛮符合普通人的世界观的，以前自己也差不多类似这种观念，但是看了陈太太和陈先生对待自身的态度后，马晓东或多或少有点怀疑自己是否太老土。

某天在QQ上看到杨思明时，马晓东跟杨思明也讲了陈太太的故事，杨思明则是另一种看法。

杨思明这样说："我认为女人不分年龄，只要还想让自己更完美，无论是外在的还是内在的改善，我都举双手赞成！"

马晓东有些不赞同："那风险和金钱都不算什么吗？"

杨思明说："马晓东，你有时候真的十分老土。如果一个人一辈子安安稳稳、一个状态地活着，活一百年和活一年到底有什么区别？"

马晓东说："好吧，我说不过你，但是我个人认为，一个人活着并不是单独的个体，周围关联着的人、千丝万缕的联系、他人的观点，还有社会的舆论，这些都是要综合考虑的。"

杨思明回答道："你费尽心思地讨好一切，真不累吗？你自己活着的意义是什么，难道不用考虑吗？”

马晓东说：“以前觉得是跟我相关的人都因为我活得更好！”

杨思明说：“人生不是那样的，不是追求完美，而是追求完满自己的同时，幸福他人。牺牲自己的所有欲望，那是一种修行，我做不到！”

马晓东沉默，想想也是，可是人生无论怎么选择不都是一场修行吗？包括陈太太这种将美丽进行到底的精神，何尝不是一种修行。

陈太太住院了半个多月，恢复得非常好，甚至其他举棋不定的顾客，来看了陈太太，聊了几句后，大多立即下定决心，告诉自己要勇敢一点。

快出院时，企划部主任小王联系了一家非常知名的摄影工作室，为陈太太拍了一套可以看见曲线的写真。这套写真将中年女人的优雅妩媚展现得淋漓尽致，陈太太满意极了。

陈先生也十分惊讶：“这套写真拍得太好看了，我甚至觉得比你年轻时还好看呢。”

夫妻俩幸福的样子让医院的人都羡慕不已。陈太太的照片被放大挂在医院的墙壁上，确确实实曲线很美。陈太太果然很了解自己的身材，欠缺的就是胸部曲线。

陈太太出院时，医院全体人员只要不忙的都来送他们了，欢欢还代表医院送了捧鲜花。这样整个医院与患者相处出感情来的情况，马晓东还是第一次遇到，内心只觉备感温暖。

马晓东在微博上写下：“追求美丽对女人来说是一生的事业，

而身边陪伴着的男人的最大幸福，莫过于一生都能支持她追求最好的自己！”

这条微博被点赞点到爆，各种评论刷屏。

“医生，这太赞了，你一定是个暖男！”

“医生，你说的这种男人，世界上真的存在吗？”

“医生，女人追求美丽是否一定要整形呢，是否过于极端？”

“医生，你这是宣扬看脸的社会吗？”

“医生，难道女人不是更应该追求内涵吗？”

一石激起千层浪，粉丝们反应之热烈令马晓东始料未及。马晓东抽空写了陈太太的故事，当然用了化名，跟粉丝们解释发这条微博的心情。这个故事又引起了巨大反响，粉丝们抛出各种问题。由于问题实在太多，马晓东有些招架不住，急忙向梁圣求救，让他帮忙解答一些专业问题。

没几天，陈太太也看到了这条微博。如同欧飞一样，陈太太很大方地在微博上留言，说自己就是马晓东故事的主角，并详细写了自己在医院的亲身经历。好多网友被感动得热泪盈眶，纷纷表示有需要一定去找马晓东。梁圣看得十分开心，说：“马老师，你知道吗？你这个微博因为欧飞和陈太太的缘故十分火爆，看来医生最大的价值还是患者的认可呀！”

马晓东说：“确实是这样，以前我还没有这么大的感触，经历了这些日子，这个道理我感悟得越来越深。”

马晓东又煽情地更新了微博：

“医生最大的快乐莫过于获得了患者的支持！”

25.错的时间对的人

人生其实也是一段旅途，在一路前行的途中，我们不断遭遇不同的人、不同的风景。每一段风景都有不一样的感受，或许，我们会路过一个花园，花园里有娇艳的红玫瑰，而我们正捧着芬芳的白玫瑰。张爱玲曾经悲观地这样说：“也许每一个男人全都有过这样的两个女人，至少两人。娶了红玫瑰，久而久之，红的成了墙上的一抹蚊子血，白的还是‘床前明月光’；娶了白玫瑰，白的便是衣服上的一粒饭粘子，红的却是心口上的一颗朱砂痣。”当路过一个花园，欣赏到震撼你心灵的鲜花，可那是别人的，基于爱、基于道德？孰轻孰重？

梁圣进步很快，学东西基本属于一点就透型的，再加上他长得帅气，又聪明风趣，在医院很吃香，很快就跟好几个导医、护士、形象设计师混熟了，姑娘们都乐意喊他一起吃饭、下班后一起K歌什么的，也喜欢没事跟他闲聊。

马晓东故意打趣他："莫非你前世是贾宝玉？你看你身边莺莺燕燕的，以前实习的时候我就看出来了！"

梁圣一脸冤枉："哪里呀，都是朋友而已，我还没正经谈过恋爱呢？"

马晓东大吃一惊："你不会是装纯洁吧……"

梁圣忙说："是真的，我喜欢的女人我自己还没遇到。不过嘛，我倒是想过会是一种什么情形，就是跟她在一起，我变得不大会说话，估计就是了。你看现在跟我混在一起的那几个姑娘，我说的话比她们加起来还多。"

马晓东哈哈大笑："暂且相信你吧。不过大学的时候你居然也没谈恋爱，那日子是怎么过来的？"

梁圣有些不好意思地搔搔头皮："我那会儿还没开窍呢。我觉得喜欢一个人应该是那种无时无刻不在想她的状态。她或许不够美貌，或许不够聪明，怎么说呢？你看过村上春树的《遇到百分之百的女孩》吗？他描述的那种感觉，就是不记得她长什么样，胸部是否大，有没有化妆，就一种感觉，那是我的百分百女孩！"

马晓东无奈："那太难了，很多人一生都遇不到一个稍微能让自己动心的异性！"

"其实——"梁圣欲言又止，"我现在对一个女孩子有很强的好感，但我还不能肯定那是不是爱情。"

马晓东一下子被勾起了好奇心："在她面前说不出话来吗？"

梁圣的脸上露出不正常的红晕，有些不自然地避开马晓东八卦的目光："没有到这个地步，只是到说不过的程度。"

马晓东问道："我认识吗？"

梁圣笑笑："我自己还没确定呢，为了防止妇男八卦，我暂时得保密。"

马晓东说："我去，谁稀罕知道！估计你小子也追不上人家，怕被嘲笑吧。"

梁圣没理他，抬起手腕看了看手表，脱下白大褂说："我去吃中饭了。"

马晓东说："不一起去食堂吗？"

梁圣早已经走出门外，丢下一句："天天跟你一起吃饭，我怎么娶老婆？"

马晓东只好苦笑，随即自己去了食堂，看到护士长、欢欢和蔡总在一张桌上吃午饭。马晓东盛好饭菜也坐了过去，不知道为何，他们三人坐在一张桌上，却都沉默，气氛诡异。马晓东刚坐下没一会儿就发现了异常，他暗暗叫苦，甚至有点后悔坐到这边来，好在看到马晓东坐下，蔡总开始跟马晓东闲聊一些医院的事情。

回到办公室，梁圣也回来了，说晚上想请马晓东、护士长还有欢欢一起去K歌。大家约好时间，晚上一起去了KTV。欢欢看着明显兴致不高，喝了很多啤酒，喝着喝着突然呜呜哭起来。这下马晓东、护士长和梁圣都慌了，连忙问："怎么了？有啥委屈的事呀？"

欢欢不吭声，头埋在护士长的肩膀上，哭得花容失色。马晓东想到中午的事情，连忙问："是不是中午蔡总批评你了？哎呀，工作中受点批评是小事，谁没点委屈呢？你工作得很出色，我们都知道。"

梁圣也觉得奇怪："欢欢，你平时一副大大咧咧什么都不在乎的样子，说你几句你哭毛线啊，有什么好哭的啊。"

欢欢勉强一笑："那就不许人家伤心一下吗，人家是软妹子，好不好？"

梁圣说："你不要这样，你突然风格转换，我简直不能接受。"

说得大家都忍不住笑起来。欢欢也破涕为笑，她擦干眼泪说："也是，柔弱给谁看呢？也没意义。哭也是一天，笑也是一天。"

四个人唱到半夜，马晓东跟欢欢同路，于是送欢欢回家，梁圣跟护士长同路。马晓东和欢欢打了个车先走，梁圣和护士长住的地方离着KTV比较近，大概20分钟的路程，于是决定一路走回去。

梁圣与护士长一路走一路交谈，梁圣问："欢欢一直单身吗？在医院也有好几年了吧？"

护士长说："不是很清楚。"

梁圣顿了顿，又说道："你知不知道她喜欢什么样的男性啊？"

护士长这下听出了问题，停下脚步，看着他，表情怪怪的："你是不是喜欢欢欢？"

梁圣坦然回答："是挺喜欢的，打算追求！"

护士长眼神闪了闪，说："这个我可帮不了你，现在这年代，追女孩子基本没谁会找帮手的吧？”

梁圣不自在地笑了笑，说：“我哪里会那么无聊，喜欢一个人还要人帮忙，我只是单纯跟你聊聊而已，究竟追求不追求那肯定是我自己的事。”

护士长似乎松了一口气，连忙说：“我劝你还是打消这个念头，我觉得你们俩不太合适。”

梁圣诧异地看着护士长：“你不会暗恋我吧？打击我追求其他女孩的信心？”

护士长哭笑不得：“臭小子瞎想什么呢，我儿子都小学二年级了，还暗恋你呢，我是说真的！”

一路说着，护士长到家了，等她上楼，梁圣继续朝家走。

第二天上班，在医院见到，欢欢依然如常，丝毫看不出昨晚痛哭流涕的痕迹。梁圣看到护士长时，有点不好意思，昨天酒喝多了，竟然跟她袒露了自己的秘密，酒后失言，还真是真理。

马晓东和梁圣照常去查房，看了看几个住院病人的恢复情况，一个小时左右就结束了日常查房。马晓东让梁圣去找一下护士长，让她给五床的吸脂患者调整一下塑身衣，然后自己先回办公室，开始新的一天的接诊工作。

梁圣走到护士长办公室，发现她不在，正准备走，看到她在走廊转角处，梁圣连忙走过去。护士长背对着走廊站着，没有发现梁圣过来，梁圣突然想恶作剧一下，他轻轻地放慢脚步，打算吓她一跳。待走得近了，却听到护士长似乎在跟人说话，看来转角那边还有一个人。

梁圣正犹豫着要不要悄悄走开，只听见护士长说："昨天晚上听梁圣的意思，他很喜欢你呢！"

梁圣的脑袋"嗡"的一下警觉起来，看来那边站着的是欢欢。虽然内心告诉自己偷听很不文明，但是梁圣依然抑制不住自己的好奇心，毕竟这事自己也太想知道答案了。

护士长接着说："梁圣是个好男孩，你注意点，别搞到最后朋友也做不成！"

欢欢沉默片刻，才轻声说："其实我能感觉到他对我有好感。"

护士长有些恨铁不成钢地说道："那你还不知道保持距离？"

梁圣这下心里不太高兴了，这简直不但没帮他，还故意捣乱。他想不明白，护士长为什么要这么做。

欢欢说："我不是不知道，是忍不住，跟他一起做事也好，说话也好，很开心，我很喜欢和他相处。"

梁圣听着很高兴，看来欢欢对自己不是没感觉。

只听到护士长说："可是你们没办法在一起呀！"

这句有些莫名其妙的话，让梁圣的心底泛起一抹古怪的预感。

欢欢低低地说："是啊，最近我也一直在想这个问题，我究竟想要什么样的爱情、什么样的生活？我所做的一切是否值得？"

护士长叹息："我早就劝过你，那样不值得。你这么优秀的一个姑娘，应该正常地恋爱，接受很多优秀男孩子的追求，然后挑一个喜欢的结婚生子。"

欢欢的声音有些哽咽："可是现在我已经丧失了这个资格，唉，一切都晚了。你说得对，我还是离梁圣远一点，我配不上他！"

听到这番对话的梁圣，心里有许许多多疑惑，他恨不得马上上前，拉着欢欢问个究竟，不过他也知道，倘若这么突然出现十分不合适。他握了握拳头，悄悄地返回护士长办公室，坐在那里等她们回来，脑海里却一直盘旋着欢欢最后的那句话，越想越觉得古怪，"她为什么会说配不上我呢？"

正想着，护士长回来了，她看到梁圣，明显怔了怔，问他有什么事。梁圣告诉她，马晓东让她今天给五床患者调整一下塑身衣。护士长答应了，说马上就去。

说完正事，梁圣却没有马上走的意思，他张张嘴，话到了嘴边又硬生生咽回去。护士长也一脸奇怪地看着梁圣，不知道他葫芦里卖的什么药。最后，梁圣还是没能问出口，他暗自懊恼，面上却只能跟护士长随意解释了几句，便匆匆离去。

梁圣下楼时有些心事重重，让他没想到的是，会在楼梯上碰到欢欢。欢欢看到梁圣，梁圣也看到她，两个人各自沉默下来，不过顶多一秒就恢复常态，有些客气地打了招呼，然后一起下楼。

此时梁圣心里已经好奇得不行，但是依然强忍着问出口的冲动，欢欢看起来至少是有些神情恍惚的模样。

莫名其妙喜欢上一个人时，患得患失，对方的一颦一笑都会看在眼里，想在心头，不由自主地去揣测有何深意。梁圣和欢欢其实都是外向型、有些不拘小节的人，很难将心思憋在心里超过三天。

梁圣自己是射手座，射手这个星座的特质很有趣，风流倜傥的万人迷是常识。但是这个星座有个很难被人注意的特质，射手对于具有好感的异性很容易去接近，做朋友，一旦真正遇上深爱的，射手们反而会犹豫不决，各种论证自己对于这个人究竟想要怎么定位，一旦挑明关系，若是不成，很容易朋友也做不成。射手们一旦遇到让自己这么犹豫的异性，基本上就是很在乎对方了。

目前梁圣正是这个状况，用他自己的话说，关系较好的异性朋友加起来至少有30名，但是从未正式恋爱过，这也算射手的典型特质了，射手没打算娶回家的统统叫作非正式。

梁圣决定给自己几天时间想清楚。

欢欢这几天也没来他们办公室，以前稍微有空都会过来聊聊工作，再闲谈一会儿。几天后，连马晓东都看出了问题，有些奇怪地问梁圣："你有没有觉得这几天大家都怪怪的？"

梁圣问："哪里怪了？没感觉到，每天不是一样上班下班，老病人复诊、新病人接诊吗？忙得跟一条狗似的，你看我都瘦了好几斤。"

马晓东看着他，似乎发现了什么："你这番牢骚都跟过去不太一样好吧？你没发现最近几天欢欢和护士长都没来咱们办公室了吗？除了工作时间遇到，平时还真难得一见。"

梁圣停下手里正在整理的病例，说："没发现，最近比较忙呗！"

两个人正说着，欢欢带着一名女士进来找马晓东。二人停止讨论，开始接诊病人。其间，马晓东观察了一下梁圣和欢欢，确实觉得不太对劲，却又不知道哪里不对劲，只得作罢。

接诊完患者，欢欢送那位女士出门，梁圣也再没说话。

马晓东更加肯定这中间有些问题。

临到下班，梁圣提议，晚上去酒吧喝一杯。马晓东想想便同意了，估计这小子有心事要吐露。

两个人去了一家幽静的酒吧，进门挑了个位置坐下。点了饮料后，梁圣起身去洗手间，马晓东坐在那里朝四周打量了几眼，眼角无意间瞥到一个角落时，突然停住。蔡总和欢欢在一起，看神情两个人正在争论什么，表情都很激动。

这时候梁圣回来，见马晓东神色古怪，就问："没事吧，怎么这个表情？"

马晓东悄悄说："我看到蔡总和欢欢在那边。"

梁圣也有点惊讶："啊，是吗，那我们要过去打个招呼，一起坐吗？"

马晓东却摆了摆手："这会儿可能不太合适，他们俩好像在讨论什么问题。"

梁圣转过头去，顺着马晓东的视线的方向看过去，发现欢欢似乎正在抽泣。这时候让他们大吃一惊的事情发生了，蔡总坐到欢欢旁边，搂住她的肩膀，拿纸巾给她擦眼泪。这明显不是同事关系或者上下级关系可以做的程度，怎么看都像一对情侣，可是蔡总，40多岁的蔡总，有老婆有孩子的蔡总……

马晓东和梁圣惊呆了，尤其梁圣脸色都变了，他垂下眼睛，低声跟马晓东说："我们换个地方吧。"

马晓东也正有此意，忙点头道："也好，不然大家都尴尬。"

两个人去了青春酒吧，不是周末，这里也人满为患，舞台上还是上次那个女歌手在摇曳多姿地唱歌。梁圣面色铁青，一声不吭地连灌了几瓶啤酒，马晓东再迟钝也看出名堂了："那个，你喜欢的是欢欢吗？"

梁圣轻微地点了点头，旋即自嘲地笑笑："正下定决心打算追求，现在看来不用了！"

马晓东说："真喜欢的话，是不是要去争取一下？还是你很介意她现在的这段感情？"

梁圣一仰脖狠狠地灌了几口啤酒，才又说道："说实话，还真挺介意的。好好一姑娘，跟有妇之夫搅在一起，不是不自爱吗？"

马晓东只得劝道："我倒是觉得不能这么单纯地看问题，有时候道理是道理、感情是感情。"

梁圣的眼睛盯着酒瓶，神色落寞："但是，做第三者还是过分了吧？"

马晓东说："等你到我这个年纪时，可能会宽容一点看这个问题。女孩子年轻的时候很容易被年长的男性诱惑，尤其是有资源、有魅力的男性，我们只能看当时这个女孩子是贪慕虚荣，还是相信那是真爱。"

梁圣冷笑："真爱？女人都是傻子吗？真爱会让你一个好端端的大姑娘做小三？这对男人来说明显是肉欲，女人明显是贪慕虚荣。"

马晓东说："还真不一定是这样，有时候两个人有好感了，不顾一切地在一起了，根本没有考虑过其他的情形也是有的。怎么说呢？女孩子投入得更纯粹点的概率大，毕竟年轻不懂事，男人就有点过了，结了婚生了孩子还去招惹人家未婚姑娘，而且也不能说是年少无知，总之是控制能力太低。”

梁圣垂眸：“我一时半会儿不能接受。唉，我可怜的夭折的爱情，今晚我看我要不醉不归了！”

马晓东很同情地拍拍他的肩膀：“看来我不能喝了，要背你回去呢。”

两个人在青春酒吧待到11点，梁圣果然喝得大醉，马晓东好不容易扶着醉醺醺的梁圣回到自己宿舍，让他睡在自己宿舍的书房。一番折腾下来，累得要死。

一身的酒臭加汗臭，马晓东赶忙去洗澡、换衣服。由于是空腹喝酒，现在胃里火烧火燎，他去厨房烤了几片面包，倒了杯热牛奶，觉得总算又活过来了。一时间没什么睡意，于是马晓东打开电脑，登录QQ，看到杨思明给他留言了。

看看时间，快12点了，马晓东估计杨思明这会儿已经睡着了，但还是回复了句“刚回来呢！”想不到杨思明立即回复了：这么晚啊？医院加班吗？

马晓东很惊喜，说实话，他喜欢和杨思明交流有这么个因素很重要，就是两个人似乎心有灵犀，忙碌的时候从未打扰过对方，找对方的时候对方总是有空，能够第一时间交流。

曾经有一篇文章讲过谈得来有多重要。人们的交流欲望很奇妙，很多夫妻越来越不愿意交流就是因为总有一方总不在话题的点子上，这点以女性为主。很多时候男人说个什么话题，老婆顶多半个小时，话题就偏移到家长里短、鸡零狗碎上头：孩子如何了，在学校又闯祸了，同事如何了，某某又买房了，西红柿又涨了三毛了……时间久了，夫妻之间越来越没办法交流，一方得不到心灵的共鸣，交流的欲望就会被压抑得越来越深。

马晓东和杨思明就属于那种热爱和对方交流的状态，无论多小的事，自己说了，总能得到对方的共鸣，那种感觉让人觉得精神上获得了高度满足。

马晓东理所当然地告诉了杨思明关于梁圣和欢欢的事情。

马晓东说："其实我能理解梁圣的心情，就像心中的女神突然发现原来是女巫一般。"

杨思明说："你们男权思维根深蒂固，一个姑娘就算有一段错误的感情，也不一定就是人品有问题，只能说她当时的价值观有问题，更何况我们都不知道这个事情是在什么情况下发生的。"

马晓东说："无论女人怎么理解，作为男人，真的很难去克服不自爱这个看法。"

杨思明说："那确实是的，就像女人无法原谅男人出轨一样，其实抛开道德，很多时候只不过是错误的时间遇到对的人罢了。有些人选择回避，有些人选择接受。"

马晓东说："确实是这样。无论如何，欢欢那时候一个刚从学校毕业的小姑娘，如果非常单纯的话，很难跟蔡总那类男人能够走到一块儿去。"

"现在的女孩子也很看得开，很多为了走捷径而依靠男人的情形都被广泛接受。总之，大家都是成年人，各取所需，出来混迟早都是要还的。那个女孩子确实可惜了，梁圣估计也很受伤，要是他能不介意再去争取女孩子的话那才叫作真爱，现在看来只是表浅的好感而已，估计几天就痊愈了，你就不用担心了！”杨思明顿了顿，又说道，“人们要求太多，感情掺杂着数不清的外界因素，如果仅仅是纯粹的两性吸引，那么可能燃烧的机会多很多。比如梁圣，像你说的那样，虽然游戏人间，但还是遇到了欢欢，并被她吸引，可惜因为其他原因，这种吸引又不能变为行动，说到底是他自己的情感也有很多门槛、很多条条框框。”

马晓东说：“没办法，我们是社会人，几千年的观念，人们自然而然都认为是正确的。”

对的时间遇到错误的人，总有人受伤，不是你，就是她，或者是第三方，或者是第四方！

汪国真有一首诗写得很好：

总有些这样的时候
正是为了爱
才悄悄躲开
躲开的是身影
躲不开的却是那份
默默的情怀

月光下踌躇
睡梦里徘徊
感情上的事情

常常说不清

不是不想爱

不是不去爱

怕只怕

爱也是一种伤害

26.躲不开的感伤

有时候，以为伤心可以像电闸一样，拉断就不再继续，谁知道伤心却如同滚滚的洪流，抽刀断水水更流。原来伤心一旦在心中生根发芽，那么只会长成参天的大树。繁茂的枝叶会遮住阳光，让你心生无尽的惆怅！

这天医院发生了一件不大不小的事，一名隆胸患者手术才一天就自己偷偷跑出院了。电话也打不通，家属电话是空号，护士长急疯了，连忙报到院长那里，医院立即将此事当作重要事项并召开紧急会议。

这名女患者叫陈晓梅，今年31岁，刚刚生育一年半，断了哺乳半年，当时来医院要求做隆胸时，理由是哺乳后胸部下垂干瘪。由于她的身体各项指标都符合手术标准，因此就同意了她做手术的需求。当时她选择了一个比较便宜的国产假体，据说是家庭条件很一般，不想花太多的钱。

昨天才做完手术，患者本身比较瘦，手术后看着很虚弱，一起来的男性家属当晚就没看见影子。护士长一直问家属怎么回事，陈晓梅说家里有事，让他先回去照顾家里了，明天再来。护士长也没当回事，就吩咐值班护士多照顾照顾。谁知道这陈晓梅不知道什么时候自己出院了，隆胸这么大的手术，这么早出院，问题可大可小。

蔡总当即决定医院派人去她家里把她接过来，等司机驾车过去，发现陈晓梅给的压根儿就是假地址。这下大家真是束手无策了，心惊胆战地隔两个小时打一次电话，可电话始终未接通。然而第二天上午，就看见她面无人色地回到医院，刚走进大门就昏了过去。导医吓得魂飞魄散，赶快喊医生。几名医护人员以最快的速度把她抬进治疗室，接上氧气，开通静脉通道，一量血压，下降得飞快，一看手术部位，包扎的纱布都染红了。院长说："不好，看来是她擅自出院，没注意情况，伤口有大出血的可能，得立即转院。"

一组人员三下五除二把陈晓梅送到市人民医院，好在及时，没出什么大问题。周院长、蔡总都吓得衬衫被汗湿透了，紧紧贴在背上，这时听到人安全了，大家才长舒一口气，瘫坐下来，半天才恢复神色。

蔡总说："医疗行业最怕的就是医疗事故，公立医院医疗事故还好办，民营医院是真经不起！"

周院长说："公立医院也不好办，现在医闹们多凶啊，有理无理都是医院的错，都是要求巨额赔款。天知道好多医院都是亏损经营，老百姓总以为医院有多暴利。"

蔡总说："不管怎么样，患者没事才是真理。唉，吓死我了，以后我们医院住院部要实行封闭式管理，不然这样太可怕了，万一出点什么事，这么多年的努力毁于一旦！"

这时候人民医院的医生从手术室出来，告诉他们病人情况稳定，观察三小时后可以带回去好好休养。在观察室，陈晓梅静静地躺着，蔡总和周院长都回医院上班，留下护士长在医院照顾她。护士长忍不住抱怨："你到底怎么想的啊？还要不要命了？偷偷跑回去，你老公呢？打电话给他呀！"

陈晓梅眼泪扑簌簌地流下来，护士长又好气又着急："哎呀，你倒还哭上了，我还没哭呢！"嘴上这么说，却还是手忙脚乱给她擦眼泪，心里着实对这个女患者大有意见。

陈晓梅沉默了十分钟左右，终于稳定住情绪没再哭泣，她看着护士长说："太对不起你们了，但是我真有难处！"

"再大的难处，这种事也要跟医生商量啊，万一出什么事，你孩子还那么小，怎么办？"见她神色哀戚，护士长不由得放缓语气，叹了口气，"给我你老公电话号码，我来帮你打。你那样的情况，居然一个人跑到医院来，万一没挨到医院，你说后果有多严重？"

陈晓梅摇摇头，眼神中流露出绝望："不用打了，他消失了！"

护士长大吃一惊："昨天你动手术他不是还在吗？看着对你还挺好的。"

陈晓梅说："不是，那是我的同事，我请求他来冒充一下我的家属，让我能够做手术。"

护士长这下真是服气了，毕竟在这个行业很多年，她一下子猜到陈晓梅的婚姻应该出了重大问题。

果然，陈晓梅接着说道："怀孕三个月他就出轨，我以为孩子生了就好了，可是孩子生了，我们依然没好，吵吵闹闹地过了一年半。我也有反思，我想可能是我怀孕后变得难看了，他才变心的吧，所以我想着来恢复一下身材，好好变漂亮，挽回我的婚姻。"

护士长看着她，觉得很悲哀，传统的女人总是这样，总以为问题出在外貌上面。不，不是这样，真相只不过是他已经不爱她了。当一个人不爱另一个人时，无论怎么变化，都还是一样不爱，而女人们不断抱着希望，或许是她们自欺欺人也不一定。总之，都是一种很深切的悲哀。

护士长问："晓梅，我能问你是做什么职业的吗？"

陈晓梅诺诺地说："幼儿教师。"

护士长说："我可以听一下你的故事吗？我觉得你可能会想要倾诉。"

陈晓梅说："这件事压在我心里两年多了，我没有跟任何人说过，我实在很痛苦，不知道该怎么办。如果没有孩子，我毫不犹豫地就离开了，可是孩子没有爸爸，究竟要怎么办？"

护士长说："可是你不爱惜你自己，还指望谁来爱护你呢？你不觉得一个人首先要学会的是爱自己吗？不要总是想着取悦他人，他想要的也许是你不能给的。”

陈晓梅说：“这我也知道，可是我们已经结婚已经生了孩子，他就算不爱我，也该为了孩子爱我呀！”

护士长看着她，决定很残忍地说真话：“其实婚姻里大概只有我们中国人有‘为了孩子’这个说法，夫妻俩一起养育孩子自然是责任，但如果夫妻之间不能相亲相爱，非要彼此因为孩子而生活在一起，应该也很痛苦。”

陈晓梅沉默良久，说：“我觉得很累，想睡一会儿。”

护士长说：“你安心休息吧，身体是最重要的。我在这儿陪你。”

陈晓梅说：“谢谢你，有时候很奇怪，给予温暖的反而是陌生人，身边的人却连最基本的关怀都没有。”说罢，陈晓梅似是累极，很快就沉沉睡了过去。

护士长打量着她，很瘦，气色也不太好，长相倒是不难看，普普通通的小家碧玉类型，看性格也是懦弱、善良的。这样的姑娘过去一直被认为是适合娶回家做老婆的理想型，而现在呢？时代变了，过于柔弱、如藤萝般渴望依附的女性已经过时。可是还有许多像陈晓梅这样的姑娘，生活在新时代，依然保持着500年前的婚姻观，受伤是迟早的事，还这样傻傻地以为变性感、变漂亮，对方就会回心转意，婚姻就会和和睦睦地维持下去，实在是太天真了！而且还不懂得珍惜自己的健康，简直是错上加错。

想到陈晓梅的举动，又想到她出现在医院门口时那副摇摇欲坠、心如死灰的模样，护士长不由得又生气又替她不值。

蔡总打来电话询问情况。护士长如实汇报，说一切都好，等陈晓梅睡醒就可以回医院了，让护士把病床整理好，司机半小时后来接她们就行。

蔡总叫了声“谢天谢地”，就挂了电话，护士长哭笑不得。

看看窗外，香樟树枝繁叶茂，一阵清风吹过，散落一地树叶，岁月总是如此悠然而过。

和陈晓梅一起回到医院，安顿好，护士长去食堂找了厨师，自掏腰包让厨师买些适宜的滋补食材给陈晓梅做汤。忙完工作，护士长来到马晓东的办公室。

马晓东也刚刚忙完接诊早高峰，梁圣还在手术室收拾。马晓东刚刚脱下手术衣，正坐下来准备喘口气，喝杯茶，看到护士长一脸忧郁地走进来，忙问道：“遇到患者刁难你了？”

护士长说：“刁难哪天都有，都习惯了。我是被吓到了，又哀其不幸怒其不争。”

马晓东问：“是因为那个自己偷偷出院的病人吗？”

护士长说：“可不是吗？我就没见过这么让人想骂醒的患者，你们以前在公立医院遇到过这样的情况吗？”

马晓东说：“怎么会没有？数量不多，基本都是为了逃避住院费！”

护士长说：“那你们担心病人的安危吗？”

马晓东说：“只要是病人的责任，我们医务人员基本是不操心的，医院院办自然会去操心。”

“这次这个女病人我要是不接触也好点，听她说了她的情况，还是心里堵得慌！想尽可能地给她一点帮助。”护士长叹息道，“身为医务工作者，是不是不能这么多愁善感呢？”

马晓东听了，也很有感触：“我觉得医务工作者如果放任自己变得冷酷下去，那才是最可怕的。很多同行经过几年临床锻炼之后，确实麻木不仁，很难再有同情心，见惯了生老病死。”

护士长感叹道：“是啊，其实很久以来我也很难再有恻隐之心了，只是这次，估计都是女人的缘故，难免兔死狐悲！”

马晓东这下有些好奇了，问道：“她到底遇到什么事了？”

护士长苦笑道：“能有什么事，弱女子蠢笨如牛，被负心汉欺负了呗！”

马晓东忍不住笑出声来：“这种事情现在也太多了，你要是遇到每个都同情，那只能说你爱心泛滥。”

护士长说：“说的也是，但是事情摆在眼前时，还是看不过去。她现在孤零零地就这么一个人，跟被抛弃了有什么区别，总不能眼睁睁看她饿死吧！”

马晓东点头说道：“见死不救肯定不行，既然做了，咱就好事做到底，好好照顾到她出院吧。营养钱算我的，心你多费一些！”

护士长撇撇嘴：“我又不是舍不得那点钱，单纯吐槽一下而已！”

因为害怕再有意外情况发生，医院高层开会商量后，决定免除陈晓梅的住院费用，让她没有后顾之忧，安心养好身体。得知这个消息，陈晓梅哭得眼睛都肿了，心里既有满满的感激，也有愧疚和忐忑。

见状，蔡总说："只要你肯好好休养就好，这毕竟不是你一个人的事，若是你出了什么事，等于也是陷医院于不义，做事还是要三思而行！"

陈晓梅很惭愧，诺诺说道："我当时心里难受，觉得生也罢死也罢，横竖都是我一个人在意了。是我没考虑太多。"

大家唏嘘不已，何苦这样作践自己一条命，人最宝贵的莫过于自己这条命，不是吗？

欢欢这些天一直郁郁寡欢，听说了陈晓梅的事后，她自告奋勇，每天和护士长一起照顾陈晓梅，经常下班后在她的房间里一坐就是一小时，陪她谈谈心。梁圣开始刻意与欢欢保持距离，只不过数天工夫，两个年轻人仿佛陌路一般。爱情，真是一念起，天涯咫尺；一念灭，咫尺天涯。

陈晓梅直到出院，始终未见她老公出现过，而与护士长和欢欢倾吐心声后，她显然看开了很多。外在的创伤很容易愈合，时间是最好的良药，倘若是心灵受创，痊愈与否只能靠自己。对女人来说，实实在在所有能依赖的只有自己这双手而已，若是期待幸福由他人来提供，那是怎样的一种世纪末童话呢？

婚姻说到底也是一种合作机制，当你无法提供任何利益输送时，合伙方到底为什么要锲而不舍地愿意合作下去呢？

己所不欲勿施于人，想要对方付出，首先要自己有付出能力！

27.身材是你最美丽的衣服

女人是一种特别奇怪的生物，永远觉得衣柜里少一件衣服，尤其一到换季，就如同去年这个季节裸奔过来似的，不停地开启买买买模式，买了上衣需要裤子来搭配，买了裤子又需要鞋子，总之就是一个个无限的循环。可是放眼望去，满大街赏心悦目的姑娘屈指可数，姑娘们总是忘记了身材永远是最美丽的一件衣服。

转眼已经是初夏，窗外有了一声接着一声的蝉鸣，来整形医院吸脂塑身的顾客多了起来。企划主任小王做了个瘦身季节的主题活动，企划方案提交到总经理办公室，蔡总看了深以为然，当即召集了几名业务骨干开会讨论。

周院长、马晓东、护士长、小王、欢欢聚在蔡总的办公室里，大家开始喝茶。蔡总笑着说：“有日子没一起喝茶了啊。”

大家想想还真是，上次商议活动还是公益活动的那次。跟以往开会一样，蔡总给每人泡上一杯香浓的铁观音，然后让企划主任小王先给大家介绍一下活动。

小王喝了口茶，站起身，拉过来一个白板，开始边写边说：“……首先是季节性。马上天就要热起来了，每年春末夏初都是瘦身最火爆的季节，这个时候如果拿塑造曲线美做一期主题活动，应该会有很多女性顾客关注。”

欢欢问：“是要拿这个项目出来做优惠吗？”

周院长摆手道：“千万不要打价格战，医院跟其他商品不太一样，医院的价格就应该是定死的一个标准，一个顾客来享受你的医疗技术是这个价格，另一个顾客来享受你同样的医疗技术是另外一种价格，你觉得合适吗？医院不能沦落为菜市场，一旦开始变得可以讨价还价，我觉得对医生来说是一种侮辱，他们的技术是不能打折的。”

马晓东深以为然，不住地点头说道：“周院长的话说得很对，其实大家也可以想一想，公立医院从来没有打折、免单、免挂号费或者化验费这一说法，因为流程就是流程，标准就是标准！”

蔡总说：“说的是，跟我的想法不谋而合，我们医院绝不在价格上做文章。”

小王笑了，说道：“我还没说完呢，你看你们激动的。价格战是所有企划中最低级的手段，难道你们就觉得我那么低级，水平那么弱吗？”

大家翻翻白眼，一起看着他自恋的模样。

小王继续讲解道：“既然是曲线美的主题活动，那么咱们选拔全城最美曲线女孩吧，不但不做价格战，相反，前三名我们还给发奖金。而且，咱们这次还跟电视台合作签约做宣传。你看，欧飞不是从我们医院走出去的吗？这是个活招牌。”

蔡总说：“各位认为如何？”

护士长说：“好肯定好，但是有相当多的顾客可能并不愿意透露她们的手术经历。”

小王说：“这个无妨，我们不勉强她们参加。我们只把活动宣传出去，愿意报名的就报名，不愿意报名的当普通顾客对待，还是一样接诊嘛。”

马晓东问：“那我们给的这些承诺能不能兑现呢？比如说跟电视台合作签约之类的，信誉是企业的生命，不能兑现的承诺可不能随便乱说。”

蔡总沉吟了一会儿，说道：“这个我要去跟电视台谈一下，看看他们是否有这个兴趣一起做这个活动。若是有意向，甚至可以企划得更复杂一点，例如选拔赛之类的。”

小王说：“我们企划部这边的想法是，是否能先定下这个主题？若是主题可以确定，我们就开始准备两套方案，一套为这种合作型社会影响较大的方式，一套则为答谢类型的，例如此次参加活动的顾客，我们可以统一在年底举办一个盛大的答谢晚会，她们可以获得入场券。”

蔡总将询问的眼神投向大家："大家的意见如何？"

周院长说："民营医院，而且我们这类整形外科形式的本身应该介于时尚和医疗之间，我们完全可以把模式搞得生动活泼一点，我个人认为这两种模式都可以。"

欢欢想了想，问道："其他医院应该也很容易跟着这么学吧？那么意义不是不大了？"

蔡总看了眼欢欢，说："这个倒不是问题，我们是进行我们自己的客户管理，并不一定非要以活动的噱头来争夺客户。"

欢欢的脸色微微发白，她咬紧嘴唇，硬邦邦地丢下一句："那我没问题了，你自己决定吧。"

大家都诧异地看着她，马晓东心里有数，默默地看了欢欢一眼。欢欢察觉失态，连忙低下头，耳朵开始发烧。

办公室里突然出现了短暂的沉默。见状，马晓东连忙说："我的意见是觉得可行，以我多年从事医疗工作的经验来看，医生和患者之间距离很大的原因之一，就是根本没有任何机会熟悉。医院跟患者那就更是如此了。不过，治疗病情的公立医院和我们目前这类消费型医院的区别还是很大的，本质上来说，我们无论是以活动的形式还是以答谢会的形式来拉近医院和患者的距离，我都觉得很好。"

护士长也马上附和道："没错。另外，若是活动非常成功，将会涉及内部消化的问题，比如医疗资源够不够用，病床、手术安排等，这些都要提早考虑到。"

周院长说："这个好办，我们可以按照每天饱和量来限定数量，比如参加活动的每天限定五名。”

大家一起点头，这样最好！

最后，蔡总说：“那要不这样，既然大家都认为没有问题，我们就直接按照方案二——客户年底答谢会模式来走。至于跟电视台联合举办活动，我从现在开始着手准备，若是可以，我们完全不用局限于塑造曲线这一个项目，可以多项目并列进行。”

大家表示这样最好，时间上也比较合适，毕竟天气很快就热了。开完会，大家都回到各自的办公室，开始跟其他同事讨论这个内容。大家对此都极感兴趣，认为比一味死气沉沉地接诊、治疗有趣得多。

企划主任小王则组织企划部全体成员开始进行细节制定，打算三天后就正式开始推广活动。

院内布置开始提前准备，整个大厅都换上绿色主题及各种风情曲线的元素，看上去十分有氛围。

对于民营医院的工作模式，马晓东这几天倒是跟乐飞在网上闲聊过一次。

“大北京的民营医院工作模式是否有新意？你们医院有什么特殊的方式满足患者需求呢？”

乐飞说：“我们医院的性质跟你现在医院的性质还不太一样，我们依然属于治疗型医院，花样不多，基本还是将重心放在提高专业水准和硬件设施上面。”

马晓东说：“好像确实如此，治疗型医院要是有很多花样反而有不专业的感觉。我入这行不久，一切都觉得很新鲜，有种商业和医疗结合的感觉，我觉得眼界开阔了很多。”

乐飞说：“那当然，以前在公立医院你只是参与了治疗这一个环节，现在却要懂得经营、懂得客服这些板块的工作，自然觉得不太一样。”

马晓东说：“是啊，现在有比较强烈的集体参与感。”

活动开始后，LM在各大报纸发布了一系列报道，报名的人非常多。

这天来了一个男顾客，要求吸脂瘦腰。欢欢看他大腹便便的样子，很无奈，告诉他男性腹部的肥胖不是脂肪，而是腹腔内的脂肪，没办法通过吸脂解决。男人勃然大怒，认为欢欢又不是医生，还在这里信口开河，拍着桌子要求见医生。

听到吵得不可开交，保安赶快进去看了看，欢欢摆手道：“没事的，客人声音大点而已，我来帮他安排医生。”

男人这下有点不好意思了，连忙道歉：“对不起，我这人脾气急了点，主要是我太想把肚子缩一缩了。你是不知道啊，我怎么减肥也瘦不下来，快把我愁死了！”

保安看着没什么事，就出去了，欢欢把顾客带到马晓东的办公室。马晓东听了男人的要求，就要求检查一下他的腰腹，然后发现男人确实四肢还不算太胖，肚子确实很大——传说中的啤酒肚。

马晓东捏捏他的腰部两侧及背部，在心里测算了一下脂肪厚度，然后告诉他：“如果非要吸脂的话，只能吸腰部两侧及背部的少量脂肪，腰围顶多减少两厘米。腹部的脂肪确实不在肚皮上，在肠系膜上。”

然后，马晓东在电脑上打开人体解剖图，指给他看。男人弄清楚情况后，脸上的失望之情着实掩盖不住。

欢欢说：“您就算吸脂能瘦下肚子，依然是不健康的，您应该锻炼锻炼了。”

马晓东说：“欢欢说得对。你这个身材，看来是坐得多，运动得少，而且饮食结构也不太合理，摄入的脂肪含量过多。”

男人苦笑：“这个情况医生你们说的是对的，我本来想一步到位先把啤酒肚去掉，再健身的。这下看来不行了。”

马晓东说：“你这种情况可以去健身馆，定制个专属方案，最多三个月就会有很明显的效果。我这边可以给你一些饮食建议，这样双管齐下，不仅能瘦身，还对健康有益。”

男人高兴极了，连忙点头：“太好了，就这么办，谢谢医生。”

送走顾客，欢欢跟马晓东面面相觑，一起笑起来。

欢欢问道：“男人也很重视外表吗？”

马晓东说：“要看什么方面。男人重视直观的，比如身高、体重、是否有秃顶什么的，缺陷较大的方面男人还是挺在意的，不像你们女人那样在意的那么细。鼻子大点小点、是否双眼皮之类，一般情况下，男人根本不会放在心上。”

欢欢说：“那男人看女人美不美是直观地看整体，还是看细节呢？”

马晓东说：“男人都是粗线条的，看整体以及相处起来的感受，总体来评定是否美，大多数来说，不可能去注意每个细节。”

正说着，梁圣从手术室回来，欢欢看了他一眼，眼中闪过一丝不自然，匆匆聊了几句，欢欢便结束谈话，走了出去。

等欢欢走远了，马晓东这才扭头对梁圣说："你跟欢欢这样不尴尬吗？恋人没做成，应该还是能做朋友的吧？"

梁圣的神色也有些无奈："我倒是也想啊，但是怎么说呢？以前那种毫无拘束的相处模式已经过去了，我和她估计再也没办法回到过去了。其实她也不知道我知道她的事，她甚至不知道，我已经知道了她知道我喜欢她的事情。"

马晓东惊异地问："她知道你喜欢她？她怎么知道的？"

梁圣就把那天偷听到护士长和欢欢谈话的事情说了一遍。

马晓东说："看来护士长什么都知道得很清楚！想想也是，她们俩一起在医院共事好几年了。这么说的话，估计欢欢的事，那些老员工都知道。"

"应该是吧，她的条件又不差，一直单身却没有同事追求，也没有人说给她介绍男友，看来大家确实都心里清楚。"梁圣不着痕迹地避开马晓东的目光，淡淡道，"算了，不谈这个，就让这事过去吧！"

马晓东还想再说什么，这时有两位年轻女顾客被带进诊室，他只得暂时丢开此事。

这两位女顾客都属于第一眼就令人惊艳的类型，不但打扮入时，而且容貌靓丽，身材婀娜多姿，外形上堪称出色。马晓东和梁圣看着她们，着实猜不到她俩的诉求是什么。

她俩一开口，马晓东才知道，原来这二人都是模特，一个说自己的腰围还差两厘米，一个说自己的大腿围还超了几厘米，都说想追求完美。马晓东让护士带她俩去做一下体重、身高等基本数据的测量。

不一会儿，两位时髦女郎带着测量数据回到办公室。马晓东看了一眼，说："你们的体重都比健康体重偏轻，三围数据也跟身高比例相符合，没必要再精益求精。"

女郎们却很坚持："这个我们自然知道，可是节食、运动什么的，我们能想到的减肥办法都用过了，始终没办法达到目标，所以才想着来吸除一点脂肪啊！医生，你只要告诉我们可不可以做就行了。"

马晓东很无奈，说道："危险倒是不会有，但是我觉得真没这个必要。"

女郎们近乎执拗地摇了摇头，说："我们这个行业竞争相当激烈，如果不精益求精，就没法保持足够的自信。"

见状，马晓东只得放弃劝阻，其实他并不能完全理解她们的坚持，半开玩笑道："既然这样，那吸下来的脂肪也不能浪费，可以移植到胸部，算是一举多得！"

没想到，女郎们惊喜过度地惊呼起来："还可以这样吗？这样再好不过了，医生，你说的是真的吗？"

马晓东哭笑不得，最终只好同意她们的要求，为她们分别进行了腰侧及大腿部位的瘦身雕琢，然后把脂肪颗粒处理过后，移植到胸部，让她们俩术后留院观察一夜。

出院时，女郎们对手术效果相当满意，特地来到马晓东的办公室感谢了一番。她们简直高兴坏了："原来医学已经昌明到这个地步了，大家居然都不知道，太浪费了！早知道我们还那么辛苦地减肥干什么！”

马晓东板着脸说：“你们俩要注意点营养，一味节食，身体扛不住的！”

女郎们吐吐舌头，护士长也被她们俩逗得直乐。女孩们为了自己的事业来进行小范围整改，护士长一直很支持。

这天恰好是周末，下班回家时，李萍和妞妞已经来了。李萍貌似胖了点，马晓东已经养成职业病，随口说了句：“我们医院在搞曲线美活动呢！”

李萍一听，不由得精神一振：“你的意思是说，我可以去参加吗？”

马晓东连忙摇头：“得了，你身材不错的。”

“我又不是傻子，我这样的身材还叫不错啊。”李萍翻翻白眼，显然压根儿不相信马晓东的说法，“你们医院家属去的话，是不是优惠很多？”

马晓东说：“还是得了，你那么怕痛，肯定受不了，你还是好好去锻炼吧。”

马晓东跟李萍说起下午遇到的两拨要求瘦身的人的故事，李萍听罢，连连感叹：“还是现在的年轻姑娘幸福啊，要多漂亮有多漂亮。要是像我这样的，年纪大了，即使医学再昌明，也改变不了不年轻的事实。”

马晓东说：“那还是有差别的，你看明星，各个都打玻尿酸、做拉皮什么的，是不是比普通人年轻很多？”

李萍点头道：“那倒也是，不过这个需要很多钱才能实现，普通女人买件好衣服都买不起，至于玻尿酸什么的，就不用想了。”

李萍的话让马晓东有点愧疚，他温柔地揽住李萍的肩膀，说道：“普通女人拥有一个幸福的家庭就行了，好多东西并不是一定和外貌挂钩的。”

李萍点点头，又和马晓东闲聊了几句家里的情况，便起身去厨房端晚饭。马晓东抱着妞妞在餐桌前坐下，等待着李萍。普通家庭的生活虽然很平淡，但是很从容，令人内心宁静。家，确实是一种港湾。

每到周末，从周五晚上开始，马晓东和杨思明就心照不宣地谁都不会上线找对方，这也算是一种默契。马晓东常常觉得，人们确实是太贪心，明明忙碌不堪，依然莫名地感觉孤单和寂寞，这种孤单寂寞的来源又很难说清。夫妻久了，自然很难事无巨细地关注对方的点点滴滴，心灵深处难免滋生出一些游离于生活之外的渴求。马晓东有时候会想，李萍是不是也会有很聊得来的异性朋友呢？所谓蓝颜知己这样的异性朋友？

活动连续进行了十天，马晓东接诊了一茬茬想要拥有一副凹凸有致的魔鬼身材的女性。马晓东作为一个正常审美的男人，自然也觉得曲线玲珑的身材好看，但是蜂拥而来要求吸脂减肥的女顾客，尤其是已婚已育的中年女顾客的数量之多，实在大大出乎他的意料。

这些已婚已育的中年女顾客，很多都是生育后变得肥胖，局部性肥胖就更多了。看着一个个女人为了肥胖的腹部、巨大的臀部或者粗粗的大腿而焦急，马晓东突然觉得自己没做整形外科之前，一直忽视了已婚已育的女人这个群体，从来没有想过她们是否应该要苗条、要漂亮，好像在自己的观念里，这个阶段的女人，性格和外形慢慢都趋向于中性。

中午，他和护士长、医导等人一起吃饭，大家闲聊。

马晓东就问护士长："以前也有这么多来吸脂减肥的女顾客吗？"

护士长说："每年春末夏初都很多，今年因为宣传的力度大，所以人比往年更多一点。"

马晓东问："其实我有些不懂女人的想法，直接去锻炼身体，不是更好吗？"

大家一起笑了，"冬天的时候往往衣服穿得多，没什么时间去注意多余的脂肪啊。到了天暖和的时候，衣服一脱，突然发现肥肉盖都盖不住，才开始着急。可是，锻炼的话至少要三个月才能见效，到时候夏天都过完了！"

马晓东一想，还真是这么回事。

女人们说："你们男人永远不懂，女人无论多大年纪，都喜欢各种买，买衣服更是排在第一。去逛街，你有钱也有卡，就是没你穿的码。售货员看你一眼，说这件衣服你不用试了，你穿不下，那是很受打击的。有一句话说得很对，对一个女人来说，买一万套衣服不如有一副好身材，那才是最好的衣服！"

马晓东说："好吧，我被你们说服了，仔细想想确实很有道理。"

28.医德比技术更重要

天下熙熙皆为利来，天下攘攘皆为利往。人们的大多数行为模式脱离不了一个为名为利，作为一名资深的外科医生，若是一心挂在挣钱上，无论是收取病人红包，还是在各地小医院、小诊所挂牌走穴，不出事也就罢了，出事立即会牵扯一大片，其真正所属的医院立即躺枪。

陈建华对于医务部有很严格的职业操守要求，医院给每名医生最佳的待遇，期望医生们将所有精力都放在为病人服务上，而不要操心钱的问题。可惜愿望总是美好的，现实总是骨感的。

陈晓梅当初在临近出院时，已经与护士

长、欢欢及马晓东等人混得很熟了。有一天，陈晓梅一脸难以启齿地告诉他们，一直以为医务人员都一个样子，只知道钱，根本不把病人当回事，看来自己还是误会了。

护士长很惊讶，说道："至少在民营医院，服务上还不至于有这种感觉呀！我们的原则是服务好每个病人。"

陈晓梅说："公立医院的原则难道不是吗？他们也是，但是能不能做到就是另外一回事了。"

欢欢说："这个问题马医生有发言权，你说说你们当初在公立医院是怎样的心态？"

马晓东想了想，回答道："我们当初的心态就是工作，跟普通流水线工人差不多的心态。"

护士长问："那现在呢？"

马晓东说："正如欢欢所说，服务好每个病人！"

陈晓梅知道他们不会骗她，好奇问道："是什么原因让你如此变化呢？"

马晓东轻咳一声，不好意思地笑了笑："钱啊，民营医院的老板给的是天价，拿人钱财替人办事是人们的条件反射！"

一席话说得她们三个都笑起来。护士长强忍住笑意："马晓东，你就这点好，坦白得不像话！"

陈晓梅眨了眨眼，忽然说："你们知道吗，我在这里还有人问我要过红包呢。"

大家面面相觑，都觉得很惊讶：这家伙头脑有病吗？还问病人要红包？

四个人理所当然地都没有跟陈晓梅细问是谁要了红包，但是这种事还需要问吗？陈晓梅的主治医生是梁学聪，配合梁学聪的医生助理、护士、美学设计都明摆着放在那里，大家心照不宣。

马晓东并没有跟包括梁圣在内的其他人讲起这件事情，但这件事情并没能成为一个秘密。不知为何，这件事情在医院悄悄地传开了，很快便成为大家私底下议论的话题。陈建华特意为此开了个全院大会，虽然没有指名道姓，但是他说到“前段时间一名隆胸病人”的时候，大家的目光都不约而同地飘向梁学聪的方向。

“这件事你们心里都明白。因为治疗团队收取她红包的事情，我很愤怒也很自责，愤怒的是这个病人统共才花费了不多的积蓄做手术，居然还有人要勒索红包，自责的是，我想是不是我给你们的薪资达不到你们的要求？”陈建华说话间，目光也毫不客气地几次落在梁学聪的身上。

梁学聪的脸色通红，忽然，他猛的一下站起来，握拳叫嚷道：“都看着我干什么？我又没做过亏心事，这个医院谁收红包谁知道！有些人装得跟好人似的，跟病人接触那么近，打的什么主意，一目了然！”

底下顿时像开了锅一样，众人开始窃窃私语，谁都知道梁学聪在指桑骂槐说马晓东他们呢。马晓东一脸无所谓，清者自清，对上梁学聪挑衅的目光，他只是淡淡地撇撇嘴角。

谁知，脾气火爆的欢欢可受不了，当即站起来反驳：“梁医生，你话可要说明白，你说谁呢？”

梁学聪盯着欢欢的目光仿佛能够看透人心，他戏谑地一笑：

“你这么激动干什么？我又没说你，怎么？心虚了？”

欢欢的神色一变，还要说什么，护士长一把拉住她坐下来，小声劝道：“好了好了，你少说几句，谁做的大家都心里有数，吵架也没意思！”

陈建华一拍桌子，大声喝道：“都给我坐下，不许吵了！这件事情我今天拿到这里说，不是要追究是谁做的，而是我表明一下医院的立场。这种事情永远不要再发生，你们钱不够的来找我，千把块的红包钱我出！今天算是正式强调这件事情的重要性，我们医院坚决杜绝此类事情，一经发现自动走人！”

会议结束后，护士长、欢欢等几个人聚集在马晓东的办公室，大家都气呼呼的。马晓东笑道：“有什么好气的？为人不做亏心事，半夜不怕鬼叫门，大家淡定点。难道疯狗咬你，你还反咬一口吗？”

护士长说道：“这个梁医生也是够奇葩，是谁做的他自己心里最清楚不过，我看我们医院能做出这种事的第一个就是他。其他人嘛，估计隐藏得太深，我还没发现。”

一番话说得大家都笑起来。

29.你忘了他，他忘了你

现如今的社会，大家都十分追求自我满足，婚姻这种一对一的模式很显然越来越显得矛盾重重！萧伯纳曾经说过，这个世界与你气味相投并且你乐意与之发生关系的异性约有两万名。那么问题就来了，婚姻和法律及道德舆论要求的是精神及肉体对配偶的绝对忠诚，这样的生物本能及社会规范于是就催发出无数悲欢离合的故事！

这天，护士长将一位女企业家带到马晓东的办公室，向马晓东介绍说："马医生，这位李丽李太太是我的老朋友了，也一直在我们医院做一些项目。最近想咨询一下微整形的内容，让我推荐最好的医生。这不，我就直接带到马医生你这儿来了！”

马晓东边起身相迎边笑着说：“你把我说得这么好，我瞬间压力山大呀！”说话间，他让她们俩坐下来，三人开始喝茶聊天。

马晓东打量着李丽，眼前的女人让人很难一眼看出实际年龄，说她30岁也可以，说40岁也可以，皮肤白皙，没什么斑点，毛孔也很细腻，画着淡妆，眼睛大大的，一双眉毛画成柳叶形，穿一套米白的羊绒线裙，提着一只桃红色的皮包，看着很有魅力也很有家底的一位中年女性。

李丽说：“最初手术类的做过双眼皮和隆胸，后期一直做皮肤保养。最近觉得年龄越来越大，肌肉松弛明显，想开始注射玻尿酸或者肉毒素，提前预防，不然等皱纹出现的那天再开始就来不及了！”

马晓东说：“你研究的倒是很透彻啊，微整形确实得提前开始，这样慢慢就开始跟同龄人形成差距，三年左右就看着特别明显了！”

李丽点点头，说道：“我提前跟护士长了解了不少知识，想好了才打算注射的。护士长说这个微整形贵在坚持，要养成一种习惯。”

马晓东说：“是这样的，一次性的填充或者抚平皱纹效果也很明显，但是是有有效期的，一般四个月到半年吧。养成一种习惯的话，则会让有效期慢慢地延长，同时产品也能润泽肌肤，明星们很多选择微整形来保持年轻美丽。”

李丽多少还是有些担忧：“不会有什么危险吧？”

马晓东说：“选择正规的产品就不会，你就选瑞蓝和保妥适吧，无数试验都证明过了，绝对安全有效，而且这两种产品都获得了国际认证。”

李丽略一思忖，就爽快地同意了，随即办了一张一百万元的钻石卡，约好周末来进行第一次注射。护士长送走李丽，又返回马晓东的办公室，开始女人的八卦本能。

护士长说：“李丽第一次来我们医院的时候，比现在老多了，人又憔悴又难看！她真的是目前我认识的女人中最佩服、最欣赏的一个，活得很潇洒、很漂亮！”

马晓东调侃道：“我怎么感觉，你像是要说励志故事的口吻？”

护士长也笑了，说：“是啊，真的很励志，我分享她的故事，也是期望你明白她舍得在自己身上这样花钱的心理。她在几年前还是家庭主妇，看不出来吧？”

马晓东这下吃了一惊，说道：“确实看不出来，这变化还是挺大的！”

“是啊。”护士长说，“当时她来我们医院时，精神萎靡，是和老公一起来的。第一次手术就是做隆胸，选了一个很贵的妙桃假体，老公也很支持，当时我们还觉得这老公人真挺好的，支持自己老婆折腾，还舍得花钱。”

马晓东说：“我一直觉得大部分男人不会愿意带着老婆去隆胸，倒不是舍不得那点钱，是觉得没必要。”

护士长说：“他们俩是出了点状况，当时我们都不知道，后来住院的几天我就觉得不太对劲。后来有一天她一个人在病房，要上厕所，我刚好进去查房，就扶她去了。等熟络之后，她慢慢跟我说起她的事，说男人出轨了，出轨对象是他自己厂里的一个打工妹，那个打工妹怀孕了，逼他离婚。她才知道这件事时，简直要气疯了，又是吵架又是摔东西的。男方和女方的家人都掺和进来，闹得不可开交。”

马晓东叹道：“那又何必呢，这种事夫妻两个人商量解决就是了！”

护士长并不认同：“你们男人哪里懂得这种事对女人的伤害程度，反正他们吵过闹过，男人说还是要家里，然后拿了些钱打发了那个姑娘。这事之后，夫妻俩表示都要改变改变，然后女人说是不是觉得自己平胸没兴趣了，就要来隆胸，男人就同意了！”

马晓东有些无语：“这都什么逻辑？女人的思维有时候太狭隘了吧。”

护士长说：“她也是实在气狠了，才病急乱投医呀！”

马晓东又问：“那结果呢？她后来如何开始励志了？”

护士长说：“后来他们还是离婚了，术后还没痊愈，两个人就再次闹翻。李丽说没办法做到完全原谅老公出轨的事情，只要一想起来，心里就像戳了一根刺。然后，他俩出院就离婚了。”

马晓东很无语。

护士长接着说：“后来她出院了，处理好这些破事后，休息了一段时间，然后自己办了个厂。那段时间估计也比较焦虑，周围朋友看笑话的一大群，她就经常来找我，一来二去，我们俩成了好朋友。我很佩服她，她一个家庭妇女开始办厂，从跑客户到管理工人，天天跟打鸡血一样，业内的人或多或少都知道点她的情况，一开始大家迟疑，后来看她那么认真，都刻意地帮着她点，慢慢地生意就做上去了。”

马晓东也由衷地赞道：“那真不错。”

护士长说：“所以说，女人有的明明很能干，非要任由自己在家做家庭主妇，做家庭主妇绝对是风险最高的一门职业，没有之一！但是中国有这个传统啊，男主外女主内，男人一天到晚忙生意忙事业，家里谁管？肯定是女人啊，女人要是天天忙，不着家，有几个男人愿意呢？”

马晓东说：“这倒是真的，生意越大的男人这点似乎越严重，毕竟照顾一个家，需要的时间、精力还是很可怕的。”

护士长深有同感地点了点头：“是啊，李丽这婚我感觉离对了。她熬过第一个一年的时候高兴坏了，请我大吃了一顿，还跟我说事业有基础了，以后得开始想着谈恋爱了。”

马晓东哈哈一笑：“这也够快的啊。”

护士长说：“她成了单身女老板之后，追求她的男人多得很，从年轻的到年纪大的，简直随便挑，所以男人也是特别现实的。不过她后来反而没什么兴趣了，约会几次基本上越来越看不上这些人，现在一个人过得挺潇洒。”

马晓东说：“确实是。我也认为婚姻对于大多数人来说有一次就够了，不停地结婚确实需要很大的勇气”

护士长说：“是啊。人类结婚的终极目的是什么？互相陪伴，还是给孩子一个完整的家？这些因素可能都存在，一旦失去，那么再不停地尝试，真的太累了，我要是她，也选择单身！”

30.青春永驻的迷梦

古往今来，女人们最害怕的莫过于红颜迟暮。李白曾经写过：“君不见，高堂明镜悲白发，朝如青丝暮成雪！”追溯过去，放眼当今，女人们时时刻刻追求的都是青春红颜。或许人类一直捏造了这样一个谎言，女人最重要的资本是青春和美貌。然而，实际情况呢？或许青春和美貌能带来很多便捷，会让她们比普通人更顺遂一点，可最重要的资本依然是智慧和努力！

李丽周末一大早按约定来了医院。马晓东刚到医院门口，就看见一个女人开着一辆玛莎拉蒂过来。那人穿一件橘红色的短皮上衣、一条黑色长裤、黑色半跟鞋，戴着大墨镜。她看起来不算老，却也不再年轻，但自信十足的气场令她的身上洋溢着一种格外吸引人的气质，她一下车就吸引了很多目光。

马晓东也站住脚步，看着那个女人，待她走过来，笑着打招呼道：“你来得这么早，再早一点我们还没上班呢！”

李丽笑道：“我习惯早起了，我知道你们八点半上班，再晚来你们就忙了，而且排队也耽误时间。”

马晓东有点佩服她。两个人边说边进了医院，来到马晓东的办公室。梁圣已经在办公室准备查房的资料了，看到马晓东和李丽一起进来，似乎吃了一惊。马晓东跟他介绍说：“这位女士是护士长的朋友，约好今天来注射玻尿酸的。”

梁圣这才恍然大悟，说道：“我还以为来新同事了呢！马老师，早上还有几位病人需要查房看一下愈合情况，另外还有三位病人需要出院。”

马晓东说“好的，知道了”，然后让李丽在办公室等一等，李丽爽快地答应了。

两个人查房花了将近一个小时的时间，梁圣接着处理一些需要换药或者拆线的情况，马晓东交代护士长帮助几名患者办理出院手续，自己则赶快回办公室。回到办公室时，看到李丽还在办公室翻看杂志，时不时接听电话。

马晓东连忙说：“不好意思啊，让你久等了，耽误时间了吧，听护士长说你很忙呢！”

李丽笑道：“没事，本来今天上午就没安排工作，打算注射完毕休息几个小时的，下午再去上班，不影响吧？”

马晓东说：“不影响，不过人要懂得休息，不要把自己搞得那么紧张，尤其是女人，来微整形本来就是为了保持得好一点。所以我建议，不如花一天时间休息好。”

李丽想想，也点头认同：“马医生，你说得有道理，我看看情况吧，要是没什么大事，就干脆休息一天好了。”

马晓东说：“嗯，你自己看情况，要分清做事的目的，别得不偿失，我们现在来看一下注射方案吧。”

马晓东检查了一下李丽的面部，肌肉松弛的情况确实开始出现，不过还不明显，隐约可以看见法令纹形成，太阳穴部位需要填充，苹果肌部位也可以丰一下，咬肌部位反而可以用肉毒素瘦下脸。他将这些跟李丽逐条逐条地说，李丽很认同，说每一样都说到了她的心坎上！

方案确定，马晓东就在电脑上模拟了一下注射效果。李丽现在的脸型整体还行，算是线条不太流畅的瓜子脸，通过玻尿酸的填充和肉毒素的瘦脸，脸型线条会很流畅，李丽对方案完全表示同意。

马晓东通知了护士长，然后进入治疗室，跟李丽进行注射前的沟通，说麻醉开始后会时不时问痛感，觉得可以忍受就OK，受不了就摇摇手，李丽说都明白了。

护士长笑嘻嘻地说：“她已经很熟悉咱们这儿的流程了，况且注射那点程度真不算什么疼痛好吧！”

李丽说：“你试过吗？可不能不负责任地说不疼！”

护士长说：“嘿嘿，我还真试过，我眼角打过保妥适。”

李丽一脸恍然：“怪不得这么多年都没见你长一条皱纹呢！”

马晓东说：“你们二位过会儿再聊吧，我们开始注射。”

两个人忙说好，护士长先把原包装产品都拿给李丽看了一下，李丽确认过品牌批号，签过字后，护士长给打开包装。马晓东就先消毒，然后开始覆盖麻醉，几分钟后用针头试探了一下，问李丽疼吗，李丽抬手做了个“OK”的动作表示不疼。

于是，马晓东用特制针头及针管开始玻尿酸的填充，因为是混合注射，花的时间稍微长了一点，约莫半小时左右。刚刚注射过的李丽的面部还有点红肿，马晓东安排她去观察室休息两个小时，然后再看镜子，“不要急，效果是很好的。”护士长也表示马晓东说的是事实，李丽很开心地跟着护士长去了观察室。

马晓东回到办公室，梁圣已经忙完手头的一堆事，除了梁圣，办公室还有欢欢和一对中年男女。欢欢看见马晓东进来，连忙跟马晓东说：“顾先生和顾太太有事咨询，顾太太是我们的老客户，眼袋是在我们这儿做的。”

马晓东连忙说：“好的，这次是想了解哪些方面呢？”

顾先生看看大家，欲言又止。欢欢连忙叫着梁圣一起去看手术患者，梁圣会意，就跟着欢欢出去了。两个人一前一后走出办公室，欢欢想回头和梁圣说几句话，可话到了嘴边又生生咽下，她淡然自若地跟梁圣笑笑，说自己先回办公室去找护士长，梁圣也客气地点头，表示知道。两个人在走廊上分头走开。

马晓东这边，则耐心地倾听顾先生很向往地打听某种功能是否可以通过手术有所帮助，看着夫妻俩期待的眼神，虽然有些不忍心，马晓东只能照实说道：“做不到的！”

夫妻俩很失望。顾先生还是不死心，追问道：“真的没办法吗？可我经常看见网络或者报纸广告上有这方面的宣传啊。”

马晓东语气平和地解释道：“那都是夸大其词，其实并没有多大效果，而且患者还要承担风险，所以我并不建议做那类手术。”

顾先生夫妇走后，梁圣返回办公室，有些好奇地问马晓东：“怎么这么快？看他们神神秘秘的，到底问什么手术？”

马晓东含糊地回答：“没什么，问男科方面的。”

梁圣做恍然大悟状，坏笑道：“难道是想找你马大国手切包皮？”

马晓东给了他一个白眼，说道：“不是，另外一种，中老年男人比较在意的。”

男人和女人一样，也都是有死穴的，应该是说人类不分男女，大家都很怕老。女人怕老流露于外表，而男人则更苦逼，怕老都不敢说出口来。

实际上，岁月对于生命来说究竟意味着什么呢？无休止的青春就真的好吗？貌似没有多少人思考这个问题，无论是男人还是女人，活得都不轻松，甚至说没有几个人能过几天自己随心所欲的日子。大家基本都是被巨大的生存压力逼迫着努力，努力工作，努力做其他事。就算这样，人们还是拼命去试图挽留那些已经随着时间的滚滚洪流逝去的东西。

因此，马晓东有时候觉得，倘若努力思考人生的意义，反而会觉得人生毫无意义，不去想反而更好。最重要的还是要老老实实地接受每一个阶段所带来的变化，以及每一个阶段自己要改变自己所追寻的事物，简单来说，就是什么阶段做什么事。只不过，道理人人都懂，要做到知行合一比较难。

李丽休息好之后，脸上的红肿消失，她迫不及待地照过镜子后，不由得喜出望外，下来找马晓东，直接跑过来给了马晓东一个拥抱："哎呀，马医生，这次真是我在你们医院最惊喜的一次，完全没想到能有这种变化！"

马晓东被她热情过度的举动着实吓了一跳，有些目瞪口呆，好半天才反应过来："你这也太夸张了，其实现在还不是效果最好的时候，再过三天左右吧，跟理发差不多，三天是一个适应期，吸收得也会自然一些。"

李丽乐滋滋地说："我现在就已经很满足了，效果还能更好啊，太棒了！哈哈，这次这个选择我真是满意极了，我敢说我至少年轻了五岁以上。"

李丽神采飞扬的喜悦和憧憬也感染了护士长和梁圣，他们打趣她道："是啊是啊，现在出去可以冒充25岁的未婚姑娘了！"

李丽说："去去去，25岁？我脸皮还没那么厚！"

大家一起哈哈大笑，李丽满意地跟大家告辞，说要回家休息。马晓东交代了一些注意事项，李丽满口答应，脸上是掩饰不住的喜悦的光彩。

李丽走后，护士长有些感慨："光看到她这么开心，我就觉得这个选择很值得，女人要的幸福有时候其实很容易。"

女人的幸福感到底是什么呢？在爱情里或者在婚姻里，很多男人误以为女人的幸福感是物质，其实不然，女人们所要求的仅仅是对方在乎自己，能感觉到自己在对方心目中的位置而已，或许一两句温暖的贴心话远远胜过一把钞票。

而具体的幸福感就更有趣了，一些看似微不足道的事情，就可以让女人们欢呼雀跃，幸福原来就这样简单。

31.一场风花雪月的缘

无尽的世界空间，如此多的人来人往，许多缘分我们无法预计，但是这些缘分又无处不在。通常在毫无准备的时候缘分就来临了，在我们还没有意识到这是一场上天为自己安排的缘分的时候，我们就已经卷入了狂风暴雨般的情感旋涡中去！

在每天接待不同的追求美丽或者年轻的顾客时，马晓东这种水瓶座的男人依然会定期发作生命的渺茫感，实在太需要有人随时把自己拉入现实了。幸好身边有梁圣，这个成熟理智得超乎寻常的男孩，更多时候可能比自己更坚强，不，应该说比自己更能适应这个世界！

马晓东不太容易见到陈建华，陈建华忙得

不像一个肉体凡胎的人，他像是一个铁皮超人，几乎无时无刻不在各地忙碌，偶尔回到LM时，只要有空，一定会约上医院骨干喝茶，简单聊上几句。当然，医院直接对陈建华负责的人是蔡总，陈建华找大家也并不会插手任何管理或者业务上的事，但是他乐意跟大家拉近距离。马晓东认为陈建华是合格的企业家，一个成功的商人所必须具备的素质，他一样不缺。

但是马晓东对陈建华的生活方式感到很无解，男人追求成功是否都是如此付出一切呢？活着的目的究竟是世人认为的成功更重要，还是有一部分追寻自我更重要呢？或许只有水瓶座的自己会去想这些无用的问题吧。马晓东最终还是承认，人成功与否的因素并不是看其才能是否出众，更重要的或许是看一个人的追求。

这天欧飞来了，穿一件黑色T恤，戴一顶棒球帽，整张脸几乎被一个大得略显夸张的口罩罩住了。他一大早来找马晓东，马晓东乍一看到他的样子吓了一大跳，开玩笑道：“你有这么夸张吗？不知道的人还以为你得了传染病呢！”

欧飞摘下口罩，脸上露出苦笑：“你不知道，娱乐圈的人貌似就已经没有个人隐私这一说，一举一动随时会被曝光，被人看到我来医院找你，指不定会报道出什么来！”

马晓东说：“那倒是！现在的生活跟过去比起来，你更喜欢哪种？”

欧飞说：“我的过去和现在有点太极端，但是我现在特别相信，上帝每一件事那样安排都有他自己的意思。如果不是因为我的缺陷，我可能不会爱上音乐，也不会有机会突然在电视上曝光！”

马晓东说：“我觉得这件事最大的一个内因可能是你有一颗感恩的心，如果你认为一切都是社会欠你的，或者畏畏缩缩地藏起自己的过往历程，不一定能获得社会上这么多人的关注。”

欧飞说：“应该是这样吧，我自己完全没想到事情会这样发展！”

马晓东打开自己的微博，让欧飞看看：“你看我的微博，可以说也是因为你而红火。世界上万事万物都是相互影响的，一件好事，可以影响多件好事的发生，一件坏事也同理。良性循环，恶性循环，就是这个意思了。”

欧飞笑笑，表示同意。

马晓东好奇道：“你今天怎么有空来医院坐坐？”

欧飞说：“这段时间一直在韩国演出，昨天刚回国，今天没有安排，可以自由活动休息一下。我心里有些事……有些忧虑不知道该跟谁说，我就想起马医生你了，你对我来说就像个哥哥。”

马晓东笑着说：“那真是荣幸，不过医院上午都很忙，我估计要等到中午才能有空跟你慢慢聊了。”

欧飞说：“没关系，我等会儿去休息室看书等你下班吧。不知方便不方便？”

马晓东说：“应该没问题，我去跟护士长打个招呼。”

这时候大家陆续来上班，梁圣过来招呼马晓东去早班查房，看见欧飞，就跟他打了招呼，然后与马晓东带着iPad开始查房。

忙忙碌碌中，一上午很快过去了。中午，马晓东和欧飞去了蓝湾咖啡，一边叫了些简餐果腹，一边闲谈。

欧飞说："你猜，我在韩国除了演出还发生了什么事？"

马晓东说："猜不到，怎么了？"

欧飞说："我开始去韩国，除了工作忙到发昏外，有一天请了杨思明和芊芊出来吃饭，再后来我跟芊芊单独出来过几次。"

马晓东笑眯眯地看着他。

欧飞脸色微窘，顿了顿，又接着说道："我觉得我跟芊芊说不定可以恋爱，但是我的事业刚刚起步就恋爱，也有点太不像话了。公司肯定会不高兴！"

马晓东说："那要看你觉得什么是最重要的。"

欧飞身子往后仰，靠在沙发上，缓缓地说："我现在什么都没有，我拿什么去恋爱呢？若是不专注事业，我又有什么资格跟芊芊恋爱呢？对我来说，她样样都那么出色，这样好的女孩子，要是放在以前，我想都不敢想！"

马晓东看着欧飞，有些看自己晚辈的那种亲切感，说道："你考虑得非常现实，人在很年轻的时候都很喜欢听随自己的内心，该爱的时候就爱，该恨的时候就去恨，因为时间确实很多很多。你因为情况特殊，心理年龄远比实际年龄成熟，我不太好说究竟做什么样的选择是最好的，不过我觉得，其实你自己已经想清楚了。"

欧飞平静地说道："是啊，我确实很清楚我眼下最重要的是什么，刚刚红起来还不到三个月，拿什么去跟心爱的女孩谈恋爱呢？"

两个人闲聊了约莫一个小时后分别离开，马晓东回医院，心里寻思着，这个事也没听杨思明说过，可见芊芊应该没跟她提过，又或者，芊芊自己压根儿没发现欧飞对自己的情愫。

对于欧飞事业为先的选择，马晓东内心非常赞同。结合自己的人生经验，他现在认为对于大多数人来说，晚婚其实是正确的选择。想想看，年轻的时候自己头脑都一片混沌，沉浸在“一寸相思一寸灰”的美妙的恋爱中，就这么走进了围城。恋爱和婚姻固然有直接必然性，但是二者又实在区别太大，不经历的人不会懂得。钱锺书老先生不是说过吗？围城外的人想进来，围城内的人想出去，这句话只有结婚久了的人才能领悟到。倒不是说不满意伴侣，而是人很容易被婚姻生活中无穷无尽的责任束缚，这种责任从某种程度上来说像一副枷锁，无论你是高兴还是不高兴，有能力还是无能力，都逼迫着你扛下这份责任。对于有的人来说，这份责任完全能轻松应对，而对于有的人来说，这份责任会重得让人透不过气。可是也不要忘记看到幸福的一面，婚姻确实像个港湾，每天你知道哪里可以去，漆黑的城市总有一盏灯为你而亮，你的奋斗也有了更充分的动力和理由。

回到办公室，梁圣在办公室等他，看到马晓东回来，说道：“你这中饭吃的时间有点长啊，有患者来过，但你半天没回来，我就让其他医生先接待了。”

马晓东点点头，确实，民营医院医生的时间更紧张，从早上上班到加班到深夜，几乎除了吃饭、上厕所，其余时间都在忙碌。

医疗工作者很辛苦，公立医院二十四小时、三班工作制，那里的医生、护士一生上了多少夜班啊。当绝大多数人晚上下班，回家享受天伦之乐时，医生、护士们还上着夜班！

民营医院则更忙一些，大部分人几乎是以医院为家，从管理层到医务人员，常常忙到三更半夜，才疲惫不堪地回到宿舍。工作压力之大，一般人绝对无法体会。

想到这里，马晓东随口问梁圣："你有没有想过，下辈子还做医生吗？"

"下辈子？"梁圣抬起头，一脸莫名其妙地看着马晓东，"我这辈子才过了一点点呢，下半生做不做医生都没考虑好，还考虑下辈子？"

好吧，马晓东想，这就是代沟了，相差十岁，代沟不是一般二般地大，这个问题要跟乐飞讨论才有意义。

梁圣又说："人们不都说了吗？做一行厌一行，估计任何工作成了谋生的手段，就有趣不到哪里去。人们还是太累了，每天像条狗一样，睁开眼睛就是工作。咱们这行高薪高得毫无意义，看看大家有多少时间去享受这个高薪吧。不过这世界哪有不需要付出就有收获的事情？这么一想，做什么行当，结局都是殊途同归。"

马晓东哈哈笑道："你倒是看透了，其实我觉得还好，医生这个职业我挺喜欢，工作时间也还能接受，唯独有点郁闷的可能是自己的工作日复一日地重复，长时间没有一个成长的感觉！"

梁圣说："还有那么多职称，你不要接着拼老命考完啊？我现在马上要考执业医师，每天晚上都得看书到深夜，深深有种混碗饭吃不容易的感觉。"

马晓东给他一个白眼，说道："医师都是这么炼成的，你就好好看书考级吧。不然连独立接诊的资格都没有，一辈子就只能帮忙拆个线、换个药！”

梁圣拍拍胸脯，自信满满地说：“放心吧，我志在必得！”

马晓东看看梁圣，那张洋溢着自信和锐气的脸让人想到了年龄相仿的欧飞。想到梁圣跟欢欢的事，马晓东不禁问道：“你们现在的年轻人对爱情和婚姻到底是怎么看的？”

这个话题似乎触动了梁圣的某根神经，他没好气地说：“怎么看？没有刻意地思考过，遇到了再说，遇不到也不会刻意去寻找。”

马晓东想想，估计是还年轻吧，人总是一年一个想法。25岁之前相信缘分天定，25岁之后相信缘分需要去寻找。

32.乐观的太太团

陪伴是一种美德，爱情虽美妙，但那是瞬息万变、不可捉摸的。我们一生可以爱上很多人，而且我们爱的程度还不一样，若是每一个都需要陪伴、需要拥有，我们的人生没有那样多的时间和那样多的精力！

马晓东在LM几个月的时间，无数次体会到什么叫作口碑相传，也由一个只专注技术、医术的职业医生，慢慢懂得了服务行业最重要的是什么，那就是提供的服务要远远高于顾客的预期，这样顾客才会成为你最忠实的粉丝，甚至忙不迭地向朋友推荐你的服务。马晓东也终于明白了为什么国有企业往往竞争不过民营的，二者向顾客提供的服务，差别实在过于巨大！

李丽在微整形后一周内，带来八名年龄跨度有十来岁的太太，且都指明要求马晓东作为主治医师。马晓东、梁圣加上欢欢，三人小组忙得人仰马翻。

梁圣很茫然地问马晓东："如果我不进这个行业，我永远不会知道人们对美和年轻的追求这么热烈，我一直以为所有的人都是自然而然地接受岁月的流逝呢！"

马晓东也同意，说道："我在韩国的时候，他们的整形外科跟化妆是一样普遍的，但是回国后，国内的需求我自己也大吃一惊，老百姓是真的富裕了。放在20年前，你要说有人拿二十万做个整形手术，只为变好看一点，肯定被家里骂死！"

梁圣说："确实是的，算算大部分消费人群都是'70后'这一拨人，这些人正是改革开放后第一批富裕起来的人。"

马晓东说："是啊，很多人年轻的时候将全部精力放在打拼事业上，外表没注意保养，等到经济实力雄厚到完全不需要为生活担忧时，突然发现自己已经老了，这种心理落差还是挺大的！"

梁圣说："女人对于青春和外貌更敏感一点，我自己还是觉得女人年轻的时候就要懂得保养自己，等已经老了再保养，说实话有点亡羊补牢。虽然也不是说完全没用，但是在我看来还是失去了很多美好。"

马晓东说："关于这点，我的看法跟你还是不一样的。我进入这行以来，研究了大量的行业发展资料。我很惊讶地发现，隆胸这个手术不是胸部比较扁平的亚洲人发明的，而是胸部发育比较发达的欧美人发明的。我突然发现，人们追求一些美好的事物时不是期望挽救什么，而是想要精益求精，有精益求精这种追求的人，做其他事往往也比较顺利。对于人们来说，追求更美好的东西、完善自己，无论什么时候，我都觉得不嫌晚。关键的一点就是不能片面化，比如把青春和美貌当作自己的一切，那样很可悲。”

梁圣问道：“那你的意思是说，其实你以前也是不太懂这些的吧？”

马晓东答道：“不是不懂，是压根儿没有想过这些。人总是在不同的年龄对生命的反思有些不同。层面不同，看法也不同！”

李丽带来的太太团里有一名高太太，50多岁，她除了做微整形青春修复之外，还对一项修复非常感兴趣：女性生殖保养——阴道缩紧。她向欢欢咨询这方面的问题时，欢欢说：“医院确实有这种技术，而且还是非手术性质的物理治疗，是用一台进口仪器！”

高太太显然极感兴趣，忙追问道：“效果怎么样？有像我这么大年龄还要做这个的顾客吗？”

欢欢被问得脸上泛起一抹不自然的绯红，她对高太太说：“做这个项目的大都是30多岁以后、生育过的女性，顺产的居多。至于效果如何，我自己没体验过，不太好说，而且这个手术也不像其他手术那样，可以一眼看到效果。”

高太太听欢欢这么说，脸上不由得露出失望的神情。

“不过也有些顾客跟我分享过她们的经验。”见高太太眼中一亮，欢欢继续说道，“这个项目是按疗程来的，一个月或者三个月是一个疗程，几乎所有的顾客都选择多疗程治疗，很显然她们对效果满意。高太太，您问有没有像您这么大年龄的顾客做这个，我还真没有在意，我一直没想过做这些事还要看年龄！每个年龄段的人都有自己的追求，以及追求幸福的权利，你说是不是？”

高太太笑了：“很少有年轻姑娘像你这么会说话，我也是这么认为的。若是我儿子有你这么懂事，我就没有什么遗憾了。”

欢欢闻言，温声细语地劝道：“儿女们总是对自己的父母要求过高，他们有他们的世界，以后他们会理解的。”

高太太拍拍欢欢的手，说道：“我19岁就跟了我家先生，白手起家，我们俩年轻的时候太忙太忙，没空去体会很多事情。为了忙事业，我们俩分居很多年。八年前有一天，他突然跟我说，‘要不离婚吧，咱俩在一起过了半辈子，感觉活得像个机器人似的！’我当时惊呆了，我一个40多岁的女人听到离婚两个字，就跟有人拿枪要枪毙我是一样的！”

欢欢默默地听着她的诉说，神情专注而温和。高太太接着说：“我不吃不喝三天，这三天里我就这么在房间的床上躺着，整个世界都静悄悄的，敲门声都没响过一下。儿子住校，平时除了我给他打电话，他根本想不起来给我打任何电话。而那个男人，他说了离婚之后，我再也没看到过他。他每天还是回来住，我能听到他在客厅走来走去的声音，但是他没有推开房门，看一眼我怎么了。我刹那间突然想通了，这个世界能爱我的，只有我自己。第二天一大早，我起床照照镜子，瘦了一大圈，简单收拾了一下自己，又好好地吃了一顿后，我给他打电话，让他回来谈一下离婚细节。”

欢欢由衷地点头道：“你真勇敢，只花三天就想明白了，有些人很可能一辈子都没想明白，会一直活在仇恨和不甘中。”

“可能是我知道他不会亏待我吧，我们家这些年生意做得不错，离婚了我也不会挨饿，儿子也大了，我没什么不安全感。”高太太回忆起不太美好的过往，神色间不见怨愤，只有一丝淡淡的怅然，“其实说起来我算运气不错，很多女人人到中年一无所有‘被离婚’了，确实是会很害怕。”

欢欢点头道：“女人到了中年，若是要本事没本事、要钱没钱，遇到那种情况，肯定会方寸大乱的。”

高太太说：

“是啊。反正我那时候是愤怒而不是害怕，等想通后，愤怒都没有了，就看看能得到什么吧。他回来后，看我平静得很，还挺惊讶的。我说你放心好了，我不会缠着你的，夫妻缘分尽了就尽了吧，我们好聚好散。说吧，你都是怎么打算的？

“他说：‘既然我提出不过了，这事就算我对不起你。我除了要公司、留一间房子自住，剩下的所有房产、存款都归你好了。儿子已经长大了，他愿意跟谁就跟谁吧。’

“我觉得他还挺公道的，公司就算给我我也不会经营，就同意了。周末儿子回来，我们就跟他说了这事。他轻描淡写地说：‘随便你们吧，我不跟你们任何人住，我住学校，生活费还是从爸爸那边支取，等我毕业了如果有什么需要我再说。’

“我们三个简直就像凑合在一起的一家人，谈离婚都能这么波澜不惊、不吵不闹就过去了。我们把手续办了，然后我开始学着做点生意，认识了李丽，给她厂里提供原材料，日子过得我觉得比以前还要好点。”

欢欢说道：“有时候我觉得，对经济独立的女人来说，说不定单身不结婚是最好的状态。对了，当时你身边没有三姑六婆同情慰问、嘘寒问暖吗？”

高太太也笑了，说：“怎么没有？相当长一段时间，人们提起我，就会说那个可怜的女人，跟老公一起白手起家，老公发财了，她人老珠黄就被甩了！”

欢欢说：“那你不难受吗？”

高太太说：“刚开始确实心里不是滋味，至少刚离婚三个月的时间，我压根儿不愿意出门。一出门，看见人们扎堆在一起谈论，我就觉得可能是在说我，说这个可怜的女人被男人甩了。后来我发现，很多人压根儿不知道我已经离婚了，大家这么忙，谁有空天天关注我身上发生的那点事？”

欢欢点头表示认同：“人们经常会有这种错觉，觉得自己一有点事，就会有很多人在背后议论自己！那后来呢，你是怎么走出来的？”

高太太说：“我手头有很多钱，就开始学着做生意。我们那儿各种类型的厂家很多，随便做个什么行业，都能赚些小钱。我当时也没想着赚大钱，就是想做点事打发时间。”

欢欢说：“高太太，您真是好样的。我能冒昧地问一下，你现在为什么要做这个治疗吗？”

高太太有点羞涩，说道：“我去年认识了一个男人，我打算跟他结婚！”

欢欢惊讶得张了张嘴，犹豫了片刻，还是好心说道：“高太太，再婚这事一定要小心再小心，尤其对于身边有点钱傍身的中年女人而言！”

“我身边几乎每个朋友都这么说，李丽也这么说。虽然我第一段婚姻失败了，但我依然相信有好男人，我依然渴望爱。”高太太轻叹，“我们那辈人观念比较传统，做不到跟男人同居，尤其是我这个年龄，不明不白地跟男人同居的话，我觉得很难面对周围的人。”

欢欢沉默了一会儿，说：“没关系，就按你自己高兴的那样去生活好了，只是一定要懂得保护自己。害人之心不可有，防人之心不可无！”

高太太点头称是。

随后，欢欢详细地给高太太介绍了医院做女性生殖部位紧致的仪器。那是一台德国进口的仪器，原理大概是通过将组织细胞间隙缩小，使松弛的肌肉纤维组织激活弹性，从而达到紧致及恢复其弹性的目的。由于高太太的年纪较大，可能本身肌肉组织弹性不是很好，因此医生建议她先做一个疗程看看效果，高太太答应了。欢欢把高太太带给一名女医生，私密部位的治疗，医院还是很保守地按性别来划分的。

高太太另外在马晓东那里定制了微整形方案，除了去皱纹，她还期望去颈纹等。高太太感叹道：“哎呀，到了这个年龄，发现一身皮囊都松弛了，这儿那儿都需要修补，简直全身都需要修理！”

马晓东劝她：“慢慢来，别太着急，心急吃不了热豆腐。咱们可以一项一项地做，一点一点地改变，不求一下子回到30岁的状态，能比现在更好就行，你说对不对？”

高太太说：“是是是，我也懂得希望越大失望越大的道理。”

马晓东和欢欢都笑了，大家都很喜欢高太太这种直爽又很懂道理的女性。这种女性经历了岁月的沉淀，去除了少女时代的许多娇柔天真，有着成熟女性特有的豁达直爽。简单来说，就是很懂事，懂得自己的选择是基于自己对事物的认知，并不把一切责任或者希望都寄托在他人身上。

高太太的两项治疗在同一天内都做了第一个疗程。微整形第一个疗程，先用保妥适肉毒素帮她去除了眼角、额头的皱纹，面颊和太阳穴部位，则填充了一些玻尿酸。效果很明显，高太太的面部明显年轻了至少五岁的样子。跟李丽一样，高太太也是高兴得不行，青春带给女人的惊喜远比其他更大！

马晓东看着浑身焕发着光彩、举手投足间洋溢着自信和淡然的高太太，没来由地想到了自己的母亲。在他的记忆里，从自己记事开始，母亲好像从未美丽过，从未像现在的女人这样，穿衣打扮，把自己装扮得光鲜靓丽。母亲每天做得最多的就是伺候他和父亲，家里无穷尽的家务，扫地、拖地、洗衣服、刷马桶，还有一日三餐……每日如此重复，那时候大多数家庭还没有经常在外面吃饭的习惯，几乎每天家里都是要开火做饭的。他的妈妈，或者说她们那一代女人，几乎都是这样为了一个家庭而成为家务机器。

想到自己母亲的一生，想到母亲的憾然离世，马晓东几乎有想流泪的冲动。晚上回到宿舍，在QQ上跟杨思明闲聊时，杨思明听了马晓东的想法，似乎也颇有感触：“女人们到底要怎么生活呢？

就算现在女人走出家门，做了职业女性又怎么样？若是想好好维持一个家庭，这些事又怎么可能摆脱掉？一个家，女人所要付出的实在太多太多，加上现在职场上的压力，时刻需要充电学习，不落于人后。女人一个个成了超人，而男人们视这一切为理所当然！”

33.夏之舞动——曲线的诱惑

青春像一条远去的小河，在源头处留下无数青葱岁月的印记，那些与青春有关、与爱情无关的过往。

盛夏来临，大地仿佛突如其来地被炙热拥抱，外面的地面闪着白亮亮的太阳光，树叶在太阳的烘烤下，边缘都开始卷起来。城市里的盛夏如同一个巨大的蒸锅，让人时刻挥汗如雨，人们都躲在空调房里，不愿意出门。

马晓东他们开始变得早晚异常忙碌，顾客们都是老早上门，或者太阳下山才过来，一到夏季，医院加班的时间变得比往常更多。

上次的曲线活动大获成功，截至活动结束，感恩会的入场券发出去500多张。蔡总召集大家开会商议，感恩会的具体日期放在12月，大概圣诞节那个时候。至于其间要不要继续发放入场券，感恩会要做成什么类型、什么规格，这些都需要进一步讨论。

这次全院召开了大型会议，大家各抒己见。蔡总认为，医院开办了这么些年头，举办一次综合性的大型晚会是极其有必要的，一来可以增强高端客户的黏性，二来也能锻炼一下整个团队的大型活动策划能力。此外，还能起到提高业界影响力、拓展各方渠道等积极作用。

大家开始议论纷纷，这样一场晚会，花费的资金是很高昂的，对于医院来说是否合适。另外，医院这种机构的性质是否合适举办这种类型的活动。

企划主任小王说："我一直认为整形外科跟传统医院区别很大，最大的一点就是应该尽量让整形外科跟时尚圈挂钩。追求美、爱美并不是一种疾病，而是一种生活态度，一种热爱时尚、热爱美的人生观。时尚圈里无论是时装还是妆容，都会召开各种各样的发布会，为什么整形外科就不能呢？"

欢欢表示同意，说道："这么些年接触了这么多顾客，大家的日子都很富足，追求的东西也越来越脱离吃饱穿暖，他们开始追求一种与众不同的生活模式。在中国，可以提供穿礼服的正规像样的派对太少太少。很多人除了婚礼，一生都不曾再有机会穿上漂亮的晚礼服，走一下红毯，享受一下乐队和优雅而具有格调的盛宴。我们应该给我们的顾客提供这样一种场合，让大家认同追求美丽是一种格调！"

不过，周院长及医院的几个保守派高层还保持中立态度。他们认为，如果入场券继续发送，1000人不成问题，如果加上演员及工作人员，这真是一个超级大的盛宴。但医院没有这方面的经验，经费及场面是否能控制住，这些都是问题。

蔡总说："目前来说，为了发放出去的500张入场券，我们肯定是得有这么一场答谢会的。如果大家觉得第一次做这个事，各方面比较有顾虑，我们可以把场面稍微控制得小一点，那么接下来我们就不再发放入场券了。第一次就当积累经验，以后再每年举办！"

大家觉得这个主意不错，纷纷表示赞同。接着，蔡总让各部门总结这次活动的经验。

企划部小王第一个说："活动由企划部发起，总体来说发起的时间有些急迫，夏初了才开始，预热及准备时间都不够。这种季节性的主题活动，以后一定要提前一季开始准备才行，这样各路资源有足够的时间做到最好，这次仓促做起来的活动很多方面还是不尽如人意。"

大家笑了，说："王主任，你太谦虚了，短时间内你们企划部把活动安排得这么周密，已经很厉害了！"

蔡总说道："小王说的是有道理的，这次活动企划部功劳也有，不足也很明显，他们自己已经认识到了，这个我认为是他们部门这次最大的收获！"

导医的负责人则说："我们这次最大的感觉是，如果是参加主题活动的顾客，应该重新做一个他们的病例或者接待单，这样可以和不参加活动的顾客一眼区分开，便于导医台的管理。另外，每次举办活动的时候，导医们应该提前进行培训，必须对活动的所有规则做到一清二楚。因为直接在导医台问细则的顾客实在太多，导医们是第一站，大家如果回答不出问题的话，显得很不专业。”

客服部主任说：“导医台的同事这次表现得已经很好了，最后交到我们客服部的资料很清楚，真是辛苦你们了！”

导医负责人连忙说：“这本来就是我们的工作，应该的，应该的！”

周院长感慨：“这次活动我觉得最大的收获就是大家这种自我反省、互相配合的团队精神，我很久没有看到过这种不推卸责任、不给自己贴金的场合了！”

蔡总说道：“谁说不是呢？我做医疗行业有近20年了，像我们医院这样的团队，我还是第一次遇到。这真是个优秀的团队，放在医疗界具备德行合一，放在企业层面则执行力、团队凝聚力极强，让我感到震惊！”

大家笑起来：“总结大会快变成激励大会了！”

蔡总也笑了：“我不是乱激励呀，我是说真的！这次活动总体来说是非常成功的，本周会有个庆功宴，全院参加！”

大家掌声雷动，对员工们来说，还有什么比辛苦得到认同、劳动获得表彰更能让他们对企业有归属感呢？

医务部这边，则由马晓东和护士长发表看法：“活动最害怕的就是院内消化能力，因为集中在一个项目，很可能出现某一个诊疗室特别忙，某一项手术安排不过来，而其他项目则很清闲的情况。我们也许应该跟服装行业学习一下，某项目旺季的时候就不要做活动了，本来就忙，忙上加忙，有些不合理！”

企划主任小王一听，笑道：“这下完了，我正准备提议再接再厉做脱毛节呢！”

护士长抚额：“拜托，这个也太不切实际了。脱毛机器总共就两台，脱一次得半个小时，每天的消化量满打满算也就那么几个小时。夏季是脱毛旺季，本身就忙不过来，你再搞脱毛节，你打算怎么安排那些客人？服务不好还不如不服务！”

周院长也说：“护士长说得对呀，企划部的所有出发点都是期望保持一个客流量的稳中有升，这个思路是正确的。但是如果集中拿某个项目猛做文章，院内消化不了，服务跟不上，反而对医院口碑有害。”

蔡总也问：“小王，你是怎么考虑的？”

小王清清喉咙，说道：“是这样的，盛夏的时候，其实除了脱毛和皮肤科的一些项目外，其他项目都是很冷清的。这主要是因为人们长期以来有个观念，认为夏天伤口不容易愈合，实际上现在空调这么普及，所以这个顾虑其实不成问题。再有，人们还有这样的顾虑，夏天手术后到底可不可以洗脸、洗澡。要改变大家的这些观念和顾虑也不容易，但是院内也要找机会，让大家了解实际很多手术跟季节无关。比如刚才说的脱毛节，也是期望更多有实际需求的顾客来了解我们医院。当然，每做一个活动都会有推广成本，脱毛节的推广成本可能会高一点，我们期望增加几台脱毛仪器。”

医务科表示：“除非增加仪器，不然这活动不可能有好结果。”

采购科则问道：“一台脱毛仪百万起步，脱毛本身就属于几乎没什么利润的项目，企划部确信这个思路是对的吗？”

蔡总问小王：“你们调取历年的数据做分析了吗？”

小王说：“那当然，历年数据都说明了夏季新诊量会下降严重，单个项目脱毛会同比上升30%以上。我们期望把这个数字上升为300%，以平衡其他项目带来的新诊下滑。如果这些人通过医院的环境和项目介绍能有其他选择，院内在季节上遇到的困境就可以迎刃而解！”

蔡总点点头，说：“我会汇报给陈总，采购数百万的仪器毕竟不是小事。大家是否还有其他意见？”

大家纷纷表示小王说得还是不错的，夏季确实是各部门明显感觉清闲的季节。大家忙碌惯了，清闲的时候还真不习惯，工资都不好意思多拿！

蔡总笑道：“我还不知道你们一个个思想觉悟都这么高呢！”

散会后，大家回到各自的工作岗位。

晚上下班后，马晓东和梁圣相约一起去青春酒吧喝一杯。青春酒吧永远看上去清爽宜人，夏季空调温度恰到好处，屋子里挤满了穿T恤衫、牛仔裤的年轻人，并没有其他酒吧里那些浓妆艳抹的性感女郎。这里更容易让人想到大学时夏夜的晚自习教室，考研的年轻人聚集在教室里埋头学习，除了窸窸窣窣的翻书声、沙沙的钢笔写字的声音，四周静悄悄的，静得可以听见窗外夏虫鸣叫的声音。记得那时，大家都喜欢戴着耳机，收听城市FM101.1，很多城市的电台都有专门针对大学生的节目，马晓东记得八点多的一档节目是一个女主持用温柔的嗓音讲述一些感情故事，开场白常常是这一句：“叶子的离去，是风的追求，还是树的不挽留？”

青春像一条远去的小河，在源头处留下无数青葱岁月的印记，那些与青春有关、与爱情无关的过往。马晓东是个感性的男人，或许骨子里蕴含着的是一抹淡淡忧伤的气息，由内而外地散发。

梁圣则刚刚从校园出来，他时髦而英俊的外形在酒吧这样多的年轻人中也是十分抢眼的。梁圣很会享受生活，在冰凉的百威啤酒的陪伴下，认真地听歌手一曲一曲地歌唱，轻轻地合着拍子，看不出有任何心事的模样。有时候连马晓东也看不懂，梁圣这个年轻人究竟是属于心大的类型，还是将心思紧锁的类型。

熟悉的女歌手唱着不知名的曲目，应该是酒吧的乐队自己谱的曲。青春酒吧这点十分清新，马晓东很喜欢，在这个纷繁复杂、节奏飞快的工业化社会，有这么一个世外桃源般的灵魂栖息地，实在太难得了。

人生的意义到底是什么呢？每当坐下来，整理一下自己的灵魂时，马晓东就觉得阵阵迷茫。年轻的时候，觉得人生的意义或许就是体验其过程，到了后期，开始怀疑一切，但是不得不依然前行。我们在不断怀疑中前行，边走边为自己寻找答案，寻寻觅觅中不断丢失曾经的自己，慢慢地塑造出越来越不一样的自己。我们年纪越大，丢失过曾经的自己越多，会不会直到有一天，我们不再认识自己呢？

34.爱上一个不该爱的人

有一首歌，叫作《爱上一个不该爱的人》，歌词是这样的：

下雨的天空突然雷声轰隆隆/有谁知道我心痛/爱情有独钟偏偏它是痴人梦/我实在不该对她心动/爱上一个不该爱的人/我总是加倍包容牺牲/明知不可能还勉强自己要去撑/越撑心越闷越闷心越冷……

这首任贤齐演唱的歌曲，曾缠缠绵绵唱了好多个雨季，小齐如同邻家哥哥般亲切温暖的嗓音，让许多人心里软绵绵的。一个好歌手，英俊与否究竟有谁在乎呢？人们或许没有意识到，打动他们心灵深处的或许是某一句歌词，而非歌手本人！

在梁圣来LM三个月零五天时，发生了一件让他哭笑不得的事。那天特别热，雷雨刚过的天空灰蒙蒙的，气压低得让人喘不过气，医院几乎没什么病人。马晓东有事外出，梁圣一个人在办公室复习执业医师考试教材。

一辆香槟色兰博基尼从远处驶来，在医院门口停下，粗暴地按着喇叭。保安人员连忙跑过去问怎么回事，只见车里坐着一个约莫25岁的女人，保安连忙说：“女士，这里不能停车，更不能鸣笛！”

女人凶巴巴地说道：“我要到这家医院去问个事，想问问看能不能解决。有办法我再去停车，没办法我就不停车了，省得麻烦！”

保安说：“不好意思，不过你在这儿停五分钟都不行，来来往往的车子都要从这里经过呢，麻烦女士您赶快把车停好再进去。”

女人骂骂咧咧地就是不肯，保安急了，只好进医院跟导医说了这个情况。导医也慌了，还是第一次遇到这种情况，刚好看到梁圣闲在那里，就赶快拉着他来一起解决这个事。梁圣没办法，只好跟着导医出了医院门口。兰博基尼的女主人知道梁圣是这里的医生后，态度倨傲地问：“我脸上有很多斑，你们医院能治好吗？要多少钱？”

梁圣平生最讨厌的就是这种暴发户姿态的人，更何况对方还是个模样不怎么赏心悦目的女人。梁圣忍住心头的不屑，说：“那得检查下，看是什么类型的斑，你不下来进去检查，谁都不知道能不能好！”说完就拉着导医进去了，跟保安说让她去停车再进来咨询，不肯就打110报警！

女人气得在他们背后大声吆喝：“你了不起呀！”

本以为这个趾高气扬、脾气暴躁的女人会气急败坏地打道回府，没想到，她竟乖乖地停好车进院来咨询，并且指明非要梁圣接待，其他人一律不要。有顾客自然不能不接待，梁圣无奈，只好硬着头皮听她说。

导医先拿了张病历让她填写基本资料，梁圣看了眼，原来这个女人名叫崔莺，28岁。当时，梁圣心中暗自好笑："崔莺莺？人家大小姐多么温柔甜美、善解人意，这母夜叉竟然也敢叫崔莺！"

崔莺敏感地觉察出梁圣目光中的戏谑之意，凶巴巴地说："看什么看！我今天想先看一下脸上的斑点能不能去掉，要多少天才能去掉。"

梁圣说："我是外科医生，你这个需要皮肤科医生来看。"

崔莺很不客气地说："连个雀斑你都看不好，还做什么医生？"

梁圣简直被她气得发抖，强忍住不爽，说："你还要不要看？要看，我给你请皮肤科医生。"

崔莺用180分贝的嗓音喊道："我他妈当然看，不然你以为我是来找你玩的吗？"

导医们在外面听到，都忍不住捂嘴直乐。

梁圣被"蹂躏"了半个小时，好不容易把这尊大神送到皮肤科，这才松了一口气。他重新回到办公室坐下来，却再也看不下去书了。

不多会儿，从皮肤科传来消息：崔莺在皮肤科大发脾气，说去个斑居然要这么贵，是不是黑店，要是治不好，她立即去物价局和消费者协会举报！大家被她搞得哭笑不得，但是她嚷嚷归嚷嚷，最终还是乖乖按照医生开的疗程治疗。

发现效果不错后，崔莺开始频繁来医院进行皮肤护理。她依然每次都是脾气暴躁、爱理不理的表情，而且每次一定得梁圣接待。梁圣被她烦得不行，干脆说道："你那是皮肤科的，我都说了我是外科医生，你治疗的那些不归我管！"

尽管这样，崔莺每次来医院照样是找梁圣，从无例外。见状，大家开始开玩笑，说："梁医生，这土豪妹子一定是看上你了！"

梁圣苦笑："你们就饶了我吧，有拿我开涮的工夫，不如帮我想想办法，让我不要再做咨询的活了。这不是耽误大家时间吗？"

大家笑道："顾客就是上帝，我们也很想让她按规矩来，可惜人家不愿意呀！"

崔莺的皮肤治疗方案原本是一个月复诊一次，但是她来医院的频率高达一周一次甚至一周两次，每次直接冲进梁圣的办公室。马晓东第一次看到崔莺时吓了一大跳，这个咋咋呼呼的女孩到底想干什么？崔莺属于块头较大、看着就脾气暴躁的类型，跟外表娇柔可爱的欢欢完全不是一个类型，所以马晓东很好奇梁圣和她之间的关系。等到马晓东后来知道事情的来龙去脉，忍不住笑得肚子痛。

对于崔莺的频繁"骚扰"，梁圣在起初的不耐烦过后，逐渐冷静下来。其实想想看，自己也挺奇怪，每个患者都有自己的性格，崔莺也不例外，自己一开始先入为主地对她没好印象，这显然不对。这样一想，崔莺再来的时候，梁圣起码从心理上明显没那么抵触了，哪怕她说话依然语气很冲，他也尽量很礼貌地回应。慢慢地，崔莺变了，不再那样不讲道理、不守规矩。最后，她和梁圣竟然成了不错的朋友。

这件事情很快在院内成为人人皆知的新闻。欢欢一看见崔莺来医院，就开始浑身不自在，她跟护士长说了这种感觉。

护士长看了一眼欢欢，半开玩笑地说道："你这不会是嫉妒吧？"

欢欢默了默，说："有可能真的就是嫉妒。"

护士长闻言，不由得诧异起来："这么久了，我以为你都想通了，你不会真的对梁圣有意思吧？"

"我也不知道啊，一开始我们互相有好感是肯定的，我自己心里很清楚。"欢欢很苦恼，"但是我同时也很清楚，我有什么资格去跟他进一步发展呢？我一直以为我已经没有感情了。"

护士长看着欢欢良久，轻叹道："很久以前我就告诉过你，真正爱你的男人不是那样的！"

女人们无时无刻不在思考这个问题，一个男人真心爱着一个女人，究竟是什么样的呢？

最简单的答案是，至少他不会伤害你，爱得越深越不会。

这个答案，欢欢一直懂。

欢欢神情怅然："可是当时的我不懂，很多事不经历永远不会懂，我到现在还是相信他曾真诚地爱过我！"

护士长温和地说："那是当然，他真诚地爱你我也知道，但是他最爱的还是他自己呀！不能给一个姑娘未来，何苦去招惹她！"

欢欢低声说道："那有点冤枉他了，我们谁也没有欺骗谁，都是心甘情愿。只不过当时年幼无知的我以为爱情是第一位，所有的事，道义也好，责任也好，在爱情面前必须让步。我高估了自己的魅力，也低估了责任感对于男人的束缚力！说实话，我不怪他，怪自己更多一些！”

护士长看着欢欢：“你不要这么说自己，女人就是这点傻，什么都是自己的错。你当时什么年纪，他当时什么年纪？你不知道这样是错的，他也不知道吗？他作为前辈应该保护你、引导你，如果他真的爱你的话！”

欢欢涩然一笑，微微摇头道：“都过去了，我也不想怪他了，说我傻就傻吧！自己选择的路，我不想把责任全部推到别人头上。”

欢欢归纳自己跟蔡总的关系，到底是什么？或许是一种孤独彷徨时的寂寞依靠吧。说是真的爱情，实在太过勉强。自己当初到底是怎么莫名卷入这场注定没有结局的恋情的呢？

一切依然历历在目，那也是个夏天的午后。正值求职季，满心焦虑的毕业生抱着简历，奔走于不同的人才市场。欢欢也是“求职大军”中的一员。那天，孤身一人在城市漂泊的欢欢接到LM人事经理的电话，约她过来面试。欢欢高兴坏了，跟所有刚刚毕业的年轻人一样，她对社会充满复杂的情感，既向往又害怕。自己能干什么，会干什么，能不能做得好，这些她心里没有一点底，尤其是她学的专业——医用心理学，听着似乎很高大上，却很难想到专业对口的工作。一个系的同学从大四开始都躁动彷徨，这个专业找工作实在不知道找什么。

23岁的欢欢当天穿着一件元宝领的棉纱白衬衫、蓝色牛仔裙及匡威的白色帆布鞋，黑色的长直发瀑布般垂到腰间，手提一只日本原色的帆布袋就来面试了。欢欢学的是不食人间烟火的专业，人也出落得一副不食烟火的气质。欢欢来自江南水乡，一个幽静的小镇，有着江南姑娘特有的娇柔纤细。

蔡总面试的她，那个夏天如同所有的夏天一样，阳光刺眼。蔡总办公室清凉如春，阳光透过浅绿色的窗纱洒在室内，办公室有一套米色的沙发。欢欢背对着窗，坐在那里，像所有的求职者一样，有些紧张，没有任何行业经验，年纪也很小，看上去也不具备跟各类人沟通的经验。

本该直接判定不适合这个职位要求的，蔡总看着双手攥着手指、显得很紧张的欢欢，她面部细细的汗毛在阳光的侧影下都能看得很清楚，莫名地内心涌起一股清新而柔软的感觉。

蔡总问："了解过你所应聘的行业吗？"

欢欢忙回答："当然了解过，跟顾客沟通，疏导他们的心理问题。"

蔡总点点头，说道："只说对了一半，医疗行业的顾客心理跟纯粹的心理患者寻求心理咨询师的作用是不一样的！"

欢欢的心里"咯噔"一响，忙诚惶诚恐地表态："我愿意学习！"

蔡总依然是云淡风轻的表情："行，什么时候能来上班？"

欢欢大喜过望，她万万没想到，这样简单就敲定了工作，连忙说："现在都可以，我没事做！"

蔡总笑了，欢欢自觉失言，也有些不好意思起来。

蔡总温和地说："明天你先来报到，到人力资源办手续，选一下宿舍。等都安顿好，后天开始正式上班，你看如何？”

欢欢的眼睛都亮了起来：“还有宿舍啊，太好了，我没问题！”

回忆起初次的相遇，欢欢已经记不清蔡总当天是什么模样，几年时间转眼过去，他貌似没什么改变，而自己则由一个青涩的小女孩变成在职场游刃有余的业务精英。而她和蔡总的这场不该发生的恋情，从头到尾被护士长看在眼里。护士长和欢欢住一个宿舍，日子久了，两个人成了好友，虽然年龄相差数岁，但是护士长一直像姐姐般对她关爱有加。

蔡总并没有猛烈地追求过欢欢，他像任何一个成熟男人一样，选择无微不至地默默关心和在工作中给予关注指导。

欢欢在入职之后才突然想起，自己面试时都没有问过薪资是多少，又有宿舍又有食堂的，估计工资不会很多吧。不过没关系，有吃有住，工作有制服，基本上需要花钱的地方不多，而且还有很多同学工作还没着落，而自己已经在这个城市找到了栖身之地！欢欢当时想，哪怕1500元一个月也很满足了。

后来第一个月领工资时，欢欢着实被震撼了一把，居然有5000元。欢欢茫然了，自己的运气简直好得爆棚，不是吗？医院薪资保密，欢欢并不知道其他人薪资多少，慢慢也看得出同事们薪资都不会低，也就释然了。但欢欢还是注意到，同事们几乎都有丰富的职场阅历，说他们身经百战也不为过，而自己呢？青涩得一无所有。欢欢告诉自己，一定要努力，报答蔡总的知遇之恩！

当后来一系列故事发生后，有时候欢欢会想，什么是爱呢？或者说什么是真爱呢？真爱这个词，人的年纪越增长就越开始怀疑它是否是客观存在的，或者说它的寿命是否短暂到让人难以置信。

是啊，真爱这种事情完全看运气，它不期而来，悠然而去，有些像传说中的幸福。听过，憧憬过，也感觉自己经历过，却又时常怀疑是否如同自己所知道的那样。

欢欢跟护士长探讨过这个话题，护士长当时的答案是：“难道不是只有罗密欧与朱丽叶、梁山伯与祝英台那样惊天地泣鬼神的才叫真爱吗？”但欢欢觉得自己更愿意相信，两个人在旅途相遇，同坐一趟列车，共同看一本书籍而产生了强烈地吸引，并惊喜地发现两个人在同一地点旅行，当晚一起滚了床单叫真爱。

只是衡量这个真爱深浅的标准跟时间是成正比的，有的人的真爱和肉欲同时开始，同时结束，而有的人光靠意淫就能维持一生！看个人更喜欢哪一种了。

很显然，欢欢一直坚持自己对于爱情的看法，她在工作的第一年就无法自拔地对蔡总动了心。在年轻的姑娘眼中，蔡总无疑是充满魅力的。成熟的男人在社会中已经是中流砥柱，在单位基本是领导，同龄人一起奋斗过来的，看彼此不会觉得有什么过人之处，而在相差十来岁的年轻人眼里则不同。在她们眼里，这种男人深沉睿智，言谈举止都充满智慧，而且他们还能调度整个企业的运营，像一个战场上的将军。而这个时期，男人们在工作和生活的双重重压下，内心是十分渴望被崇拜、被需要的。

蔡总长年孤身在外，老婆和孩子都不在身边，工作之余过着很宅的生活，或者说他的绝大多数时间都是在医院度过。每天他在医院的时间超过15个小时，很多时候甚至在医院忙通宵，欢欢看在眼里，对他非常佩服。

蔡总并不是猥琐诱骗小女孩的那类男人，或者说，他虽然觉得欢欢很漂亮，性格也很纯真，但只是单纯地站在欣赏的角度去看。若非欢欢有所表示，或许他永远不曾想过，自己有一天会和一个比自己小十几岁的小女孩恋爱。

那天医院很忙，大家加班到半夜，护士长恰好那几天回老家休假，蔡总怕欢欢一个女孩子不安全，便送她回宿舍。从医院到欢欢的宿舍约莫有十几分钟的路程，夏季的夜晚，白天的燥热已经散去，路面被洒水车洒过水，清洁而凉爽，丝丝泥土的淡腥味荡漾在空气中，两个人沉默地保持着半米的间距前行。欢欢清楚地记得那时自己很紧张，不是与领导相处的那种紧张，而是单纯地因为他是个令自己产生特殊情感的异性。城市的夜晚依然喧嚣，两个人或多或少都有些不自在。人们很奇怪，很多时候虽然未曾说过什么、做过什么，但若是彼此心里有对方的存在，彼此都能敏感地觉察到这一点，这是不是就是所谓的电波存在呢？不得而知。欢欢能感觉到蔡总对自己有不一般的好感，或许女人总是在这方面比较敏感，同时，欢欢也在纠结自己要如何对待这份好感。

正胡思乱想中，欢欢一不留神踩空了，她痛苦地大叫：“哎呀！”

旁边沉思状的蔡总吓了一跳，看见欢欢蹲下来捂着脚踝，连忙问：“怎么了？脚崴了吗？”

欢欢点点头，只觉得脚上钻心地疼痛。

蔡总问：“还能自己走回家吗？”

欢欢说：“我试试看。”

欢欢扶着蔡总的胳膊，往前走，每走一步都疼得龇牙咧嘴。蔡总看着这个女孩子，疼得额头上都渗出了汗珠，但是依然咬着嘴唇不吭声。

蔡总柔声说：“我背你好了，看你的脚这样，自己走回去估计就要疼晕过去了。”

欢欢确实很疼，但是让蔡总背自己无论如何还是有点不好意思，连忙摆手道：“不用不用，我自己能走！”

蔡总直接蹲下来，用命令的语气说道：“我背你！”

欢欢只好同意，蔡总穿着一件白衬衫，头发短而整洁，一米七五的身高，略显清瘦。他身上有股淡淡的烟草味，或许是夏天的缘故，他身上略微有些汗味，却并不难闻，汗味中还夹杂着男性荷尔蒙特有的气息，欢欢一时间意乱情迷。

蔡总把欢欢送到家，问家里有没有红花油，欢欢说没有。看到蔡总一定要出去买时，欢欢急了，这么晚了上哪里去买呢？她劝蔡总早些回家休息，但蔡总无论如何不肯，说护士长又不在，万一欢欢的脚伤得严重都没个人照顾。蔡总到附近一家24小时药店买了红花油和冰袋回来，卷起袖子，说：“我帮你用红花油揉一下脚踝，活血化瘀，然后你再用冰袋敷一下，应该就没事了。”

最后，虽然欢欢拒绝，但蔡总还是帮她涂了药，并按摩了一下。等一切安顿好，蔡总才告辞离开。可以说，这件事奠定了两个人的感情基础。欢欢独自一人在人潮如织的大城市，闷热的夏夜，加班，扭伤了脚……一切仿佛都是天意，欢欢这样对自己说。

35.恶性竞争的价格战

商业也是一种战争，比恶性竞争更可怕的就是低价竞争。很多企业以为入驻一个城市以低价格抢占市场，再以低价格饿死同行就是胜利。错了，真的错了，一旦定位错误，转型难上加难。宝洁就是个典型的例子，一开始通过洗护日化低价占领中国市场，消费者已经认定宝洁就是超市货，再想做高端市场几乎不可能了。对顾客来说，生活的格调在于品位，产品的质量决定了他们的选择，若是没有利润空间，永远不可能有好的产品和服务，越来越多的消费者懂得了这个道理。

马晓东这天接待了一位叫胡青的女性顾客，这个顾客有点特殊，是LM合作的一家广告公司的女员工。胡青并不是第一次来LM，半年前，她曾来LM咨询过双眼皮手术。因为广告公司的老板跟许多医院很熟，当时胡青直接就问老板要是想做一个双眼皮，该选哪个医院？广告公司跟许多医院都有合作，对每家医院的实际情况和实力都特别清楚。老板就实话实说地告诉她，各家医院实力如何，论资历LM是最老的，管理也比较规范，专家团队也属于比较强大的，但是价格比较贵。老板建议胡青自己先去各家问问，等选好再告诉他，他给对方医院打个招呼。

胡青就一家家地去问去比较了，发现各家价格相差真的挺大的，最后她就选择了一家比较便宜的医院。半年后，她又想做吸脂，然后直接来到LM。

蔡总把她带到马晓东的办公室说了这件事，马晓东心里有些好奇，怎么上次没有选择我们医院，这次却毫不犹豫地选择了呢？

胡青说："上次是第一次接触这个行业，还不懂，当时了解情况就是看各家的网站，然后问问身边做过手术的朋友。选中几家后又到医院去问过，感觉都差不多，看不出什么具体区别，就选了价格相对便宜的，然后经历了手术的过程，了解得深刻多了。当时觉得只是做个双眼皮的小手术，应该挺简单的，但是真正躺到手术台上还是很害怕，害怕手术万一不成功，就美容不成反毁容，在战战兢兢中顺利做完手术，我那时可真是长舒一口气！"

马晓东问："担心什么呢？怕医生技术不好吗？"

胡青摇头："倒不完全是，就是一种莫名其妙的恐惧。"

马晓东还是很好奇："那么这次选我们医院，难道就不害怕了吗？”

胡青笑笑：“上次接触了不少家医院，我自己的感触也是很大的，LM的专业性令我印象很深刻，这个专业性是指和医生在沟通中感受到的细节。这次手术比较大，多花点钱买个放心，我不想再经历担惊受怕、像是赌博一样的过程了。”

马晓东挺自豪的，自己所待的机构让顾客有这种专业的感觉，说明大家做得真的很成功。

马晓东很仔细地给胡青制定了手术方案，并解说了原理，为什么要这么做，用什么技术做。等胡青完全没有疑问了，马晓东又让护士长带她到休息室看了看其他患者的术后效果。胡青很认真地问了问大家的感受，痛感倒是还行，大家统一的感受就是术后恢复期有点长。

大面积吸脂是一项对技术要求很高的手术，对于设备、无菌要求都不是想象中的那样简单。胡青自我调侃：“这次我可比做双眼皮时慎重多了，想想，我这简直是拿生命的勇气在追求美呀！”

马晓东安慰道：“放心吧，我们采取的是德国水动力溶脂系统，对身体损害很小，甚至脂肪细胞被破坏得都少，很多美女选择把抽出来的脂肪细胞用来隆胸、丰臀呢！”

胡青很快就选定了手术日期，虽然之前已经有了充分的了解和心理准备，到了手术当天依然紧张得不行。马晓东温和地安慰她：“不用怕，保证你达成心愿，你就放心吧。”

一切都正常结束后，胡青很高兴，说：“这次心里好受多了，可能是术前了解得比较充分，加上信赖感比较强吧。”

这件事情让马晓东思考良多，忍不住在微博上发表了感想：对患者来说，医院和医生就是托付性命的地方和人。因此，如何让患者放下心理压力是值得深思的一个话题。对医疗手术来说，没有人敢说百分百安全，因为凡事总会出现例外，但是，如果医院将每个可能发生的意外都想好对策、做好准备呢？哪怕这个意外发生的概率只有亿万分之一。

此时，随着整形外科越来越被患者接受，竞争也开始白热化，终于有个大型连锁的品牌入驻了本城，让大家跌破眼镜的是，这家医院刚一开始就打出的策略居然是价格战！

凭借着雄厚的资金实力，这家医院铺天盖地地打出了令行业内震惊不已的价格，一个有序的市场瞬间被搅得乱糟糟的。LM连续三周营业额直线下降，为此陈建华召开了管理层紧急会议。

在陈建华的办公室里，大家虽然看上去跟以往开会时一样，但是气氛明显有些压抑，陈建华打破沉默说：“这种情况，大家怎么看？”

蔡总说道：“行业竞争这么多年，什么风浪没经历过，但用这种损人不利己的方式的，我从业十几年还是第一次遇到。我核算了他们的成本，完全是亏本经营，或许他们是打算用低价格迅速占领市场，再做战略调整！”

陈建华说：“思路是这样的没错，但是他们这种恶性竞争的方式对整个行业秩序影响都很大！”

欢欢说：“影响真的很大，不止一个患者问我，为什么他们家那么低价，我们是不是太暴利了？我要是说别人是市场战略，显得很没说服力，没有哪个消费者会相信真有企业愿意赔本做事的。”

陈建华点点头，说道：“确实是这样。我们目前应该会面临一个不算短的困难期，大家有什么好的建议吗？”

马晓东想了想，就把胡青这件事说了出来，并且说道：“靠低价来占领市场应该说肯定是昙花一现的结局，消费者都知道价格和服务是成正比的，从胡青这个案例来看，我相信消费者心里有他们自己的一个标准。而且低价格的医院，刚才蔡总也说了，目前是亏本赚吆喝，那么就一定会面临后期提价的问题，这样一来等于自己建立的优势又要被自己毁掉，根本是得不偿失！”

蔡总赞同地说道：“马医生说得很有道理，另一方面来说，我经营医院的理念一直就是价格和服务质量是医院的生命线，我们的价格都是统一雷打不动的。你想想，若是同一个项目的患者在一起聊天，一个价格便宜、一个价格昂贵，会引起什么后果？很显然，用户忠诚度会轰然倒塌！”

护士长也说：“我们先不动声色地观察市场反应好了，另外，也可以看看其他医院的对策如何。”

陈建华沉思了一会儿，说：“这样吧，无论其他医院做出什么反应，我们医院都坚持我们自己的特点。我们要坚信我们是最好的，做的是价值服务。像苹果手机那样，虽然价格贵得吓人，但是用户忠诚度是最大的！大家信赖品牌的力量、专业的力量！”

周院长想到了另一个问题：“这么一来，大家的绩效这段时间可能会有较为明显的下滑，这样对企业员工的积极性会不会有影响？”

陈建华说：“企业总归会有困难的时刻，我们也需要员工和企业同甘共苦。跟夫妻一样，只有经过历练，才能到达彼岸。”

说得大家都笑了，这样文艺风格的表述，陈建华还是第一次！

蔡总笑道：“既然方向确定，接下来大家就应该明白，工作重点在于安抚好团队以及提升服务质量，我们只打硬仗！”

后来时间证明，LM的战略是再正确不过了，部分老客户短暂地流失后开始回流，带来的消息正如同蔡总说的那样，对方一天一个价格，让人根本没办法判断他们的产品到底是不是可靠。品牌的力量就是公平及质量，LM经历过这番考验，可以说在市场上确定了自己的品牌地位。LM，只提供最好的！慢慢地，LM在行业内获得了极大声望，业内甚至提议让陈建华制定一个行业规范，以LM为标杆！

马晓东在LM的日子就这样紧张而忙碌地过着，一切都很好，然而生活总是不会让人一帆风顺地过下去，马晓东终于摊上了一件大事。

36.一不小心就是大坑

我们在成长的过程中，很奇怪，年龄越大越不敢随便、随意地去做某件事，经验告诉我们，生活中的大坑无处不在。很多时候，我们自己原地踏步并不是不想迈开步伐往更高、更远的地方去，而是怕一不小心就掉进深不可测的泥潭中，而这些泥潭、这些陷阱很多时候是因为我们轻易相信了他人，毫无防备地踩进去的。满身伤痕地爬出来的我们，只会觉得人心可畏，可是当意识到这点时，一般都已经付出了巨大代价！

这天经过一天的忙碌，大家都已经陆续下班了。马晓东收拾好后，正关电脑准备下班，这时候有人敲门，马晓东连忙说：“请进！”

当看到进来的人是梁学聪时，马晓东心里

很惊诧，这还是梁学聪第一次主动进他的办公室来找他。要知道，梁学聪一向摆出一副与他马晓东道不同不相为谋的姿态，再加上之前的收红包事件，梁学聪坚信是马晓东一伙人故意在背后给他拆台，内心对马晓东的恶感上升到了顶点。

与梁学聪一同过来的，还有一名四十来岁的中年妇女。

还没等马晓东开口，梁学聪满脸堆笑，跟马晓东热络地打了个招呼："马大主任，我有个顾客，久仰你的大名，非要请你给诊断诊断。"

马晓东连忙站起来，谦虚地说："哪里敢当，梁主任经验比我丰富得多啊！"

梁学聪和颜悦色地笑笑："我们就别客气了。我给你介绍一下，这位女士是我的顾客，我帮她做了诊断方案，你也帮她看一看吧。"

马晓东接过梁学聪递过来的病历，仔细翻阅了一下。中年女性名叫张兰，是做生意的，家中颇有积蓄，算是个女强人，她这次打算做瘦脸手术。瘦脸在整形医院通常有三种方法：一种是打瘦脸针，这种方式的原理是用肉毒素萎缩咬肌；第二种是切除颊脂垫，这种算是个小手术，在口腔内部打开一个三厘米的切口，将脸蛋咬肌内的结缔组织切除；第三种就是直接磨骨，很多人国字脸、方脸都是骨架的问题，用其他任何方式都没用，只能采取这种模式，论风险，也是第三种方式最大。

梁学聪说："张女士属于下颌骨宽大，我给她的方案是下颌骨长弧线截骨手术，另外等愈合后看效果，结合瘦脸针及玻尿酸填充，给她塑造成一个鹅蛋脸。”

马晓东检查了一下张兰的脸型，梁学聪说得没错，下颌骨的下颌角很明显，导致脸型看着就是典型的国字脸。以张兰的年龄，马晓东很难明白她为什么要做这种很奇怪的手术，人年龄一大，无论怎么折腾都是无法和小姑娘争奇斗艳的。但是职业素养让马晓东没有说出这番话，只是诚恳地表达了自己的诊断意见，和梁学聪的方案类似，并建议一起做鱼尾纹注射除皱等，这样才会有脱胎换骨、一下子变年轻的惊喜。

梁学聪和张兰很满意地走了，马晓东并没有把这件事放在心上，毕竟同事之间互相帮忙也是稀松平常的事。

然而马晓东怎么也没想到，这一次的协同诊断在一周后竟会给他本人乃至LM带来巨大的灾难。直到现在，马晓东回忆起那天的经历，还不由得额头冒汗，心跳加速。

记得那天大概是上午11点多钟，从大门外传来一阵巨响。大家都吓了一跳，连忙跑出去看，只见医院的玻璃大门都被砸得粉碎。要知道医院的大厅为了采光明亮，多是一整排玻璃幕墙，现在被一伙人噼里啪啦砸得稀巴烂，保安拉都拉不住。周院长连忙制止，问带头的一名中年男子：“你们这是干什么？”说着就要让人拨打110报警。

中年男子气哼哼地说道：“你打呀，你们黑医院把我老婆给整死了，想赖账是吧？今天，我就让大伙都知道你们医院是什么样的吃人医院！”

周院长一听傻眼了："你胡说什么？我们医院什么时候治死过人？信口雌黄算诽谤，你负责得了吗？"

中年男子道："你们以为在其他地方设手术室，治死了人，你们就能摆脱关系呀？我告诉你，没门，我马上就到电视台、报纸去发广告，让你们全部破产！"

动静闹这么大，外面围满了看热闹的群众。这时蔡总也已经赶到现场，连忙把这群人给拉进办公室，说："有话好说，总要讲理吧。"

中年男子一群人跟着蔡总进了办公室，嘴里嚷嚷着："我看你们还有什么话好说！"

蔡总、周院长及其他管理层人员一阵风似的将这群闹事的人请进了办公室，泡上好茶，开始了解事情始末。

而外面则以最快的速度收拾好残局，并请了装修公司来修理，围观的群众很多已经将图片发布到网络上。企划部主任小王忙得脚不沾地，联络各大网站公关删帖删照片。无论什么原因，首先这种事爆出去就有很大的负面影响，况且医院目前就是躺枪，大家怀疑会不会是竞争对手派人来恶意闹事的。

而在办公室内，大家听到了一个让人十分震惊的消息。原来中年男子是张兰的老公，张兰昨天晚上在城内一家诊所做磨骨手术时大出血，被转送到省人民医院抢救，因抢救无效，已于今天早上死亡。而当时那家医院号称手术专家是LM的王牌专家，绝对不会出任何问题，手术诊断方案也是由LM的明星专家马晓东亲自诊断后制定的。

蔡总和周院长惊愕地看着马晓东。马晓东只觉得头脑中轰然作响，仔细回想一下，说道：“张兰这个患者我确实有印象，而且也确实帮她看过诊断方案。”

中年男人一听，立马凶神恶煞地站起来喊道：“怎么样？我没冤枉你们吧。承认了吧？现在我老婆被你们治死了，我要让你们医院血债血偿！”嘴里喊着，就冲动地想要过来打马晓东，被保安死死地拉住。

蔡总说：“先生，你的心情我们能理解，请你暂时安静一下，我们听马医生把话说完好吗？这种事不要说你，我们医院也是一定要弄清楚并追究责任的！马医生，你接着说，到底是怎么回事？”

马晓东说：“一个礼拜之前，下晚班的时候，梁学聪医生来找我，带着一个叫作张兰的患者，说是他的病人，让我一起帮忙诊断一下。这个在医院也是常有的事，我根本没有想过会发生这种事。”

蔡总吩咐：“去把梁医生叫过来。”周院长连忙跑出去，一会儿回来，跟蔡总说，梁医生这两天休假。

蔡总沉吟了一下，说道：“我约莫能够想象是怎么回事。这样，周院长、马医生，还有各位，动手术的那家医院叫什么名字？我们一起走一趟，我们医院不介意一起追究法律责任！”

中年男子一干人面面相觑，不明就里，但是大家都同意一起到那边弄个明白。最后真相大白，马晓东心都碎了，自己完完全全是被梁学聪摆了一道。

原来，梁学聪除了在LM执业外，还经常在其他小诊所走穴，手术费用高达30%的返利。梁学聪不断地把自己在LM的患者往外面转移。当时，张兰冲着LM的招牌以及马晓东的名头而来，马晓东那段时间手术排期过满，经过协调，张兰同意换个医生，刚巧那天被分配在梁学聪那里。梁学聪不仅让马晓东一起诊断了张兰的手术方案，还游说张兰在外面动手术，费用可以节省数万元。谁知道手术大出血，抢救无效而死亡。

那个小诊所不停地道歉，并暗示张兰的丈夫私了。张兰的丈夫骂骂咧咧之后居然同意了私了，但是有一条要求，LM必须也给予赔偿并开除当事医生，不然天天去闹。

蔡总当即表示同意："这种医生不需要您说，我们也会开除，竟然为了私利拿患者的性命开玩笑。"

大家意味深长地看了看小诊所的负责人，这个男人一脸沧桑，几乎看不出喜怒哀乐。可见，这就是传说中的贴电线杆起家、打一枪换一个地方的私立医院了。

马晓东很气愤，一个生命就这样没了，监管层到底都干什么去了？为什么什么地方都可以进行这样大型的手术？

后来听蔡总说，那个诊所陪了张兰的老公整整100万元，LM也象征性地赔了5万元员工过失费。大家都说，我们凭什么要赔？跟我们有什么关系？蔡总则表示，这是出于人道主义精神，毕竟人是从LM这里出去的，并提醒大家牢记："每一位患者我们都有义务叮嘱他们，选择安全的医院才是一切的基础，以免被人骗了。"

这件事也让马晓东受到了不小的震撼，他与护士长、欢欢讨论这件事。欢欢说："你说女人这样折腾自己，男人最后只不过是要赔偿，她们到底为什么这样做？"

马晓东何尝不是这么觉得，他的心情仍旧有些沉重：“或许他认为人已经不在了，活着的人获得一点实际的东西更现实呢？”

欢欢沉默，半晌说道：“所以我们都要爱自己，如果自己都不爱自己，还指望谁来爱你？”

梁学聪被LM开除，一时名声在圈子内变得非常差，大城市的民营医疗基本上封杀了他，后来听说他去了西部的一家医院。

而这件事当天在企划主任小王的努力下并未大范围地扩散，但是第二天当地的报纸上还是登出了一条不大不小的新闻，说“LM被砸，疑似医疗纠纷”。

老顾客纷纷询问是怎么回事，大家也没遮掩，一五一十都说了出来，并告诫她们不要贪图便宜。手术这种事，出了事故不是毁容就是送命，需要慎重！

事情短期内沸沸扬扬，但过了一阵很快就恢复平静了。医疗行业这张巨大的暗网，里面网着多少像梁学聪这样的医生，不得而知。追逐利益终究使一些人铤而走险，而这样得来的钱财花起来是否能心安呢？马晓东的心情有些沉重。在他看来，这种财不发也罢，至少没有心理压力，堂堂正正地做人，走到哪里都问心无愧！

37.让我们的家像个家

家到底是什么样子呢？有爸爸妈妈，有孩子，有吃有喝，不一定豪华，却温暖，不一定天天柔情蜜意，却可以自由自在地放松，待在家里，感觉是温暖、放松、安全的。这就是我们人类繁衍的动力。明明知道会有无穷无尽的责任，大家依然愿意组成一个家庭，并愿意共同养育孩子，生生不息！

不知不觉，秋季到了，窗外的银杏树一片艳黄，一片片扇形的树叶在枝头勾勒出一幅别样的图画，会人心旷神怡。在阳光明媚的初秋，人们穿着长袖衬衫，挽起袖管，三三两两地在树下散步，鼻尖上微微渗出些汗珠，一切显得那样美好和安然。湛蓝的天空时不时飞过一只花喜鹊，停在枯黄的草地上四处觅食，在公园里经常会看到一家三口铺上垫子坐在草地上，晒着太阳，悠闲地度过半个白天。

马晓东有些恍惚，从到韩国进修开始，到现在和李萍过着两地分居的生活已经一年有余。从一开始重获自由的快乐到现在，心里开始有了逐渐扩大的空洞，或许是随着年龄的增大，对于生活的追求变化又有不同。马晓东由衷地觉得自己像只落单的猴子，在城市里孤零零地游荡，忙碌的工作、融洽的同事关系，包括与杨思明的精神交流都远远不能填补这种越来越强烈的空洞！每天夜里回到宿舍，打开所有的灯，依然觉得孤独得发慌！周末李萍和妞妞过来，下班时老远看见宿舍的灯光亮着，心里那种踏实感无与伦比！原来人永远是群居动物，向往自由是一种想当然的冲动，当真的自由时，会发现生活是多么落寞与孤独。

马晓东告诉杨思明这种感觉，杨思明说："你的老婆真的很幸福，你是一个例外的男人！"

马晓东说："我没有觉得我有什么例外，或许其他男人也是同样的感受，只不过你和我都不了解他们！"

杨思明说："很长一段时间，我觉得男人们都是不成熟的，不恋家，不明白老婆的感受，只要给钱、养育孩子以及不离婚，就是他们认为的好男人、好父亲、好丈夫的楷模！"

马晓东发了一个发呆的表情过去，说道："难道你不觉得做到这三点已经真的是好男人、好丈夫、好父亲的楷模了吗？"

杨思明有些落寞，说道："事实的残酷就是如此，女人要的远远不止这些！"

马晓东说："女人要求的东西过于细致，很难有男人能够做到。与其不切实际地幻想，不如认清现实、把握身边的小日子比较好！"

杨思明说道："夫妻要在一起才像个家，考虑一下在你的城市安家吧。总要有人牺牲，长此以往，孩子缺失父爱，夫妻也会日渐生疏！"

马晓东说："确实，我也模糊地有这种感觉，你说得对，我跟老婆商量看看！"

杨思明发来一个微笑的表情。

周末的时候李萍和妞妞来了，马晓东回家走到小区门口，远远地看见房间的灯光亮着柔和的光辉，心中涌起一种暖暖的幸福感。他三步两步爬上楼梯，打开房门，妞妞一头扎进马晓东怀里，边喊着爸爸，边亲着马晓东的脸。马晓东紧紧地抱着妞妞，李萍走过来，只见她头发扎成一个马尾，穿一件黑色的针织衫，腰间系着一条粉色碎花的围裙，依然是质朴的样子。她轻轻放下拖鞋，抱过妞妞，说道："饭菜都做好了，洗手吃饭吧！"

马晓东连忙说好，内心涌动着一股强大的幸福的暗流，兜兜转转，自己终究还是明白自己要的幸福是什么。人的一生看似很长，过起来其实又很短，在看似漫长而实际短暂的人生旅途中，一时的迷失方向实在太过于常见了。只是有些人在兜兜转转中无论如何都找不到前路也找不到归途，而有些幸运的人却可以。陌生对于我们来说终归是一种诱惑，吸引我们的总是一种未知的诱惑，不是诱惑于美丽就是诱惑于传说。洗完手，马晓东走到餐桌旁坐下。李萍做了两菜一汤的家常菜，一个红烧肉烧百叶结，一个干煸四季豆，一个白菜豆腐汤，马晓东心里暖暖的，每一样都是自己爱吃的！

一家三口狼吞虎咽地吃完，妞妞洒了一地的饭粒，李萍饭后收拾了半天。等忙完，一家三口坐下来一起看电视，妞妞坐在马晓东的腿上不肯下来。马晓东跟李萍商量："现在的工作我完全能够适应，而且医院真的也很不错，要不我们把家安在这边吧？"

李萍似乎很诧异，说："你是一时兴起才这样想的吗？"

马晓东说："不是，我考虑这件事有段时间了，我们俩长期分居对妞妞的成长也不好。另外，我一个人在这里，你真放心啊？"

李萍笑道："我有什么不放心的？我想过了，你好好过日子我就好好过日子，你不好好过日子，我就带着妞妞单独过，反正我养妞妞又不是养不起！"

这下轮到马晓东诧异了，他像是第一次看到李萍一般盯着她的眼睛，说道："你居然想过这么多乱七八糟的？"

李萍的神情出奇的平静，只是微微泛红的眼眶出卖了她："朦朦胧胧的第六感觉，觉得妞妞奶奶去世后，我们俩的关系开始慢慢疏远了，直到今天局面才打破！"

马晓东一背脊冷汗，果然谁要把女人当傻子谁就是真没脑子了，女人的直觉和心思细密果然不是一般人能想象到的！幸亏自己并没有走神太久。

马晓东看着李萍，认真地说："你看，如果我们不生活在一起，我们夫妻渐行渐远，一旦有了心思而不能立即解决，我不觉得这是一个好事。”

李萍依偎在马晓东身上，边擦眼泪边说：“晓东，你不知道这段时间我有多担心，我真害怕当时的一个决定导致我们这个家散了。知道吗？我们几乎可以三天不联络，这个信号让我觉得你离家越来越远了，今天你这样说，让我知道你在乎我们，我真的太高兴了！”

马晓东爱怜地抱着她们娘儿俩，说：“傻瓜，我们是一家人，除了我爸妈，这个世界上最重要的人就是你们两个，我怎么会舍得离开你们呢！”

李萍擦擦眼泪，开始考虑现实问题：“家安到这边来的话，就需要买房子了。这边房价那么贵，两万一平方米都买不到像样的，这样会不会让你压力太大？而且我过来的话，一时半会儿可能还找不到工作。”

马晓东说：“放心吧，我这一年多在医院吃住都不花钱，除了给你们的生活费、给我爸的生活费，所有的收入都攒着了，买个一百多平的三室一厅的话，够付首付的了。我们还可以把老家的房子卖掉，这样手头更宽裕一些，然后把老爷子接过来帮忙接送妞妞，你找个私立学校教书，这样不就好了吗？”

李萍点点头表示同意，说道：“真搬来大城市生活，压力就大了，我这边也要放弃铁饭碗，心理压力还是不小啊！”

马晓东说：“别担心，这不是有我吗？我感觉在这里找到了职业的真谛，民营医院给医生的待遇很好，认真工作的人都有回报。”

李萍也很干脆："那行，我回去就开始办理这些事情。你这边也积极看房子，周末我们过来一起定下来，争取寒假把家安顿好！"

马晓东揽着李萍的肩膀，含笑道："好的，我们争取在新家过新年。"

一种久违的幸福感笼罩着这个家庭，李萍也好，马晓东也好，他们是幸福的。一个家庭一段婚姻，白头偕老听着简单，实际真的不容易。双方得不停地磨合，除了初期的性格磨合，还有后期的步伐一致，一切的一切都考验着男人和女人对家、对爱的责任心。

马晓东开始打听房子，果然不打听不知道，一打听吓一跳。市区地段略微好一些的就三万起步，高档一点的小区更贵，学区房就更是一房难求，贵得离谱了，马晓东倒吸一口凉气。陈建华听说此事，找到马晓东，说："听说你要在这边安家了，最近到处看房子啊？"

马晓东说："是的，我觉得LM很好，既然打算长期在医院发展，就得平衡好家庭和工作。我家孩子还小，总不能让她一直没有爸爸在身边地长大吧。"

陈建华点起一根烟，抽了一口说："是啊，你说的这个我深有感触。我二十多岁的时候出来做事，老婆孩子留在老家，转眼这么多年过去了，孩子已经上了大学，和我始终没有那么亲近，我错过了他的整个成长时期！"

马晓东说："是啊，让孩子成为留守儿童我觉得不好，而且我一个人在外地时间久了，觉得有些孤独。"

陈建华点点头，说："资金方面有困难吗？"

马晓东苦笑："看了一圈才发现房子贵得吓人，主要我家妞妞上学还要考虑学区，可选择的范围就更小了！我原本打算买个三居室，现在看来只能买小点的了。"

陈建华沉吟片刻，说道："这样吧，公司借你部分房款，每年从年终奖里抵扣，不收利息，算是对高级人才的一种福利。以前我们股东之间会有这种福利，现在应该也到慢慢向高级人才扩展的时候了。"

马晓东没想到会听到这样的建议，心里惊喜万分，连忙说："陈总，你的知遇之恩，我马晓东真的无以为报！"

陈建华微笑道："这搞得跟侠客行似的。不过晓东，你这样的医生在民营医院可是宝贵的财富，你来医院这一年多，口碑一直很好，顾客对于医院的忠诚度，实际上是对他们所接触的医生的忠诚度！"

两个人相谈甚欢，陈建华又帮马晓东解决了一个大难题。没有了资金问题的后顾之忧，马晓东开始了四处看房子的过程。他从中挑了几套满意的，等周末李萍过来时，一家三口一起看。

最终，夫妻二人在10月份时选定了一个新小区。小区不在市中心，位置稍微远了点，不过阳光很好，楼间距很大，小区里种满四季花木。小区旁边有幼儿园和小学，虽然不是名牌，但是校园很大，环境很优美。马晓东第一眼就喜欢上了这个地方，李萍和妞妞来看了也很喜欢，然后他们选定了一套116平的房子。这是个小高层的小区，选定的房子在五楼，三室两厅、一厨二卫，南北通透，有两个大大的阳台。站在阳台上，俯瞰小区错落有致的景色，不由得令人觉得人生很美好！

马晓东问李萍："这个房子怎么样？这里离市区稍微远点，学校也不算名牌，因此房价每平只有两万多，我们负担没那么重！"

李萍说："还说什么呢。上周看的那几套学区房我是失望透顶，90年代的房子，黑漆漆的房间，就因为学校好，就敢要天价，我都绝望了！这个好多了，我一直都认为孩子不一定非要上名校才能成才，我自己就是老师，我还能教不好自己的孩子吗？"

马晓东很高兴地说："那我们就订这个房子了。开发商负责精装修，我们只要添置家电家具，就能直接住进来了！"

李萍点头说好，然后二人开始兴高采烈地看房间细节，转了一圈，李萍忽然说："这样你就没书房了。"

马晓东说："反正在医院待的时间多，你们都来了，我要不要书房也无所谓。我就在阳台看书，在客厅写文章，不是一样吗！"

买房子的事情就这么愉快地决定了。

38.相忘于江湖

有些时候，相见不如不见，更有些时候，离开便是新的开始。人的一生，对也罢错也罢，都是源于我们自身的感受。我们的心灵总是需要我们自己来说服。横看成岭侧成峰，远近高低各不同，不识庐山真面目，只缘身在此山中！太多的时候身在局内无法看清，能够做的只有逃离，重新审视！

就在树叶开始飘落的时候，欢欢突然提出了辞职。这天马晓东吃完午饭，正在办公室翻看微博，欢欢进来了，说：“马医生，你忙吗？我想跟你聊聊天！”

马晓东连忙说：“不忙不忙，你进来坐吧。”

欢欢进来坐在沙发上，马晓东打量着她。

欢欢很漂亮，长头发瀑布般散在肩上，睫毛长长的，穿着合身的白大褂，精致的面容却带着几分憔悴。马晓东心里对蔡总这点很不满意，一个女孩子，你不能给她未来，何苦要耽搁她的青春呢？这是男人应该做的事吗？

欢欢沉默半晌，忽然说道："我打算离开LM了，从毕业到现在，LM教会了我很多，也给予了我很多……"

马晓东大吃一惊，问："什么时候的事？已经决定了吗？"

欢欢点点头，说："是的，我自己也老大不小了，该换换环境，出去闯荡一番了。我现在积攒了一些钱，也有了这么多年的工作经验，去哪里都不会怕了。"

马晓东深深地看了一眼欢欢，说："我很支持你这个决定！"

欢欢不由得抬起头，有些吃惊地看着马晓东："我以为你会劝我留下来，LM是行业内顶级的医院，我出去不一定能找到更好的地方，医院给我的待遇也很可观。"

马晓东温声道："你能来找我告别，可见你把我当朋友、当兄。我不是很清楚你为什么要离职，但是正如同你所说的，LM是行业内一流的医院，待遇给的又这么好，你依然有离开的念头，可见你在这里并不快乐。对年轻人来说，追求内心的快乐很重要，如果不趁着年轻多做一些尝试，等再过许多年你就会发现，连追求快乐的资格都会丧失。"

欢欢大颗大颗的泪珠流了下来："马医生，您说得对，我依依不舍的可能是我这么多年付出的青春和对未来的惶惑，但若是不踏出这一步，我可能永远都踏不出这个旋涡了！"

马晓东递过纸巾，劝慰道："既然决定了就不要多想，勇敢一点并不是坏事！最差能是什么呢？无非找不到更好的工作罢了。不过，你想好去哪儿了没？"

欢欢擦干眼泪说道："我打算去北京的一家医院，那家业内口碑也还不错，已经联系上了，他们热情欢迎我去面谈一次。我觉得问题应该不大，直接辞职过去算了。就算没成功，我留下来慢慢找其他工作也行！"

马晓东想想也是："这样也好，跑来跑去也很辛苦。我有个同学在北京好几年了，我托他照顾你一下。北京地方大，你一个女孩子一开始过去，可能会有困难的。"

欢欢还要推辞，马晓东说："潇洒点，在家靠父母，出外靠朋友。将来大家需要你帮忙的时候，你也义不容辞就是了！"

欢欢点头，不再推辞，犹豫了一下，她告诉马晓东："我三天后就走，不要告诉梁圣！"

马晓东看着欢欢："为什么不能告诉他？"

欢欢垂眸："我们俩现在其实挺陌生的，他知道我要走，送还是不送估计也会有些尴尬。目前我也是让院方保密的，只有护士长和你知道而已，我想悄悄地消失，像一串蔷薇泡沫！"

马晓东表示理解，欢欢离开这里或许是最好的选择，许多事情终究要有个结束的方式，优柔寡断永远是绕在死胡同里出不来。马晓东不知道欢欢和蔡总到底是怎么开始的，谁追求的谁，但是马晓东很不能接受这样一种关系。有时候对一个人若是真爱的话，要学会站在不远不近的地方看对方，若是不能给对方幸福，何苦去和对方开始呢？

至于梁圣，马晓东也打算尊重欢欢的决定，不多嘴说什么。每个人的心结不同，尤其是感情，需要自己来解开，不然勉强说服，也不会幸福，耿耿于怀的结局会更加不幸。

护士长很淡定地如常工作，蔡总也未表现出丝毫异样，马晓东自然也是同样未表露出什么。其实在现代社会，一个人在一个单位工作一辈子的情形很难出现了，走南闯北也成了常态，社会对于女人并没有给予多少怜香惜玉。太多女孩子尝试过在熟悉又陌生的城市，在湿冷的冬夜、在简易的出租房里裹着单薄的被子，孤单而忧伤地盼着春季的来临。多少女孩了由刚刚毕业时的稚嫩，在职场上历经着灼热的历练而慢慢成长为独当一面。在成长的过程中，多少委屈曾在清幽的夜里独自擦干泪水，多少坚强又是这样步步为营地聚沙成塔！

39.远去的是一段不愿提起的记忆

当人们想刻意忘掉某人或者某事的时候，都会选择慢慢地疏远。如果你发现一个很好的朋友突然消失了，你忍不住联系他时，他说没什么，只不过是太忙了，下次一起吃饭啊，可是如同黄鹤一去般，又开始杳无音讯，那么就不用怀疑了，这个朋友正有计划地远离你！

国庆节时LM忙得天昏地暗，马晓东几乎每天都超负荷地运转。人们都趁着小长假来做个小手术，比如做个双眼皮、隆个鼻子之类的，当天就能回家，三五天就恢复得很好，年轻的白领、学生很多都选择国庆节来做小手术。因此，每年国庆都是一家医院的爆发期。而这个时期面对潮水般涌来的患者，要保证好服务质量非常困难，所以每年国庆之后也是消费者投诉率较高的时期。LM在国庆之前召开会议后制定的应对方案，就是绝对不能贪多不保质，那样后期影响很大。大家都表示同意，因此尽量说服本地的一些消费者延期，外地的优先。这样的做法让LM流失了不少患者，但是LM依然坚决地这样执行了。

周院长说："这也是我们的宝贵经验，最初我们也是来了客人就接单，完全没考虑到院内资源是否消化得了，结果后来的投诉处理层出不穷。三年前，我们开始严格控制接待量，以保证服务和手术质量为第一。我们发现，越来越多的患者愿意排队等候，毕竟大家来追求的是美而不是闹心啊！"

这个传统就这样在LM传承了下来，马晓东着实松了一口气。目前的工作量比平时增加了两倍左右，加上医院请的韩国合作方的医生过来帮忙，依然忙碌不堪，若是工作量再加大，确实无法保证每个手术都做到精益求精。

忙完国庆节，医院顿时显得安静了下来，日子恢复了从前的样子。终于有一天，梁圣忍不住问马晓东："马老师，你有没有发现好多天没见到欢欢了？"

马晓东说："发现了啊，欢欢已经离职了。"

梁圣沉默，转身走出办公室。他心神不定地走到吸烟室，点燃一支香烟。梁圣想起和欢欢谈过的一些关于爱情的话题，那时候两个人相处得还很融洽、轻松。当时还有护士长——护士长的家庭婚姻状况如何，始终是个谜！大家都认为纯粹的爱情当然是存在的，只不过它稍纵即逝，未曾体验它的美好随即便被它伤害，那种体验是那样刻骨铭心，以至于千百年来人人都试图描绘出那惊心动魄的内心体验。可是，被人们遗忘的是，每个人的体验都不可复制，甲之蜜糖乙之砒霜，同样一件事，带给不同的人的感受完全是两码事。毫不相干的两个人在毫无预料的状态下相识相爱，也是一场精神的佳宴。

梁圣一直单身到现在，并非刻意排斥，只是没有刻意去寻找。转眼毕业两年，同学陆续开始结婚。记得欢欢曾说过，她渐渐对自己的爱情观开始怀疑，是因为当初看亦舒的一本小说《黄玫瑰》，曾看到过一段精彩的书评：

不止一次从内地发行的生活杂志上看到这样的“温馨故事”：女孩子谈恋爱，“失了身”，又没嫁成，自知犯下弥天大罪，痛苦中却遇到了真爱的男人。几番挣扎后终于决定以诚实为重坦言相告，男人居然原谅了她。天哪，多大的恩典，多大的幸福，多么的感动……而同样的事，在亦舒的《玫瑰的故事》里，男人追着女人，“我会原谅你的”。女人却义正词严：我有什么要你原谅？我有什么对不起你，要你原谅？每个人都有过去，这过去也是我的一部分，如果你觉得不满，大可以另觅淑女，可是我为什么要你原谅？你的思想混乱得很，女朋友不是处女身，要经过你的伟大原谅才能重新做人，你以为你是谁？

梁圣看的时候虽然也为玫瑰叫好，但是终究觉得女主角过于不懂事。随着年纪的增长才开始觉察，懂事到底是什么？懂事就是别人认为都对的条条框框，自己再不喜欢也要去遵守？

而护士长则非常反对女人为了爱情而放弃自我，她认为最可怕的是做一个全职妈妈，一个全职母亲所获得的快乐与尊重全部系在她的配偶身上。梁圣记得她当时是这样说的：

“总之，全职家庭主妇就是一种毫无退路的彻底放弃自己的选择。你为了家庭，为了孩子，为了很多很多，唯独没有为了自己，甚至夫妻吵架时一句‘这些年你挣了几个钱回来？’就足够伤你伤到底了！没有足够多的钱，对于普普通通的夫妻来说，小小的一点考验就可以让一个人的嘴脸全部改变。人之本性是什么呢？看看小孩子们的表现就知道了，那是人性还没有通过教化所表现出来的天然表现——苹果要大的，玩具喜新厌旧的，凡事要顺意……而对于有钱的全职太太们来说，女人只要足够聪明，筹码是不一样的，她们可以摄影、旅行、读书、健身、插花、美容……修身养性，享受生活。年龄相当的全职太太和全职家庭主妇站在一起，很有可能会看着像是两个年代的人。退一万步，有钱的全职太太就算遭遇背叛，分道扬镳，人家也照样年轻美貌，而且不差钱。而全职家庭主妇们呢？三四十岁的时候如果遭遇背叛，还有什么？青春不在了，工作没指望了，钱也没有，什么都没有，世界是不是一片黑暗？

“且不论稍具责任心与良心的男性不会侮辱他们在家辛勤付出的妻子，多少不堪的中国的家庭主妇们最大的悲哀就是，明明付出了很多很多劳动，比上班还要繁重的劳动（大多是体力），可是没有现金进账。体力劳动在中国从来都是被列入低端、小众、不入流的行列，自觉的男人每月把丰厚的家用交到你手上，你的处境还没那么尴尬；而有的家庭，男人几百几百地给家用，那是怎样残酷的一种情形？我没钱买菜了，给我200元买菜；我内衣坏了，给我50元买内衣；家里卫生纸没有了，给我100元去超市……想着就会觉得毛骨悚然。不知道你们相信不相信，这样的情形绝对不是夸张，很多不算宽裕的家庭都会上演这样的一幕！如果张口要了就给了还算正常，最可怕的是有的男人会反问：‘什么？上周才给你的150元，这么快就用完了？’

“这些情形在千千万万个家庭真实上演，依然会有千千万万的女性义无反顾地投身到全职家庭主妇的行列中去。她们总以为自己是特殊的，总以为自己的那个他是特殊的，殊不知他也只不过是个普通人罢了！”

当时谈论这些的时候，梁圣已然朦胧地感觉到，欢欢和护士长都是内心对爱情充满怀疑、对男人充满悲愤。在后面的相处中，他渐渐发现二人都很认真努力地生活，那种不输于男人的工作态度和工作激情，让梁圣越来越感受到她们的魅力。渐渐地，他对欢欢产生了好感，可惜这份好感还未付诸行动，便发现了一些让自己犹豫不决的事情。他没有想到的是，欢欢有一天突然就这样消失了。

梁圣忽然有一种心里被掏空了的感觉，世界这么大，有时候与一个人擦肩而过，以后此生就再也不会遇见，这不能不说是一种惆怅。一支烟的工夫，梁圣的内心百转千回，他想了许多许多，或许是时候彻底忘掉欢欢了吧。

欢欢这样悄无声息地离去，甚至不愿告诉自己一声，可见也是做了决定。此生不再相见，与其彼此观望，不如相忘于江湖！

40.欧飞的第二次手术

人生会有很多种缘分，有些是我们可以去把握的，有些我们无能为力，在我们还对爱情充满憧憬和拥有的欲望时，我们辗转反侧，不能成眠。在无数漆黑的夜、东方发白的凌晨，我们被思念、妒忌或揣测折磨，无穷尽地猜想，无穷尽地纠结，像一只啮齿类小动物，啃噬着柔软的内心，慢慢地疼痛，悄悄地流泪，这就是悠然而来、不期而去的爱情。人们永远不懂得这种不可思议的情感潜伏在何处，或许在一生的任何时候都会出现，有时候恰到好处，有时候却是一种磨难。

欧飞越来越红，一年不到的时间已经成了家喻户晓的青年歌手，励志典型，东南亚各国都有巡回演出，算起来马晓东有好久没见到他了。

这天欧飞来医院了，马晓东很高兴，说："有日子没见了，看你现在越来越忙，看来是越来越成功啊！"

欧飞很难得的还保持着腼腆的态度，连忙说："别取笑我了，我离成功还远着呢！"

马晓东问："今天怎么有空来看我？你一个人来的？"

欧飞说："上次来跟你聊过后，我下定决心这三年的时间什么都不想，努力工作努力挣钱，然后做点自己喜欢的事业，比如像青春酒吧那种！"

马晓东表示同意："你这考虑是很现实的，毕竟歌手也是吃青春饭的，趁着红火多努力是对的！"

欧飞说："我也这样想。圈子里混了这么久，看得多了，越发觉得明星也是很难做的，男人还稍微好点，女人就更难！"

马晓东挑挑眉毛："你这是说潜规则吗？"

欧飞长叹一口气，说："说出来你都不相信，我至少得到五个50岁左右的女人的暗示，我愿意陪她们的话，可以迅速捧红我！"

马晓东一口茶差点喷出来："这么猖狂？我还以为外面的宣传夸大了这个事实！"

欧飞说："哪里有夸张！我第一次被一个唱片公司的女老板约出去喝茶，我还一心以为她真的欣赏我。谁知后来她推过来一张合同，只要我签了，做她一年私人秘书，她愿意替我发行三张以上的唱片，所有宣传费用也一手承担。你不知道当时我气得浑身发抖，我不知道是不是男人都会害怕这种侮辱，我一句话没说起身就走了。后来被经纪公司的老板叫去谈话，说出来混这行要稍微放得开一点，男人又不吃什么亏！”

马晓东也是无语了，早知道娱乐圈乱，但是没想到男人混娱乐圈也一样面临这些骚扰，听着确实有些哭笑不得！“那你现在还有其他困惑吗？”

欧飞说：“我是看透了，这行饭我吃不了多久的，我的性格也做不到。我还是期望能日子过得安稳一些，做一点小生意，生活不用太艰辛，娶一个我爱她、她也爱我的人一起过普通平淡的生活。”

马晓东说：“这个理想很容易实现，也很切实际。大多数人都是不舍得从名利场急流勇退，年复一年等到最后才发现孑然一身，再想寻求普通人家的幸福已经很难了！”

欧飞听得直点头：“是这样的，马医生，你看得很透彻。我不适合过那种日子，但是我又什么都不会，只会唱歌，因此无论如何还是要好好做几年的。”

“我很理解你。”马晓东说，“对了，你这个大忙人今天来找我，不会就是跟我闲聊的吧？”

欧飞笑了，说道：“我今天来找你还真有事，我的经纪公司说我的颜值还可以追求再精致一点。既然还想靠这行赚本钱，那我觉得我必须听话！”

马晓东看着欧飞，说：“那你想哪里修正一下呢？”

欧飞说：“先做个鬓角吧，然后把皮肤搞好一点。我现在跟个女人似的，感觉还真奇怪！”

马晓东说："你是想种植鬓角吗？这个倒不难！"

欧飞说："是的，我现在外貌上面没什么特点，发型弄得时髦一点也不错。现在流行长鬓角，我先天毛发这块不算浓密，只能来种植一下了！"

马晓东检查了一下欧飞的头发，发现他属于那种发际线较高的类型。这样的类型鬓角就不会太浓密，但是后面的头发很浓密，毛囊资源十分充足。

马晓东说："我觉得要不这样，既然打算种植，就把发际线一起种植一下，这样对于脸型的修饰以及发型的多变都很容易。"

欧飞说："行啊，马医生，你说怎么样，我都听你的！"

马晓东说："种植毛发费用可不低呢，这是精密手术，按毛囊收费的，一个发际线加两个鬓角、毛囊，费用可真不少！"

欧飞笑道："马医生，你放心。你弟弟我现在比以前有钱了，有钱了在自己身上投资一点也是必要的，跟买衣服一样，我就当买了个皮囊。"

马晓东说："你这么看得开，我也就放心了。这个手术还行，你只需要几天不洗头就行了，一个多星期就恢复了。不过等着头发长长，你要戴一段时间帽子，大概得一个月左右吧。"

欧飞说："这都不是问题，我上海的活动刚刚结束，有一周的休息时间，正好这个时间做。"

马晓东关切地问："你现在住哪里呢？有人照顾你吗？"

欧飞搔搔脑袋说："天天在外面东奔西跑没有固定住处，基本上都住酒店，大部分时间都是跟公司的人在一起工作、吃饭，也没什么需要照顾的。”

马晓东说：“但是人始终需要一个固定的家，这样有安全感。你家本来离这个城市不远，你可以在这里买个房子，将来反正你改行做生意还是要回来的。”

欧飞一听，说道：“好主意呀，我怎么没想到呢？不过现在房子贵不贵，我的钱不算多啊！”

马晓东说：“我最近刚买了房子，不是市中心，我觉得环境很好，价格也公道，要不你去看看？”

欧飞连忙说好，马晓东给欧飞检查了身体指标，定了第二天手术。两个人约好，周末的时候一起去马晓东的新房子看看。

第二天，欧飞按照约定的时间过来进行种植手术。手术室里，欧飞和马晓东、梁圣及护士都全副武装完毕。马晓东问：“准备好了吗？我要开始打麻醉了。这个是局部麻醉，因此你的意识是清醒的，不用紧张。”

欧飞说：“放心吧，我不紧张，又不是什么大不了的手术。”

梁圣笑着说：“这个手术疼是不疼，就是时间超级长，我们可要累死咯，你顶多躺累了就睡会儿觉！”

欧飞说：“知道你们辛苦，晚上我请你们两个去青春酒吧当慰劳吧。”

大家一边说说笑笑一边开始手术。在显微镜下面一个个取出毛囊，真心是个力气活。马晓东和梁圣每15分钟换人取毛囊，因为这个工作实在是对体力的大考验。医院开展毛发种植这项手术也有些日子了，大多数医生不乐意做这块。马晓东本着好奇的精神学习了，后期不定时也会接这类手术，但是凭良心说，马晓东也不喜欢这类手术，一上午基本上就只能做一个手术，还很累！

这不，手术进行到一小半时，欧飞都已经睡着了。马晓东和梁圣汗流浃背，梁圣说："马老师，以后可别随便接这种坑爹的手术了，手术做完就得工伤了。"

马晓东笑道："你还年轻呢，就喊累，我一大把年纪都没喊呢。"

护士也笑了。欧飞一觉醒来，手术还没完，不由得喊起来："这都多长时间了？我还以为天黑了呢！"

梁圣说："你小子知道了啊？你哪怕选择隆个胸也比种鬓角方便啊！"

大家哈哈大笑，欧飞"哎哟"一声："梁医生，你可别逗我笑了，我一笑还能感觉到伤口有点小痛呢。隆胸你还是留给你自己吧，我胸大着呢，A罩杯肯定是有的！"

梁圣笑嘻嘻地说："你现在可躺着的，怕不怕我验证验证？"

护士咳了一声说："矜持啊，注意矜持，还有女孩在场呢！"

梁圣又问："欧飞，你给我们说说你们圈内的故事，不然这还有几个小时很难熬过去。刚刚差点睡着了，一不小心把你的头皮割一块下来，你可就成个秃子了！"

欧飞动弹不得，只好翻翻白眼："我要是成了秃子，我的女粉丝们得暗杀你，你不知道我现在是大众情人、白马王子吗？"

大家又忍不住哈哈大笑起来，梁圣说："你可是跟马老师一起出名的，他现在是我们医院的台柱子、妇女之友，你要把他给累坏了，一样会有人暗杀你的！”

欧飞说：“哎呀你别说，这点我还真相信。我每次去看马老师的微博，粉丝那是人山人海呀，基本还都是女人。咱马老师这么帅，医术又高明。”

马晓东笑着说：“你再胡说八道，当心我给你种个络腮胡子！”

欧飞吐吐舌头，护士笑得花枝乱颤。

欧飞说：“那好吧，我给你们讲讲圈子里的趣事。你们都知道歌手唱歌，后面都会有几个和音天使吧？”

护士妹妹问：“就是明星后面配音的那些人吗？”

欧飞说：“严格来说不能说是配音的，一首歌里面他们演唱的成分要占到很大比重，而且基本上和音天使都有很高的音乐素养，超过明星！”

梁圣说：“那不就跟我差不多？我是咱们马老师的和音天使！”

马晓东说：“你的意思是，你的医学素养比我高很多咯？”

梁圣连忙说：“小的不敢！”

大家又哈哈大笑起来。护士说：“欧飞你接着说，别理他们！”

欧飞说：“因此我现在觉得人的机遇很重要，论实力，很多和音天使比很多明星都强，但是明星能聚焦人们的目光，获得掌声和财富。我想，这是否说明上天的不公平呢？然后观察得久了，会发现如果是真正喜欢音乐的人，做和音天使比做明星幸福，他们可以任意选择伴唱什么样的人、什么样的音乐，而明星，没有选择！”

马晓东说：“嗯，你这个说得很深刻。人的实力和机遇究竟哪个更重要谁都说不清，但是有实力的人终归选择权会多一些，而依靠机遇的终究有点靠天吃饭的意思。”

护士妹妹说：“我还是情愿做运气好的人，下次有星探看上我就好了，做一年明星够我赚一辈子了！”

聊着聊着时间过得很快，手术做完，出了手术室，已经过了吃午饭的时间，手术进行了三个半小时还多。欧飞被送到单人病房去休息，马晓东问欧飞是否要先吃点什么，欧飞说很累，先休息，暂时没胃口吃饭。

马晓东和梁圣自去吃饭，叮嘱护士长照顾着欧飞。护士长点了点头，去欧飞房间看着。

欧飞沉沉睡着，梦见年幼时的自己，戴着口罩孤独地站在大街上，四周熙熙攘攘的人群快速流动，没有一个人注意到自己。四周一片灰暗，黑蓝色的天空乌云密布，突然下起了倾盆大雨。自己赶快一路狂奔，跑着跑着，跑到一片开满鲜花的绿草地，四周美丽得如同仙境，可是一个人都没有。陌生的地方，一个人影都看不见，反而惶恐的感觉更甚，他正想放声大哭，看见一个仙女走过来，伸出手说，来，我送你回家。仙女的脸孔仔细一看，却是芊芊的模样。欧飞高兴地拉着她的手一起走，走着走着，仙女突然不见了。欧飞吓坏了，大喊起来：“芊芊，你别走，你别走……”

护士长看着欧飞面部表情变幻莫测，最后开始放声大喊起来，吓得赶快把他推醒。欧飞睁开眼睛，大汗淋漓。护士长递过来一杯水问：“你还好吧？”

欧飞坐起来咕咚咕咚喝了几大口，才缓缓说道：“没事，做噩梦了，没吓到你吧？”

护士长笑笑说：“没有，你饿吗？”

欧飞疲惫地往后靠，护士长连忙拿了个枕头给他垫着，欧飞感激地对护士长笑笑。

护士长问：“你还睡吗？我看你睡得比干活还累似的。”

欧飞说：“我歇歇，不睡了，你有事就去忙吧，我没事的。真是麻烦你了！”

护士长说：“没事，这是我的工作，你有事叫我，我先出去了！”

欧飞答应说好，护士长出去后，欧飞安静地看着病房，淡绿色的窗帘上面绣着藤状的图案，一只衣柜，一组单人沙发，墙上有一台海信牌电视机，床头柜上摆着一只陶瓷花瓶，里面插着一大把不知名的蓝色小花。

想到梦中的点点滴滴，欧飞整个心房开始隐隐作痛，手术部位未曾有感觉，内心却开始疼痛起来。芊芊，早来的爱情，现在像个海市蜃楼，无法企及，也不愿意去寻寻觅觅抓住什么。理智归理智，内心的空洞却像一片逐渐被蚕吞噬的桑叶……

41.安定下来去生活

人与人之间的感情从来都不是一成不变的，或者说，一个人的内心不停地随着外界的影响而发生着变化。这种变化是不受控制的，唯一能做的是安静地等待，等着这个人自己从千头万绪中理清头绪：兜兜转转一大圈，原来真正让自己心平气和地生活的幸福感依然来自家人的幸福。

马晓东和李萍在妞妞放寒假之后搬进了新家，蛋黄色的墙壁，浅蓝色的窗帘，大大的飘窗外是一望无垠的蓝天。马晓东的父亲在老伴去世一年多后，明显老了很多，这次儿子媳妇邀请他过来一起住，并要求他照顾妞妞的上学放学，心里别提有多高兴了。老年人尤其老伴不在之后，家里冷锅冷灶过得着实凄清，老马早上天不亮就会醒，起床后在小区逛很久才天亮，然后去菜市场逛一圈。一个人也吃不了什么，做一个菜往往吃一天，但是不去菜市场逛逛又能做什么呢？一天24小时在一个单身老人的生活里变得很长很长。人们说，夫妻之间最大的真情就是彼此陪伴到老，多少人能在年轻时就体会到这点呢？

年轻的时候一天到晚往外跑，觉得家里的人永远在那里，当有一天突然发现那个人不在了，才开始失魂落魄。可惜失去的时光永远不会回来，走了的人也永远不会知道你有多么怀念他。

对于马晓东辞掉公家饭碗，老马很不以为然，但是儿子大了，自己也不好说什么，年轻人的事就让他们自己做决定好了，但对于儿子一家三口分居两地，这个一直是老马心中不太畅快的事情。直到秋天，儿子媳妇跟他商量要卖掉房子，媳妇也辞掉公家单位来省城定居时，老马由衷地放下心来，也庆幸自己终于可以不用孤零零的一个人了。

新房子很漂亮，环境大家都很满意，房间分配也很好。妞妞的房间被布置成粉红色的，还有米奇、米妮的图案，小小的公主床还挂着白色的纱帐，妞妞开心极了。看着老人、孩子和老婆幸福的样子，马晓东自母亲去世后第一次彻底地缓过劲来，觉得自己又找到了人生的真谛，兜兜转转一大圈，原来真正让自己心平气和地生活的幸福感依然来自家人的幸福。作为男人，是否都是如此呢？不得而知！

李萍无限感叹，本身在这段婚姻中自己爱得更多一些，一直觉得马晓东是那种在感情上面比较冷淡的人，自己这么多年来似乎一直未曾感受到他热烈的爱，但他确实是一个好男人、好父亲，上帝总不会让每一件好事都落在自己身上，因此李萍一直很满足，知足常乐也是幸福的一种方式。但是在婆婆因病去世后，尤其是马晓东去了韩国之后，她明显感觉两个人的距离越来越远，恍恍惚惚地度过这一年，终于又感受到了久违的温情，过去的马晓东又回来了。当李萍听到马晓东要一家人团聚时别提多高兴了，分开过的日子确实家不像家。经过这一年无声地暗流涌动，自己倒是感悟出很多道理，人与人之间的感情从来都不是一成不变的，或者说，一个人的内心不停地随着外界的影响而发生着变化。这种变化是不受控制的，唯一能做的是安静地等待，等着这个人自己从千头万绪中理清头绪。很庆幸，马晓东最终依旧回到原点，一切都没有变，两个人都成熟了。看着公公和妞妞高兴的样子，李萍觉得一切都值了。女人在家里承担的角色可能就像一条隐形的绳索一样，将老人、男人、孩子串联在一起，无论天涯海角，终归还是一家人！

妞妞在小区的幼儿园报了名，住进小区没多久便认识了很多小朋友，每天都有兴奋的故事。李萍开始找工作，凭借着资深教师的工作经验，她很快便找到一家还不错的私立小学做班主任，待遇提高了两倍。李萍惊喜莫名，回家后跟马晓东说，早知道大城市钱这么好赚，应该早点过来的，马晓东笑而不语。等到一切上了轨道，马晓东和李萍都忙到天昏地暗，大部分时间由马老头带着妞妞一起吃晚饭。偶尔马晓东不忙，回来一起吃晚饭，一家人其乐融融，很像幸福之家的典型。

马晓东添置了一辆车，买了丰田的凯美瑞，二十来万的家庭用车，他觉得很适合。李萍帮他算了一笔账，家庭经济越来越好，生活品质几乎提升了一个大台阶。一个月下来，生活恢复了正常，如同千千万万的城市家庭一样，天不亮出门，天黑透回家，忙碌而充实。

自然而然地，与杨思明的联系变得少了很多。杨思明和马晓东有这样一个共同特点，从未问过对方什么，也从未等过对方什么，问候一句，对方出现便进行交流，对方未曾出现便一直沉默下去。两个人的这种友谊非常奇怪，交谈过的话题无所不有，看似很熟，仔细想来却从来都没有交流过彼此，有一种对方存在也罢、消失也罢，都合情合理不会有任何诧异的样子。究竟能否做到如此潇洒，马晓东率先尝试。家人都搬来之后，马晓东不再在夜间与杨思明网聊，白天在偶尔的空闲时间说几句，这似乎是一种成功地将好感升华为亲情般的友谊的境界。马晓东很感激杨思明，在人生的旅途中遇到过这样一个与自己倾心交流的异性，给予自己温暖和光明，他想，或许杨思明自己都不一定知道吧。想起杨思明，马晓东依然觉得自己经历了一次精神出轨的考验。

欧飞看了马晓东的房子后，二话不说就在马晓东的同一栋楼订了一层，简单布置了一下，说最晚三年，一定回来落户定居。他特别羡慕马晓东一家人的生活，多么美好啊，这才是正常人过的生活。马晓东和李萍都微笑不语，人们都羡慕别人拥有、自己没有的东西，一旦自己拥有后又觉得不过如此，或许这就是人们痛苦的根源吧。

后　记

医疗是一个看似光鲜却付出惊人的行业，无论是公立医院还是民营医院，医生、护士及其他许许多多行业参与人员，所付出的艰辛劳动相信很多人无论如何都不会想到。

当前的社会，医患矛盾越来越激化，患者不能理解医生为什么如此冷漠及行色匆匆，医生觉得患者日益不好交流。究其深层次原因，还是人们越来越关注生命健康以及医疗资源过于稀缺的矛盾。民营医院的崛起将在某种程度上缓解这个矛盾，但是民营医院依然面临着科学的管理体系的建立、专业的高素质人才的引进、老百姓将信将疑的看病理念等一系列问题的考验。路漫漫其修远兮，上下而求索的路还很长很长！

马晓东在一年又一年的医生生涯中，深刻地感受到老百姓对于医生的依赖有多么严重，这种依赖对医生来说算是一个沉重的负担，再也没有其他职业像医生这样，肩负着一个人的生命攸关的责任的了。甚至在某种程度上，医生有时候简直成了上帝的缩影，压力确实很大。越有责任心压力越大，在这种压力下，医生反而会越来越不自信，依赖于各种检查报告。脱离公立医院，是因为马晓东或多或少觉得自己承受的这种压力有点吃不消，民营医院相对来说病情简单得多，在这类确诊重大疾病的压力上几乎没有，现在的压力只不过是责任心及工作量的问题，这对马晓东来说完全不是问题。

一切井然有序地进行着，生活依然像一江春水，马晓东依然接触各类不同诉求的人，听过无数人悲欢离合的故事。每一个顾客背后都有一个自己的理由，这个理由有时候只是一个欲望，有时候是一段荡气回肠的经历。人生似乎就是这样，像一个大舞台，自己都是自己人生舞台的主角，但是千千万万的配角陪着你演绎从生到死的点点滴滴。

欢欢去了北京之后如同一条游往深海的小鱼，从此不见了踪影，再也没有关于她的任何信息。马晓东曾经问乐飞，欢欢有没有找过他。乐飞一脸茫然，欢欢，欢欢是谁？看来欢欢是彻底地将过往一笔勾销，重新开始自己人生的后半场，马晓东觉得这样也是很好的。护士长是否与她有联络不得而知，欢欢走后，似乎护士长变得形影单只。朋友有时候确实是人类不可或缺的一个因素，留下的和离开的，都曾那样装点着我们的生活，我们的喜怒哀乐，他们都曾参与并分享。不知道有多少人喜欢过张信哲的《且行且珍惜》，那真是一首好歌，听的时候内心会不会泛起一阵瑟瑟的涟漪，因为想起某个人、某件事？

梁圣在很长一段时间里，在漆黑的夜里，会反复听这首歌曲，眼眶也曾濡湿，只是逝去的永远都不会再回来，在悄无声息的时光流淌中，一切都像一个迷梦。

迎着风向前行
我们已经一起走到这里
偶尔想起过去
点点滴滴如春风化做雨
润湿眼底
憎相会爱别离
人生怎可能尽如人意
缘字终难猜透
才进心里却已然离去
没有谁能忘记这真挚情谊
你会祝福我我也会祝福你
且把泪水轻轻拭去期待再相遇

就算相见无期在某个夜里

你会想起我我也会想起你

默契永存你我心底情缘系千里

且行且珍惜

…………